新井勉

非器の城

批評社

「城兵と寄手との矢合《やあはせ》は開かれぬ、河内諸方面より続いて天王寺、茶臼山、庚申堂、勝曼院等の激戦、悉く城兵の敗れとなりて、豊公が此城を築造したる後、三十三年後の五月七日、秀頼の近臣大角《たいかく》某の為に、本丸の台所に火は放たれぬ、あはれ天下の名城と呼ばれたる本丸の殿館、千畳敷、天守矢倉、皆灰燼となりて失《う》せぬ」

渡辺霞亭『大阪城』

＊　＊　＊

【読者の皆さまへ】

江戸時代の社会は、今の社会と全く異なります。ごく一般的な事項は、前以て説明しておくと、紙幅の節約になります。

○年齢

年齢は、生年を一歳とし、年が改まるたびに一歳を加えます。これは今の満年齢の数え方より一歳、ないしは二歳近く歳がふえます。

○暦法

暦法は、月の満ち欠けを基準にして作成された陰暦です。わが国は、平安の昔に唐より伝えられた宣明暦を長く使ってきました。これに対して貞享二年（一六八五年）一月より施行された貞享暦が、わが国の最初の暦です。どちらの暦も今の陽暦より一月《ひとつき》ほど季節がずれます。十九年に七度、閏月のある年は季節のズレが大きくなります。
本書が扱う範囲で例示しますと、和暦の延宝八年一月一日は、西暦一六八〇年二月一日です。同じく二月一日は三月一日、八月一日は八月二十四日、閏八月一日は九月二十三日です。この閏月が響いて、延宝九年一月一日は二月十九日、六月一日は七月十五日になります。延宝九年は干支の辛酉《かのととり》の年にあたるため、九月二十九日に天和と改元されます。

○年号

ここで、本書に関係する年号と改元について簡単に記しておくのが、便宜だろうと思います。

寛文十三年九月二十一日、延宝と改元（延宝元年＝一六七三年）
延宝　九年九月二十九日、天和と改元（天和元年＝一六八一年）
天和　四年二月二十一日、貞享と改元（貞享元年＝一六八四年）
貞享　五年九月　三十日、元禄と改元（元禄元年＝一六八八年）

○時法

時法は、日の出を明け六ツ、日の入りを暮れ六ツとし、昼夜を別々に六等分した一分画を一時《いっとき》とする不定時法です。季節により一時の長短は変わります。時刻の数え方は、子《ね》より順に丑寅卯辰巳と十二支をあてる数え方がありますが、これは慣れないと分りにくい難があります。本書は、真夜中の子の刻を九ツ、真昼の午《うま》の刻も九ツとし、一時進むと一つ数をへらす数え方を使います。不定時法のため、今の定時法と一時の長短がほぼ一致するのは、春分、秋分のときに限られます。

＊春分、秋分のとき

明六ツ	午前六時	昼九ツ	正午
朝六ツ半	〃七時	昼八ツ	午後二時
朝五ツ	〃八時	昼七ツ	〃四時
朝五ツ半	〃九時	暮六ツ	〃六時
朝四ツ	〃十時	夜五ツ	〃八時
朝四ツ半	〃十一時	夜四ツ	〃十時

①渡辺家

守綱（半蔵 忠右衛門）―重綱（忠右衛門）
- 治綱（半四郎）＝ふみ
  - 武綱（半左衛門）―偕
- 芳泉（半丞 丹後守）―方綱（半助 越中守）―奈於
- 綱貞（半右衛門 大隅守）―広綱（半右衛門）
- 梅
- 長綱（藤蔵）―基綱（半次郎 備中守）

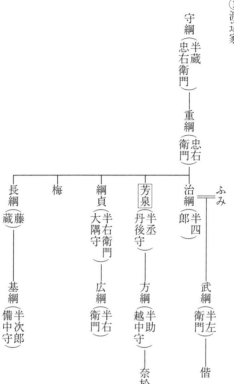

②本多家

- 家康
  - 秀忠
    - 千姫 ＝ 忠刻
      - 勝姫
  - 信康
    - 熊姫 ＝ 忠政
- 忠勝（平八郎 中務大輔）
  - 忠政（平八郎 美濃守） ＝ 熊姫
    - 忠刻（平八郎 中務大輔） ＝ 千姫
      - 勝姫
      - 直刻（平九郎）— 平九郎（治刻）
    - 政朝（甲斐守） ＝ 女
      - 政長（勘右衛門 中務大輔）
  - 忠朝（出雲守）
    - 女 ＝ 政朝
    - 政勝（内記）
      - 政利（弾正左衛門 出雲守）

③松平家（越後高田）

- 家康
  - 秀忠
    - 勝姫 ＝ 忠直
  - 秀康（中納言）
    - 忠直（参議 越前守） ＝ 勝姫
      - 光長（越後守 中将）— 綱賢（下野守）
      - 勘姫 — 小栗掃部
      - 永見長頼 — 綱国（万徳丸 三河守）
      - 永見大蔵
    - 忠昌（伊予守）
    - 喜佐姫

④高松宮、有栖川宮

- 秀康—忠直
- 秀忠—勝姫
- 忠直＝勝姫
  - 光長
  - 亀姫
- 後陽成天皇
  - 好仁親王（高松宮）
  - 後水尾天皇
- 好仁親王＝亀姫
  - 明子女王（高琳院）
- 後水尾天皇
  - 良仁親王（高松宮 後西天皇）
  - 霊元天皇
- 良仁親王＝明子女王
  - 幸仁親王（有栖川宮 兵部卿）

⑤高木家、丹羽家

- 高木正成（主水正）
  - 正弘（主水正）—正盛（主水正）
  - いと＝渡辺乗綱（芳泉）
  - あさ
- 板倉重矩—女
- 正盛＝女
  - 正豊（勘解由 肥前守）
- 丹羽氏信（式部少輔）
  - 氏定（式部少輔）
  - 結＝渡辺綱貞
- あさ＝氏定
  - 氏純（式部少輔）—氏明（勘助 長門守）

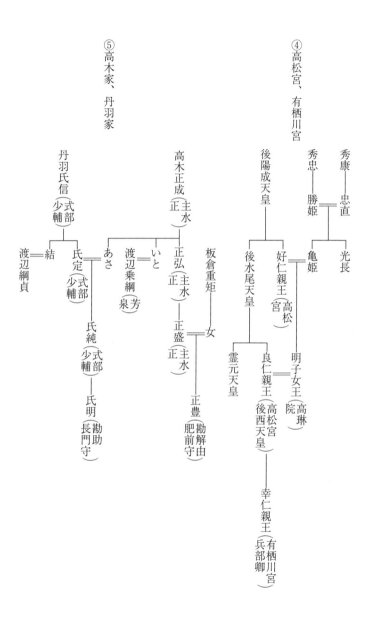

⑥徳川家（将軍家）

- 家光
  - 千代姫 ＝ 徳川光友（尾張中納言）
    - 綱義（中将綱誠）
    - 義行（摂津守）
  - 家綱
  - 綱重（長松、左馬頭 甲府宰相）
    - 綱豊（虎松、中将 家宣）
  - 亀松
  - 綱吉（徳松、右馬頭 館林宰相）
  - 鶴松

⑦板倉家

- 戸田氏鉄（采女正）
  - 氏信（采女正）
    - 氏西（但馬守） ＝ 泰女
      - 氏定（采女正）
  - 女 ＝ 重宗
- 勝重（伊賀守）
  - 重宗（周防守） ＝ 女
    - 舒女 ＝ 内藤忠政（飛騨守）
      - 泰女 ＝ 氏西
      - 女 ＝ 浅野長友（采女正）
        - 長矩（又一郎 内匠頭）
      - 忠勝（和泉守）
    - 重郷（阿波守）
      - 重常（隠岐守）
  - 重昌（内膳正）
    - 重矩（内膳正）
      - 重種（石見守 内膳正）

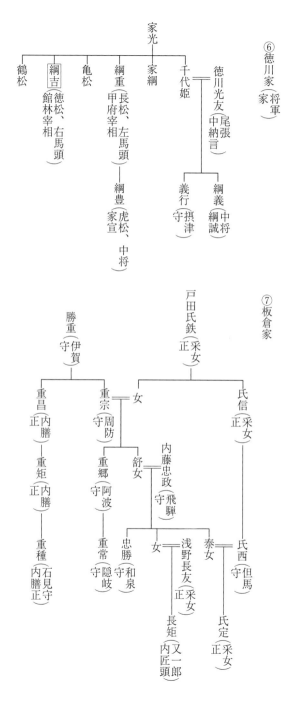

非器の城*目次

一　若菜粥

麻布の、南向きの高台にある下屋敷である。一万数千石の知行にしては、敷地が四千坪はある広い屋敷である。

主人は七十の老人で、号を芳泉という。芳泉は、陽光が黐《もち》の木の影を落す障子を横目に見ながら、朝より炬燵の中に入っていた。ずっと書見をしているが、春寒が酷烈で、居間の空気が凍《い》てついているように思われる。昼頃に兄嫁が年始にくるといってきたが、この寒さに、自分の方がいくべきだったという思いが過《よ》ぎった。

今日は御城は若菜祝儀である。将軍はじめ、大名や旗本が若菜粥を食し、身中の邪気を払い、無事息災を祝う。芳泉は自然と、隠居する前、当代様の御側にいた頃の若菜祝儀の模様を思い出した。自分は若かったし、多病の御上《おかみ》も健やかであらせられた。今は二十年も三十年も昔のことである。

明るい障子に人の影がさした。影が腰を落して、御前《ごぜん》と障子越しによびかけた。六十五の用人青木喜八郎の静かな声である。居間の廊下より、

「御本家の奥様が只今、御門前にお着きでございます。孫姫様御同伴にてお越しでございます」と云う。

芳泉は意外に思った。兄嫁は昔、偶《たま》に自分の子を連れてきた。しかし孫を連れてきたのは、今日初めてである。

「お通しせよ。すぐにいく」と、炬燵の中より返事をした。立ち上った影に、久《ひさ》をよんでくれと命じた。久は、主人より一回り若い側女《そばめ》である。

久が手伝い、芳泉は梅鼠《うめねず》の小袖や袴に着替え、黒縮緬の袷羽織を着用した。冷えきった廊下の板をふみしめ、書院に入った。顔にふれる空気が居間より暖かい。書院には、少し前より、火の熾《おこ》った大きな火鉢がおいてある。座敷が広いため、火鉢の近くが暖まったにすぎない。

延宝初年に没した兄の妻室は、ふみという。ふみは、芳泉を見上げて一揖《いちゆう》し、にっこり頬笑んだ。ふみは、朱と白の段替りの綸子《りんず》の小袖に、緑色の被衣《かずき》である。孫姫も、倣って挨拶したが、微笑がぎこちない。孫姫は、白地に赤い梅樹《ばいじゅ》を描いた振袖に、緑白茶三色の斜めに段替りの被衣である。振袖の袖丈は一尺五寸ほどである。

兄嫁と義弟が新春の挨拶を交した。終ると、ふみは、孫娘を手でさし、

「半丞様《はんじょう》。これは、半左衛門の末娘、偕《とも》でございます」と紹介した。

半丞は、芳泉の昔の通り名である。半左衛門は、ふみの長男の通り名で、本家の当主である。芳泉には甥にあたる。

芳泉は、偕の顔に目をやった。真っ白い中高の顔に表情のある黒目がちの目、高く形のよい鼻梁、締った薄い唇が、十七か十八にして大人の美貌を示している。偕は、大叔父に正面より見詰められ、思わず目を伏せた。芳泉は、吹輪《ふきわ》に結った黒髪を見ながら、トモの字を想起しようとした。軽く膝をうって、

「思い出した。トモの字は、偕行、偕楽のカイの字だ。そなたが生れたとき、兄上が命名した。佳《よ》い名だな」と云う。

偕は顔をあげ、うれしそうに頬笑んだ。芳泉には異母兄の、この兄が本家の先代当主である。通り名を半四郎といった。

半丞はじめ、男子の通称に半の字を使うのは、本家の家祖にして、家康十六将の一人に数えられた渡辺忠右衛門《ちゅうえもん》守綱の若き日の通称、半蔵に由来する。半蔵は、参州八幡の戦いで敗走する徳川勢の殿《しんが》りを務め、追撃する今川勢と縦横に槍を合せて、味方の退却を成功に導いた。これより槍の半蔵の勇名が東海道に鳴り響いた。

家康は、大坂の陣に先立ち、九男の義直を名古屋におき、成瀬正成《まさなり》、竹腰《たけのこし》正信の二人を附家老《つけがろう》とした。さらに、渡辺守綱、石河《いしこ》光忠および志水《しみず》宗忠の三人を、万石以上の家老とした。ここに尾州の半蔵家が、家禄一万四千石として成立した。犬山城の成瀬家や今尾城の竹腰家に対して、半蔵家らの家は、それに準じる家格である。

書院の障子をあけ、用人の喜八郎が入ってきた。平伏し、顔をあげると、御前、昼餉《ひるげ》をお出し申してよろしゅうございますか、と尋ねた。芳泉は、

「形でよいゆえ、若菜粥も出すよう、節に云ってくれ」と、喜八郎に命じた。節は、ここにくるとき上屋敷より連れてきた、六十すぎの老女である。

用人の出入りで、書院に冷気が入った。ふみが案じ顔で、

「半助殿の御病状、近頃はいかがでございますか」と、芳泉の顔を見た。

半助は、芳泉の三男で、小さいながら大名の当主である。渡辺方綱《まさつな》、従五位下《じゅごいのげ》越中守である。十二年前の寛文八年八月、家督を相続した。

芳泉は、自分より幾つか若い、兄嫁の顔に視線を走らせ、

「衰弱して骨と皮になりました。今はもう、命《めい》、旦夕《たんせき》に迫っております」と云う。

「それはお気の毒。半助殿は当年お幾つでございます」

「四十一です」

二人は暫《しば》し沈黙した。ふみは、人物に優れ文武に秀でた義弟が、なぜか親子の縁に薄いことを気の毒に思った。芳泉こと、丹後守乗綱《のりつな》は、二昔前、四代様の側衆より大坂定番《じょうばん》に転じ、一万石を加増されて大名に列した。芳泉の長男も二男も早逝したため、三男半助が家督をつぎ、武州野本を本拠とする、一万三千五百石の所領を相続した。

芳泉は、若き日美しかった兄嫁の顔を見て、

「昨秋、本家よりお祝いを頂戴しました。半次郎基綱が奈於の婿に入りました故、半助に後顧の憂いはなかろうかと思います」と云う。

「藤蔵様に半次郎殿がいて、大層よろしゅうございました」

尾州半蔵家の二代は、初代の長男の忠右衛門重綱である。重綱の男子七人のうち、三人が早逝し、四男半四郎治綱が跡をつぎ三代目になった。四代目が治綱の長男半左衛門武綱で、現在の当主である。半蔵家は、附家老二家と違い参勤をせず、公式には江戸に屋敷はない。しかし実際には、赤坂に屋敷をもっていた。

重綱の五男が半丞乗綱である。半右衛門綱貞が六男で、延宝元年に町奉行より大目付に昇進し、今もその職にある。家禄二千石。重綱の七男が藤蔵長綱で、半蔵家と別に一家を

起し、尾州家の重臣として納まっている。藤蔵の二男の半次郎が、従兄の娘の奈於の婿になり、昨秋、築地の渡辺越中守の上屋敷に入った。

守綱はじめ、男子の名に「綱」の字を使うのは、渡辺の家の遠祖が、平安の昔の渡辺綱だという話に由来する。渡辺綱は源頼光四天王の一人で、鬼同丸の退治など武勇伝の人である。槍の半蔵の遠祖としてふさわしい。綱やその子孫は、淀川の河口に近い摂津渡辺の津に、一族が党を結成した。地名が姓の名称に転じたのである。

縞大島の小袖を二枚重ねた節が、紅赤《べにあか》の矢絣《やがすり》の小袖を着た女中と、静かに書院に入ってきた。鄭重に配膳した。

祝い膳には、漆塗りの揃いの椀がある。丸に渡辺星の家紋入りの椀である。この渡辺星は、星三つの下に太く一の字を引いた図柄をいう。椀の一つは若菜粥で、芹や薺《なずな》など七草のほか、小餅が入っている。別の椀は、鴨と蕪《かぶ》の甘煮《うまに》が入っている。磁器の皿には祝い鯛がのり、小皿には黒豆がのっている。

昼餉が終ると、女中二人が入ってきて、煎茶と千枚漬の皿をのせた膳を、主人や客の前においた。そのとき廊下を急いでくる気配がして、喜八郎が顔をみせた。

喜八郎は芳泉の側にきて、小声で、

「都築《つづき》様の奥様のお駕籠が、只今お着きでございます。急なことながら、御前に御挨拶を申し上げたいとのことにございます」と耳語《じご》した。

芳泉は意外に思った。用人の顔を見返すと、喜八郎が頷いた。

芳泉の同母の妹、梅は、昔、播州姫路十五万石、本多家の筆頭家老たる都築惣左衛門《そうざえもん》の子息に輿入れした。梅が夫と姫路に移って数年後、本多家が大和郡山に国替えになり、梅も郡山に移転した。この本多家が長年に及ぶ御家騒動を起して、昨年の夏、遠く奥州福島に国替えになった。梅も今は筆頭家老となった、親と同名の惣左衛門と一緒に福島の地に移転した。そのさい多忙を極めたらしく、芳泉の屋敷に一度も立ちよることなく、江戸を通りすぎていった。

芳泉は、目の前の喜八郎に小声で、

「小書院に通して、暫し待つよう云ってくれ」と指示した。

予期しない珍客の入来である。芳泉は、数年前に惣左衛門に会っているが、梅には十年以上会っていない。兄嫁の、ふみに至っては、梅の顔を覚えてはいまい。

芳泉は、折角の機会、梅に挨拶させようと思い、ふみを見た。ふみは、礼儀として目の前の遣り取りに知らん顔をしていたが、正視されて、相手の思いに気づいた。

ふみは、心持ち居住《いずま》いを正し、

「お客様は都築様の奥様でございましょうか。お差し支えなければ、御挨拶いたしたいと存じます」と申しでた。芳泉は、

「梅より姉上に御挨拶させます」と云って、軽く頭をさげ謝意を表した。

暫くして再び喜八郎が入ってきて、小書院に案内したと報じ、

「都築様の奥様は、御養子の平九郎様と一緒にお越しでございます。平九郎様を御目通りさせたい、と仰せでございます」と、主人の返事を待った。

芳泉は、平九郎と小さく呟き、不審そうな顔をした。

何かを想起しようと、目の奥に神経を集中した。すると、脳裏に軽く衝撃が走り、何の脈絡もなく求める答えが浮んだ。自分は会ったことがないが、先代の都築惣左衛門秀重《ひでしげ》の養子に平九郎と称する者がいた。梅の夫たる当代の惣左衛門秀隆の養子にして名を平九郎といえば、先代惣左衛門の養子の子か所縁《ゆかり》の者に違いなかろう。

ふみが義弟の表情が動揺したのに気づいたとき、芳泉は、

「拙者が二人に会って参ります。姉上は暫し、お待ちください」と一揖した。芳泉は直ちに喜八郎を従え、書院をでていった。ふみは、都築の養子、平九郎というのは何者かと首

を傾《かし》げた。

沈んだ時が流れ、偕《とも》が祖母を見て、頬笑みを浮べた。節がきて、柿羊羹の皿を二人の膳においた。ふみは、以前より節を知っている。

「御養子の平九郎様と仰る方は、何方《どなた》ですか」と、聞いてみた。節は途惑い顔になり、

「申し訳ございません。私、初めて耳にいたしました」と云う。

寒い廊下に、幾つか足音が響いた。御免と断り、芳泉が客と一緒に戻ってきた。緑色の綸子の小袖を二枚重ねた梅と、褐色《かちいろ》の羽織袴の若い武士である。

節と女中がきて、主人と女客が対している側面に、八端《はったん》の座布団をおいた。ふみの予想に反して、芳泉に近い上座に若者が座り、下座に自分と同年齢の梅が座った。若者は先客の二人に軽く一揖した。ふみが見て、二十歳くらいか。切れ長の涼しい目、高く品のよい鼻、意志的に締った唇。一目で、何ともすばらしい美男である。

梅がふみに挨拶した。異母兄、半四郎の婚儀の席で会って以来、四十数年ぶりの再会である。梅は、兄嫁に昔の美しかった面影を見ながら、歳月の刻んだ重みを感じた。ふみも挨拶を返した。ふみは、梅をよく覚えていなかったが、梅の才気ある表情と堂々たる姿勢に内心舌をまいた。さすが筆頭家老の妻室である。

梅が平九郎を二人に紹介した。平九郎が丁寧に挨拶した。ふみは、偕の目が美しく輝くのに気づいた。

次にふみが控え目に、偕を二人に紹介した。梅が偕をまじまじと見て、

「お綺麗なお嬢様でございますこと。お幾つになられましたか」と聞く。ふみが、

「この春十七になりました」と云う。

平九郎が偕を熱心に見詰めた。偕は見詰められ、顔を伏せた。

一通り挨拶がすむと、芳泉が、

「平九郎殿を当分の間、当家に預ることに決めました。福島に住《すま》われるよりは、江戸の方が、何かと都合がよろしかろう」と披露した。ふみは意外に思った。全く事情が分らないが、突然舞いこんできた妹の養子を預ると、平素慎重な芳泉が即決したのである。

ふみが、義妹の福島移転について、

「和州より福島までの遠路、本多様御一統がお移りでございます故、皆様、さぞ御苦労がございましたでしょう」と、見舞いを云った。

梅は、軽く頭をさげ謝意を表して、

「御公儀の急な御沙汰がありました故、昨年の夏は家中一同、恰も戦《いく》さのごとき大騒動で

ございました。尾州様はお国替えがなく、よろしゅうございますね」と云う。梅もふみも同じ元和三年の生れで、今年六十四歳である。二人は久闊を叙する遣り取りを繰り返した。

陽気な時が流れたが、ふみが突然、八ツをすぎたろうと気づいた。祖母と孫姫は、主人と客に辞去する挨拶をして、寒く長い廊下を玄関に向った。

芳泉はじめ、梅や平九郎が玄関まで送りにでた。玄関の前は、丸に渡辺星の家紋入りの駕籠が二挺すえられ、寒い中を供侍や女中らが待っていた。

ふみは、平九郎の背丈が五尺八寸ほどあることを知った。芳泉も背丈があるが、並んで立つと平九郎の目より低い。ふみは気づかないが、ふみの後ろ、偕が芳泉を見た後、視線を平九郎に移し、その顔形を胸に留めていた。ふみが見たのは、平九郎が偕をじっと凝視し、視線を逸さなかったことである。

偕は、駕籠の中で、今日の日を新春早々の佳日《かじつ》だったと思う。そして自分を可愛がってくれた亡き祖父の面影を、別れてきた大叔父の顔に重ねた。のみならず、何という偶然が訪れたことだろう。都築平九郎様という若いお方にお会いした。涼しいお目がむけられたとき、理由もなく胸が波うった。

ふみも、同じく駕籠にゆられながら、麻布訪問を思い返した。寒風のふく中、麻布まできてよかった。芳泉様にお会いし、思いがけず、義妹の梅様にもお会いした。

これはよい。確かによかった。しかし今日、偕を連れてきたのは、芳泉に孫娘を知ってもらうためである。二年前に偕の姉、澄《すみ》が、名古屋で重臣の家に輿入れした。偕は澄よりずっと縹緻《きりょう》よしで、ずっと賢い。偕は、大名の家に輿入れさせたい。芳泉はすぐ、自分の思惑を見抜いたに違いない。

これもよい。しかしと呟いて、ふみは若い武士の姿を思い起した。惣左衛門殿の養子という。都築惣左衛門の家は、本多家の筆頭家老で、確か家禄六千石と聞いている。芳泉様に内々に孫娘を頼みにきた日に、この平九郎様がどういう偶然か絡んできた。果して吉兆かそうでないのか、俄かに分らない。

駕籠の中は寒く、ふみは被衣《かずき》を頭に引きあげた。平九郎様と呟いて、ぶるっと身震いをした。本多家は平八郎忠勝を家祖とする。平八郎は徳川四天王の一人で、五十余りの合戦に出陣して家康の創業に尽した。井伊直政、酒井忠次、榊原康政と並んで、創業の功臣である。家康に過《す》ぎたるものが二つあり。唐《から》の頭《かしら》に本多平八、と落首に詠まれた。ふみはこれに思い至った。唐の頭は兜の鉢に旄牛《ぼうぎゅう》の尾の毛を束ねた飾りをつけたものながら、ふみにはどんなものか見当がつかない。

平八郎は始め上総大多喜《おおたき》十万石を領し、後に勢州桑名十万石に国替えになった。嫡子の同じく平八郎忠政のとき、播州姫路十五万石に再び国替えになった。家祖より数え六代目が、今の奥州福島の当主である。この本多家にあって通り名にせよ、誰が平八郎に似た名を公然と名乗ることができよう。できるのは、本多の血筋の者に限られていよう。

ふみはこう考えてきて初めて、今日の下屋敷における平九郎の扱いが納得できるように思われた。しかしと呟いて、ふみは再び若い武士の姿を思い起した。平九郎が果して血筋かどうか分らない。芳泉に尋ねれば教えてくれようが、本多家や都築家に関わりない身として、自分が尋ねることはできない。

ふみは新春早々、厄介な問題を抱えこんだ。頭の中で問題の周りを回っていると、赤坂に着いた。敷地二千坪たらず、こぢんまりした屋敷である。ふみは、女中の揃えた履物をはき、ゆっくり玄関へと歩を運んだ。江戸屋敷の用人、佐藤恭之介が式台に走りでてくるのが、目に入った。

振り返ると、偕が後ろにいた。寒空の下、光の明るい午後である。楽しそうな表情の偕は、美貌が一段と冴えて見えた。

二　郡山騒動

二日後のことである。延宝八年一月九日の昼頃、地震があり、下屋敷の母屋がゆさゆさとゆれた。喜八郎がすぐ芳泉の居間に伺候して、指示を仰いだ。

「今少し様子をみよう」と、芳泉は脇差をとって腰にさし、障子をあけ放し、寒い廊下にでた。広い中庭や、木々の向う、土塀の様子を眺めた。

そこに側女の久が姿をみせた。白梅をちらした緞子《どんす》の小袖を、二寸幅の平絎《ひらぐけ》帯で結んでいる。町家の出ながら、群をぬく縹緻よしで、五十を超えてなお十歳は若い。

少し遅れて、都築平九郎が姿をみせた。縹色《はなだいろ》の小袖と同色の袴をつけ、脇差姿で、急ぎ足できた。芳泉に一揖すると、腰を落し見上げる姿勢になって、

「芳泉様。御無事でございましたか」と、短く見舞いを述べた。

「何の、これしき。そなたは驚いたろう」と聞く。

平九郎は、にっこり頬笑んで、

「大和郡山には地震はありませんでした」と云う。

暫く様子をみたが、地震は治まったようである。芳泉が気づいて、

「平九郎殿は昼餉はお済《すみ》か。拙者と御一緒するか」と、誘いをかけると、
平九郎は、頭をさげ謝意を表して、

「ありがとう存じます。私は離れに、昼餉の膳を頂戴しております」と挨拶した。

平九郎は、お供二人を連れてきた。芳泉は、この三人に離れの家屋を提供した。喜八郎が二人に会い、

「一人は四十がらみで、高木誠之助と申されます。一人は二十代でしょうか、中川金一郎と申されます。どちらも骨格逞しく、平九郎様の警固役だろうと見受けられます」と報告した。続いて、

「どちらも本多様の御家中だというお話でございます」と云う。

芳泉は、梅より、平九郎とお附《つき》を預ってほしいと頼まれたとき、お附が都築の家士だと速断した。これは誤りで、やはり本多家の家中の者かと思い直した。

数年前、芳泉は、この下屋敷を訪れた妹婿の都築惣左衛門と、長々と話しこんだことがある。惣左衛門は、大和郡山本多家の御家騒動の収拾に走り回っていた。惣左衛門は妻の兄たる芳泉の知恵を借りたいし、芳泉を通して半右衛門綱貞こと、大目付渡辺大隅守にも

働きかけたいと思ったのである。

このとき惣左衛門の口より平九郎という名が飛びだした。惣左衛門の話は、大坂落城の翌年に遡った。その年の秋、千姫が、本多平八郎忠刻《ただとき》に輿入れした。千姫は落城の炎の中に夫の秀頼を失い、再婚である。忠刻は、美濃守忠政の嫡子にして、岡崎次郎三郎信康の娘の子である。

千姫二十歳、忠刻二十一歳で、忠刻は、美男の聞えがあった。将軍家よりすると、創業の功臣たる忠勝の嫡子に家康の孫娘を降嫁し、次の嫡子に同じく家康の孫娘にして秀忠の娘を降嫁して、本多家を徳川家にしっかりと絡みつけようという算段である。千姫の降嫁には、化粧料として、十万石の所領がつけられた。

惣左衛門は、千姫の輿入れの直前、忠刻の気に入りの側女に男児が生れたと、思わず声を潜めた。将軍家への体裁上、これは内密にするしかなく、先代惣左衛門が男児を自分の養子として引きとった。忠刻は、その子を平九郎と命名し、家中より男女を選んで平九郎の守役とした。養育料は千石である。

惣左衛門は、声を潜めたまま、

「中務大輔《なかつかさたいふ》様は十年後、確か寛永三年の五月七日、お亡くなりになった。拙者は元服前でございましたが、家中の者が陰で、大坂落城と同じ日だと囁いていたのを、はっきり記憶しております」と云う。忠刻は若くして叙爵《じょしゃく》し、中務大輔と称した。

「中務大輔様が御健在なら、かような御家騒動の憂き目をみることはなかったろうと存じます。然るに三十一にて病没せられ、千姫様との御子は早逝し、側女の御子はわが都築家に養子にだし、御世嗣《ごせいし》がありません。そこで弟君、甲斐守政朝《まさとも》様が播州龍野の五万石より本家に入られ、本多の家をつがれました」と云い、一息いれた。

芳泉は、義弟の話に黙って耳を傾けた。苦労を重ねたせいか、芳泉より一つ年下のはずが、老けてみえる。惣左衛門は、

「それより十数年、甲斐守様御最期のとき、お子は幼少のため、御正室の弟君にして従弟の内記《ないき》政勝様を御世嗣にせよと、先代惣左衛門に御遺言されました。但し、自分のお子が長じたら、家督を返すという条件がついておりました。内記様が相続されてすぐ、本多家は国替えになり、大和郡山に移りました」と、話を続けた。

惣左衛門は溜息まじりに、

「内記様は器量人で、家中に文武を奨励し、質素にして礼儀ある本多の家風を養成しようと努められた。さりながら、甲斐守様のお子が長じられても当主を譲ることなく、空しく

歳月が流れました。内記様が旧領より引きつれた家来衆と、本多家譜代の者の折り合いが悪いばかりか、自分の子を郡山城三の丸にいれ、御世嗣にせんとする様子がございましたため、家中は二派に分れて鎬《しのぎ》を削る有様となりました」と云う。

芳泉は、この説明を聞き、本多家の御家騒動の事情をおよそ理解した。これは、泥仕合になろう。惣左衛門が太い息をはき、

「内記様は当主たること三十三年、寛文十一年十一月に没せられました。時に嫡流甲斐守様御長子は齢《よわい》三十八にて、家中の争いはその年十二月の御公儀の裁定となり、遺領十五万石を分ち、九万石を御長子の中務大輔政長様、六万石を内記様の子の出雲守政利殿が相続することになりました」と説明して、話をしめ括った。

芳泉も、大老酒井雅樂頭《うたのかみ》が申し渡した、この裁定を承知していた。世に郡山騒動というのは、裁定までの二派の争いをいう。裁定の内容を捉え、九六騒動ともいう。芳泉は義弟の説明の中で、騒動の本筋に直接は関係しないが、先代惣左衛門の養子として平九郎の名を聞いたのである。

しかし裁定後も、大和郡山の御家騒動は終息しなかった。嫡流の政長は、旧領三万石を併せ十二万石で郡山城主になったが、庶流の政利に六万石を掠めとられ、本多家譜代の者

は斉《ひと》しく憤慨した。本知の十五万石を回復すべく、当代惣左衛門や笹川覚右衛門《かくえもん》ら重臣が繰り返し江戸に出府し、大老や老中に働きかけた。庶流方は庶流方で、裁定のやり直しがあって、知行が減じられてはならず、嫡流方に対する攻勢の手を一向に緩めなかったのである。芳泉の屋敷を惣左衛門が訪問したのは、このときである。

それより数年が経過し、今回突然、梅が下屋敷を訪れたとき、芳泉は、中務大輔政長の逝去を弔し、昨年六月に政長の養子、平八郎忠国が十五万石で奥州福島に国替えになったことを祝した。惣左衛門らの長く不屈の運動が功を奏して、本多家は本知を回復したのである。梅は、複雑な表情をして、

「平八郎様は、本多家二代、美濃守忠政様の孫姫様のお子でありますが、水戸中納言頼房様のお孫でございます。本多の本家が水戸様の分家に変じたようにも思われます。何れ《いず》にせよ、播州姫路か大和郡山に帰る運動に着手せねばならないと、惣左衛門殿が申しております」と云うのである。

昼餉の後、およそ半時は経過した。芳泉は、炬燵の上に書見中の漢籍を広げたまま、舟をこいでいた。久が傍らで紙を広げ、絵筆を握って、床の間の花瓶に挿した寒菊や侘助《わびすけ》を写生している。周りには、絵筆や絵具や筆洗がおいてある。絵具は立派な蒔絵の箱に何色

も入っている。

日差しはあるが、春寒の廊下に喜八郎がきて、御前、と障子越しによびかけた。芳泉がはっと目を覚した。久が、はい、と返事した。

「平九郎様が、今お部屋に伺ってよろしいか、とお尋ねがございました」

「どうぞ、おいでなさい、とお伝えしてくれ」と、芳泉が応答した。

久が急いで絵の道具を片づけていると、平九郎が姿をみせた。久は座布団をだし、茶の支度に居間よりでていった。

平九郎は、先刻の服装である。芳泉は座布団を勧め、冷えるので、よければ炬燵に入るように勧めた。平九郎は座布団を引きよせたが、炬燵には入らなかった。

芳泉が、すぐ口をきった。

「一昨日《おととい》はざっとした話で、拙者、そなたと少し話したいと存じていた。立ちいったことをお聞きする。お父上、平九郎殿は亡くなられた。これは聞いたが、お母上は健在か」と聞く。平九郎が、健在でございますと答えて、

「寛文十一年、父は内記殿が没する前、夏の暑い日に急逝しました。父を弔うと、母も私も惣左衛門の屋敷に移りました。私は十二でございました。私は今、福島に屋敷がございい

ますが、母は今なお惣左衛門の屋敷に同居し、梅より娘同様に可愛がられております」と説明した。五十六で没した父が健在なら、当年六十五。母は当年四十である。

芳泉は、なお立ちいったことだがと断って、

「お父上もそなたも本多家の客分扱いと云う。これまでは御当主が事情を熟知し、お二人は事なく過されてきた。然るに昨年、水戸家より養子が入って、扱いに変易《へんえき》を来したものだろうか」と聞く。

平九郎は少なからず困惑した。芳泉は誤解している。父の平九郎が平八郎忠刻の庶子であり、自分はその子である。水戸家より入った者が今の当主であるにせよ、忠刻の庶流の者の扱いを俄かに変易する力はない。一昨日今回の出府の目的を聞かれ、専ら文武の修行にありと説明し、今一つの事情を隠したため、芳泉の誤解を招いた。

平九郎は、事情を打ち明けておこうと決心した。

「本多家当主が交代し、私が福島に居辛くなったのではありません。過日申し上げましたが、私が江戸に参りましたのは、文武を修行するためでございます。京、大坂に近い大和郡山ならまだしも、奥州の福島におりましては何もできません」

芳泉は、自分の推測が外れたと思った。平九郎が落ちついた声で、

「過日申し上げませんでしたが、なお事情があります。私が福島におりましては、必ずや刺客が襲って参りましょう。江戸に参りましたら、向うはまず手を出せないだろうと存じます」と説明した。

芳泉は、推測は外れたが、やはり何かがあったと頷いた。それにせよ、刺客が襲うとは穏やかでない。平九郎が話すのを待った。そのとき廊下より、御免なさいませという声がして、久が女中を連れて入ってきた。主人と客の前に煎茶をおいた。女中が静かに菓子皿をおいた。餡入りの菓子である。

平九郎は口をとざし、久の白梅の小袖を目でおった。芳泉は、

「江戸にて剣術を教わる当てがおありか」と質問した。

久と女中が丁寧に礼をして、座敷をでていった。平九郎は、別して当てはありませんと正直に答えた。続いて、

「私は幼くして、父より新陰流の手解《てほど》きをうけました。僅か一年にして父が急逝しましたため、郡山の遣《つか》い手《て》の者より、同じく新陰流を学びました。本多家は代々新陰流でございますので、江戸でも新陰流を学び直したいと思います。しかし江戸では、これは望んでも叶わないことかと懸念しております」と云う。

新陰流は俗に柳生流、あるいは柳生新陰流ともいう。柳生石舟斎宗厳《むねよし》を流祖とし、五男の但馬守宗矩《むねのり》が将軍家の剣術師範になり、一族や門弟が各地の大名に仕官して流派を拡大した。しかし江戸では、将軍家の師範たる面目より、お留流《とめりゅう》と称して、町道場を開いたり門弟をとったりすることがない。芳泉は、

「柳生家の下屋敷はこの麻布にある。但馬守は数十年前この下屋敷にて逝去した。その跡を飛騨守宗冬がついだ。拙者は、飛騨守と年が近く昵懇にしていた。これも逝去して五年になろう。今の当主は、飛騨守の二男で、宗在《むねあり》という。拙者が今夜一筆認《したた》めよう。そなたは下屋敷の内道場にいけばよい」と云う。

平九郎は、難事と案じたことが容易に解決しそうで、思わずにっこりした。両手を軽く畳について頭をさげた。

「お手を煩せて、恐縮でございます。ありがとう存じます。早速近日中に柳生家の内道場にいき、入門したいと思います」と云って、雀躍する表情を示した。

芳泉は、一昨日そなたは剣術に加え、槍術も学びたいと申された。槍術を教わる当てがおありか、と質問した。平九郎は、当てはありませんと答えて、

「私は郡山の遣い手の者より、槍術を学びました。宝蔵院流の鎌槍でございます。素槍《すやり》は

素人ですので、竹内流なり、大島流なり、素槍を初歩より学びたいと思いますが、これは剣術修行がある程度進捗をみた後でよいかと考えます。もっとも学問は、剣術修行と並行して学んでいきたいと思います」と云う。

芳泉は、平九郎の若々しい顔や、真っすぐな言葉に接して、羨しく感じた。自分も若き日、何事にも熱意があった。この若者が自分の老いを暴《あば》いてくれる。

平九郎は、煎茶を一口啜ると、話を元に戻した。

「芳泉様。先程申し上げかけた刺客でございますが、これをお話する前に本多家の秘事をお話ししなければなりません」と云う。

芳泉は頷いてみせた。何を聞いても口外しない、という意思を示したのである。

平九郎は、心持ち声を落して、

「前当主の勘右衛門《かんえもん》殿は、昨年四月に亡くなりました。幼少の頃より病身でしたが、直接の死因は置毒に会ったものでございます」と云う。勘右衛門は、中務大輔政長の通り名である。平九郎の亡き父には従弟にあたる。

芳泉はぎょっとして、毒殺されたのかと尋ねた。平九郎は芳泉を見返して、

「さようでございます。夕餉《ゆうげ》の膳に毒をもられました」

を抱いた。


「鬼役は何をしていたのか」

「本多の家に鬼役はおりません」

芳泉は、暫し考えこんだ。血縁の者がそこまでやるかと、御家騒動の醜悪さに嫌悪の情を抱いた。

平九郎は、静かに話を続けた。午後の座敷は、僅かに気温が上昇している。

「勘右衛門殿は四十七にして一人の子女もなく、庶流の弾正左衛門《だんじょうざえもん》はそこを狙って本多の本家をつぎたいのです。どのような手段に訴えても、本家をつぎたいのです」と云うのである。弾正左衛門は、出雲守政利の通り名である。

芳泉は難しい顔になり、じっと耳を傾けている。

「惣左衛門らが勘右衛門殿の死顔《しにがお》を拝したところ、顔面はどす黒く、両眼は真っ赤に充血し、唇は真っ黒に変色し、変死の様子が明白だったと申します。私も、こっそり奥座敷にいき、死顔を見ましたが、重臣らの云うとおりでございました」

「奥医師の北村道因なる者が予《かね》てより不審の廉《かど》があり、弾正左衛門一派に通じている節がありますので、重臣らが内々に訊問しました。嫌疑は濃厚ながら自白はしないし、証拠も証人もなく、処罰するには困難を来しました。変死を秘しておりますため、その筋の者に訊問させることができず、隔靴掻痒の有様でございました」と云う。

春寒の中でも、居間の障子には明るい陽光が躍っている。芳泉は、隠居してより珍しく耳にする俗世の醜聞だと思った。

平九郎は、静かに話を続けた。

「惣左衛門らは道因を櫓《やぐら》の中に軟禁しました。道因は、弾正左衛門一派の救出を期待していたようですが、そのまま捨ておかれました。五月、六月と捨ておかれ、国替えの騒ぎの中で脱走を図り、番人の脇差を強奪し、番人を疵つけて櫓より脱出しました」

「奥医師ながら大きな男で、武者走りの石段の上で別の番人相手に脇差を振り回しているところに、私が通り合せました。私は駆け上って、斬りすてました。道因の一家は本多家より追放になりました。その後福島にて、私は刺客に襲われました」と云う。

「家中に奥医師の縁者が残っておったか」

「残っておりましょうが、縁者は多くは医師でございます。私を襲った刺客は、二度とも疑いなく家中の武士でございました。本多家譜代の者の中にも、庶流方に心をよせる者が前々より少なからず交っております。内記政勝殿の支配が長期に及びましたため、無理もないことでございます」と云う。

三　刺客

渡辺家の上屋敷は江戸湾に近い築地にある。延宝八年一月は、好晴の下、厳寒が江戸中の大気を凍らせた。下旬になると、なお厳寒が続いたが、母屋の瓦屋根や、庭の常緑樹の枝や葉や、四方の海鼠塀《なまこ》に陽光がきらきら躍り、さすがに季節の春が近くにきていることを感じさせた。しかし奥の座敷では、当主が死の床に呻吟していた。

渡辺越中守方綱《まさつな》が細い息を引きとったのは、延宝八年二月一日の朝である。享年四十一歳にして男子がなく、既に従弟の半次郎基綱が婿養子に入っていた。

芳泉は、上屋敷より知らせをうけると、久に手伝わせ築地にいく仕度に掛った。喜八郎がきて、平伏して沈痛な面持《おもも》ちで悔みの言葉を述べた。芳泉は、

「これも運命。半助の生きざま、必ずや成仏できよう。通夜や葬儀で、拙者は数日築地におることになろう。留守を頼む」と、喜八郎に命じた。

喜八郎は、畏《かしこ》まりましたと応じ、さてお駕籠の支度、供の支度を見て参りましょう。と云って座敷をでようとして、

「御本家の奥様、赤坂の奥様にお知らせいたしましょうか」と聞く。

芳泉は、ちょっと思案し、

「うむ、お知らせしてくれ。葬儀の日時は決まり次第、追ってお知らせするとお伝えしてくれ」と、喜八郎に命じた。

芳泉を家祖とする渡辺家は、河州や泉州の内に一万石を加増され大名に列しながら、槍の半蔵の故地たる比企郡野本に陣屋をおいた。このため芳泉の正室、いとは、野本の妙光寺に葬られた。半助の葬儀は、辺鄙な野本で営むのは非常識である。いとと同じく、築地で営んだ後、遺体を妙光寺に送ることになる。

芳泉は、上屋敷に入ると、家老や用人の意見を聞いた上で、二月三日の通夜、二月四日の葬儀を決定した。すぐ親類縁者に通知するとともに、僧侶を招くため急遽家臣を野本に走らせた。以前より覚悟はしていたが、現に痩せ衰えた遺体を目にすると、自ずと涙が頬を伝った。

二月四日昼すぎ、都築平九郎は、同じ麻布の柳生家の内道場より帰ると、昼食をとった後、薄色の羽織袴に着替え、八ツ半頃、築地の渡辺家上屋敷へでかけた。中川金一郎を供にし、下屋敷の中間、勘助に道案内をさせた。七ツに始まる葬儀に少々遅れても、せめて焼香をしてこようと思った。

どんより曇った日である。芝の増上寺までくると、小雪が舞い始めた。勘助が携行してきた黒漆《くろうるし》の塗笠を一枚ずつ二人に渡した。自分は白髪交りの頭が雪にまみれても、慣れているらしく頓着しない。平九郎は、舞いおちてくる雪を見上げて、尾州の偕姫《とも》も参列するだろうかと、淡い期待をもった。

築地は、明暦の大火後の埋立地である。本願寺一つを別として、ほとんどが大名屋敷である。下屋敷や中屋敷が多いが、小大名の上屋敷も幾つかある。

平九郎は、雪空の下、渡辺家の上屋敷に辿りついた。外見《そとみ》は、二千坪より三千坪くらいの屋敷である。屋敷の近辺にはどの道にも駕籠がおかれ、寒い中、供侍や中間小者らが道に溢れていた。芳泉の親類に大名家や旗本家があるし、渡辺家と同じく菊間《きくのま》を殿席とする小大名で、越中守方綱と親しかった家が幾つか弔問にきているのだろう。

平九郎は本多家家中、都築平九郎を名乗り、読経の声と線香の香りの中、母屋の玄関に近い広間に案内された。上段の端にすっぽり白い布をかけたお棺がおかれ、下段に僧侶が並んで、声高々と読経している。僧侶の後列に、一様に白い麻裃を着して端座しているのが、親族の人々らしい。

平九郎は、広間の中央におかれた焼香台にいき、芳泉の子息の冥福を祈って静かに焼香した。立ちこめる線香の煙の間より、一瞬目をあげ親族の人々を見たが、芳泉も、偕姫も姿を識別できなかった。もう一度しっかり見たいと思いながら、後より続く焼香の者に席を譲った。

玄関にでて式台に足をおいたとき、近くより呼びとめられた。ふり返ると、蝋色《ろいろ》の麻裃を着した五十くらいの立派な武士である。自分も式台におりてきて、

「拙者、当家の家老山口源十郎でございます。都築様、本日は御足労を煩せ、ありがとうございました」と挨拶した。

「御当主様の御逝去、残念なことでございました。謹んで御冥福をお祈りいたします」

「麻布までお気をつけてお帰りくださいますよう、芳泉様より言伝《ことづて》でございます」

源十郎に見送られて、平九郎は上屋敷の門を潜った。七ツ半に近く、暗い雪空の一角が破れて、夕陽が覗き始めた。

復路も、勘助が先に立ち、平九郎は金一郎と並んで、歩を運んだ。往路と同じく、汐留橋にでて、東海道をいき、増上寺をぬける積りである。

金一郎は平九郎と同じ背丈である。金一郎が小声で、

「お気づきですか。最前より尾《つ》けられております」と云う。

平九郎は、右手で塗笠の端をあげ、金一郎と目を合せて、

「気づかなかった。何人か」と聞く。

「二人のようです」

「襲ってこようか」と聞く。

金一郎は、これも右手で塗笠の端をあげ、強い目をして、

「人気《ひとけ》がない所で、おそらく襲って参りましょう」と云う。

平九郎は、増上寺までいくと人影《じんえい》がなく、死人《しびと》がでると思案して、

「尾行をやめさせよう」と云うと、海鼠塀《なまこ》の切れたところを急に左に曲った。

両側は大名屋敷の海鼠塀が続いている。そこで待っていると、羽織袴、身形《みなり》のよい武士が二人、慌て気味に姿をみせた。平九郎らが目の前にいるのを見て、二人はぎょっとした体《てい》で、一歩後退《あとずさ》りした。どちらも見知らぬ者で、国者ではない。平九郎は、二人は自分の知らない江戸詰の者かと疑った。

「私は都築平九郎。そなたら、私に用があるのか」と名乗ってでた。大人しく引き下るかと思ったら、二人は抜刀して平九郎に斬りこんできた。

平九郎も金一郎も、一歩引いて抜き合せた。金一郎は大兵《だいひょう》の武士を相手に選び、

「仕方ありません。ここで斬ってしまいましょう」と云う。

平九郎は小兵《こひょう》の武士を相手に、

「同じ家中の者が斬りあいをしても始まらん。直ちに刀を引け」と、相手の顔を正視して命令した。相手は表情のない顔で、無言で斬りこんできた。平九郎は自分の刀で、その刃を思いきり強く撥ね返した。相手は怯《ひる》んで、一歩、二歩後退りした。

金一郎は、持ち前の強気の太刀筋で、相手をおしていた。斬りこんだ刀が、見事に逆胴に入った。相手の羽織がぱくりと裂けた。むろん胴体まで裂けていよう。しかしこの者は怯みもしないで、中段に構えた姿勢で、じりじりと間を縮めてきた。金一郎は、この者が肉を斬らせて骨を断つ戦法にでたと気づいた。

刺客の体は、二人とも元の道に食《は》みだした。そこにお供に囲まれた駕籠が二挺、平九郎のきた方角より進んできた。先頭の者が前方の異変に気づき、駕籠脇を固める供侍に注意を促した。四人の供侍が前にでて垣を作った。駕籠は右の海鼠塀の側に停止した。お附の女中や中間も、暮れかけた中、道中《みちなか》で斬りあう者に注意を怠らなかった。

後ろの駕籠の戸が開き、若い女の声で、

「歌」と、女中をよぶ。

女中が駕籠脇にいき、道に膝をつく恰好で、

「お嬢様。どうなさいましたか」と聞く。

駕籠の中より鴇《とき》色の被衣《かずき》を被った若い女が顔を覗かせ、女中に声をかけた。

「お祖母《ばあ》様に、都築平九郎様です、と伝えなさい」と云う。

ふみは、偕のこの声を聞いた。自分も戸を開き、斬りあう四人に視線をなげた。黒い笠の下にちらっと見えた顔が、平九郎らしく思える。ふみは灰白《かいはく》の被衣をとり、今一度視線をなげた。平九郎に間違いない。それにしても、駕籠の夢想窓を通して、偕がよく平九郎に気づいたことと思う。

ふみは、供侍の一人、桜井重次郎に目をやった。尾州家の兵事の中核を担う槍の半蔵家にあって、随一の新陰流の遣い手である。五十歳、地味な侍ながら、若き日、尾州新陰流の流祖たる柳生兵庫助利厳《としよし》より薫育をうけた。昨秋ふみが江戸にくるさい、志願して一緒に江戸にきた。ふみは、

「重次郎。黒笠のお人をお守りしなさい」と、強い声で命じた。

重次郎は、ふり返ると、大きく頷いた。重次郎は、供侍の一人を誘い、刺客二人の背後

に回った。刀を抜いた。

　二人の刺客は、前後を敵に挟まれ戦意を喪失したようである。二人は刀を下し、抜き身をもったまま後退した。この場を十分離れるや、小兵が大兵を助け、汐留橋の方へと懸命に駆けだした。

　平九郎は、刀を収め、助太刀を買ってでた二人に礼を述べた。見覚えのある丸に渡辺星の駕籠に近づくと、塗笠をとり片膝をついた。

「これは奥様。危《あや》ういところを御加勢くださいました」と、頭をさげた。

「御無事で何よりでございます。偕が都築様だと気づきました」

　平九郎は、後ろの駕籠にいき、同じように片膝をついた。偕を見上げると、

「危ういところを御加勢くださいました」と、頭をさげた。

　偕は頬を赤く染めて、平九郎を見返し、

「御無事でよろしゅうございました」と、心より云う。

　ふみが、では、途中まで御一緒に参りましょう。この声で駕籠が上り、何事もなかったかのように進み始めた。

　ふみや偕の駕籠は、外濠にそって赤坂へ向った。平九郎は途中、虎の門で別れ、麻布の

下屋敷をめざした。

二月八日朝四ツ、都築平九郎は、赤坂の半蔵家の屋敷を訪問した。今回も中間の勘助が道案内に立ち、高木誠之助、中川金一郎の二人が供をした。平九郎は、前日、数寄屋河岸の奈良屋より端渓《たんけい》の硯と奈良名産の墨を、二組手にいれた。一組はその日のうちに芳泉に進上した。今一組は半蔵家に持参するお礼の品である。

平九郎は、取次の者に導かれ、広い書院に通された。床の間の花瓶には、赤い花を幾つかつけた山茶花《さざんか》の枝が挿されていた。ふみも、偕も、すぐに姿をみせた。

ふみは、朱と白を交ぜた綸子の小袖の上に、牛車を描いた緑色の寛文小袖を打掛《うちかけ》にしている。偕は、青地の綸子の小袖を着用し、白地に藤の花を描いた紗綾《さや》の寛文小袖を打掛にしている。小袖は緑の平絎帯を以て、真ん前で結んでいる。衣服の色や模様が偕の縹緻をさらに引きたてていた。

平九郎は、過日築地で加勢してもらった礼を述べた。ふみは、

「重次郎に聞きますと、あのとき都築様の方が優勢で、刺客に斬られる虞れはなかったと申します。差しでたことをしました」と、軽く頭をさげた。

平九郎は、手をふってそれを打ちけし、

「私の方が優勢に見えましても、真剣のことです、結果は予測できませんでした。しかもあそこで、私どもが刺客を斬れば、同じ家中の中に恨みを残します。お駕籠が通り合せたことも、御加勢くださったことも、感謝にたえません」と説明して、ふみにも偕にも深々と頭をさげた。

ふみは驚き、

「刺客は、本多様の御家中の人でしたか」と聞く。

平九郎は、今は仕方なく、

「御家騒動の、名残《なご》りでございます」と説明した。

ふみは、平九郎の衣服を見た。褐色《かちいろ》の羽織袴である。若菜の節句の日、麻布で会った日に着ていたものである。ふみは、気になっていたことを尋ねた。

「都築様は本多様所縁《ゆかり》のお人でございましょうか」

平九郎は、隠すことはないと思い、

「私の父、平九郎直刻《なおとき》は、五十年も前に逝去された本多家の嫡子、忠刻様の庶子でございます」と云う。子の平九郎は、この父より治刻《はるとき》と名づけられた。

ふみは驚き、

「お祖父《じい》様は、あの千姫様の御主人であらせられましたか」と聞く。

平九郎は明るい顔で、

「さようでございます」と云う。

ふみは、偕に目をやった。偕は目を輝かせて、二人の話を聞いている。叶うなら今一度会いたいと願った人が、自分の目の前にいる。

ふみは、偕の思いに気づいた。偕は都築様に思いをよせているらしい。今の話で都築様が本多家の一族であることは分った。しかしせめて万石以上の分家の当主か嫡子というのならともかく、筆頭家老都築家の養子にすぎない。自分は、惣左衛門殿と梅様の間に実子があるか、男子の実子があるか。それすらも聞かされていない。

今回自分が孫娘の偕を連れて江戸にきたのは、できるなら偕を大名家に輿入れさせたいと望むからにほかならない。本多家が都築様を御公儀に届け、御目見《おめみえ》を願いでて、分家を起す見込みでもあれば、偕の候補としてよい。それがなく、筆頭家老の家の跡継ぎになるというのなら、これは考え物である。御家騒動が終息したはずなのに、江戸に刺客が出没する難しい御家である。当の都築様が命を落す虞れもある。都築家の跡継ぎにもならないときは、むろん候補どころではない。

思案していると、傍らで二人の笑い声が聞えた。

「偕様、違います。あれは只の塗笠です」

「私は変な陣笠の人と思い、平九郎様に気づきました」

「気づいてくださったのだから、どちらでもよろしい」

偕が葬儀よりの帰途、駕籠の夢想窓を通して見た平九郎ら二人の笠をとりあげ、平九郎と笑い興じている。二人の楽しそうな様子に、ふみは途惑った。

ふみは、築地の上屋敷に葬儀にいったさい、帰りがけに小座敷に通された。すぐ芳泉がきた。芳泉は喪主の半次郎基綱と同じく、白の麻裃を着用している。芳泉は、ふみに参列してもらった礼を鄭重に述べた後、かような日にどうかと存じます、

「偕のことで、姉上のお耳にいれておきます」と云って、縁談を勧めたのである。

芳泉の正室、いとは、河州丹南一万三千石、高木主水正正成《もんどのかみまさなり》の二女で、逝去して十年になる。いとの兄、同じく主水正正弘は、弟二人に千五百石ずつ分与して、辛うじて一万石を領する。この小大名の今の当主は、正弘の孫にあたる、勘解由《かげゆ》正豊である。九歳で遺領をつぎ、四年前、従五位下肥前守に叙爵した。十九歳、正室はない。

芳泉は、ふみを正視して、

「拙者には甥の子です。賢く素直な若者でございます」と云う。

ふみは、深く頭をさげて、

「御不幸の日でございますのに、温かい御配慮を頂戴し、ありがとうございます」と、礼を述べた。

「舅の正成殿より、正弘、正盛と、三代に渡り大番頭《おおばんがしら》を務めました。勘解由もやがて大番頭に任じられましょう」と云う。

ふみは、高木家が芳泉にごく近い縁戚であるため、首尾よく纏まればよし、そうでないと芳泉に迷惑をかけるのではないかと、懸念した。加えて思うには、偕をせめて数万石の家に輿入れさせたいものである。

芳泉がすぐ見抜いて、

「纏まらなくても一向に構いません。そのときは別の御家にしましょう」と云う。

ふみは、葬儀の日に葬儀の場所で云ってよいものか躊躇しながら、

「勘解由様は本日お見えでございますか」と小声で聞いた。

芳泉は気の毒そうに、

「勘解由は、このところ屋敷で臥せっておるそうです」と云う。

四　越後騒動

芳泉は、葬儀の翌日、半次郎基綱ら親族と比企郡野本にいき、妙光寺で、越中守方綱の埋葬に立ちあった。芳泉は、供侍二人と馬で往復した。その日麻布の下屋敷に帰ってきたのは、深夜である。日頃元気にしているが、七十の身に疲労が蓄積した。季節の春が近くにきているのに、数日の間、鬱々として頭が重かった。

久がその様子を見て、心を痛めた。炬燵の側にきて、御免なさいませと云って、芳泉の額に、ほっそりした白い手をあてた。

芳泉は思わず、冷たいと口にでた。

「お熱はありませんね」と云う。芳泉は、久のその手をとった。昔、美しかった人の手である。年相応に藍染めの結城縞《ゆうきじま》を着ているが、今も容貌に美しかった頃の面影がある。

「少し疲れた」と、久に甘えた。

「半助様がお亡くなりになり、色々ございましたもの」

「今日は足慣しに芝にいってこよう」

芝というのは、愛宕下にある、芳泉と一つ違いの弟、渡辺半右衛門綱貞の屋敷のことである。二昔前に町奉行に就任し、叙爵して従五位下大隅守となった。延宝元年に大目付に転じて七年が経過し、今もその職にある。家禄は二千石である。芳泉や梅と同じく、旗本の杉浦右衛門七《えもんしち》盛嗣の三女、里《さと》が生母である。右衛門七も里も、故人である。

「これよりお出座《でま》しですか。午後でしょうか」

「半右衛門は夕方に御城より帰邸しよう。七ツ頃いく。陽之助を供にしよう」

「栄一郎や辰也もお連れになればいかがでしょう」

岡田陽之助、津田栄一郎、水田辰也は、皆中小姓である。皆剣術が達者である。

「近くだ。陽之助がおればよい」

「喜八郎殿にすぐ、さよう申し伝えます」

渡辺半右衛門の屋敷は、愛宕山男坂の石段下、東の麓にある。敷地は間口奥行きどちらも三十間で、九百坪である。

二月十日の夕方、芳泉は、この屋敷の書院に通され、半右衛門の帰邸を待った。中庭には、春の日が遅々として暮《く》れ泥《なず》んだ。

芳泉は、床の間の掛軸を見た。王昌齢の、出塞《しゅっさい》の漢詩である。四行中、二行を、

「秦時《しんじ》の明月、漢時の関《かん》、万里長征、人いまだ還らず」と黙読した。おそらく、秦のときと同じ月が漢代に築かれた関を照《とりで》しているが、万里の長城の彼方に出征した将兵は還ってこないという意味かと思う。

残りの二行に目をやったとき、障子の外より用人の声で、

「お帰りになりました」と云う。

半右衛門が障子をあけ、麻裃の姿のまま、書院に入ってきた。

「兄上、お待たせいたしました。申し訳ない」と、軽く頭をさげた。芳泉は、

「御城勤め、御苦労でした」と、目をあげて弟の顔を見た。六十九なのに若く、活動的である。待っているから、そなた、着替えてくればよい。

ならば少時御無礼してと、半右衛門が座敷をでていった。

芳泉は、書院番頭や留守居を歴任し、側衆に進んだ。半右衛門は、新番頭《しんばんがしら》より町奉行に転じ、南の町奉行を十三年勤め、名奉行という名声を博して大目付に転じた。芳泉は以前より、半右衛門は自分より能吏だと感心している。

芳泉は、昔、町奉行の半右衛門より次の話を聞いた。ある医師が顔に皮膚病をもつ患者を治したが、患者が約束の治療代を払わないと訴えた。患者の方は治りきってないと主張

した。確かに顔に爛《ただ》れが残っている。しかし医師が治ったと云うのだから、治療代を払えと命じると、患者は、闘病生活で困窮し払えませんと云う。半右衛門は医師に対して、

「その方が請人《うけにん》になり、どこぞに奉公させ、給金を治療代にあてよ」と勧告した。すると医師が、かような汚い面体《めんてい》の者を雇う者はありませんと吐きすてた。半右衛門は、

「治したと云い、汚い面体とも云う。さては治りきってないのに、治療代をまきあげようという魂胆か」と叱って、この医師を名主および五人組預けとした。

芳泉がふっと一昔前耳にした話を思い出していると、半右衛門が普段着に着替えて書院に入ってきた。無地の木綿の小袖に袴は小倉縞《こくらじま》である。

二人対座すると、芳泉は、葬儀にきてもらった礼を述べ、半右衛門は、甥の半助の逝去を改めて心より弔した。半右衛門は、書院番組頭の長男半右衛門広綱、小姓の二男右京亮《うきょうのすけ》綱高、および書院番士の三男助右衛門親綱と、男子が三人ある。このうち助右衛門は早くに、旗本の平岩家に入り婿になった。三人とも半助と同年代である。

芳泉も、半右衛門も、兄が親子の縁に薄く、弟が逆であることを意識しながら、決して口にださない。殴りあい罵りあった子供の頃より六十年の歳月がすぎている。

「兄上は、疲れた顔をなさっている」

「そう見えるかな。そなたは元気そうだ」

半右衛門が、芳泉にゆっくりしていくように勧めた。何もないが夕餉を馳走するというのである。半助の逝去を慰める心である。芳泉は、喜んで承諾した。

中年の女中と若い女中が二人、膳を運んできた。茜色の小袖に、鶯色の細帯を脇結びにしている。年嵩の方は、芳泉旧知の、しをである。しをは、芳泉に鄭重に挨拶を述べ、膳をおいた。鰤の塩焼き、ひじきの白和え、蜆汁という、質素な膳である。若い綺麗な女中が、漆器の銚子より芳泉の盃に酌をした。

半右衛門が、

「粗餐《そさん》ですが、酒は伊丹の上酒です」と云う。

芳泉は、嬉しそうな顔をして、

「何の、酒があれば御馳走です」と云う。

想起すると、芳泉は、元服のさい十代で父の忠右衛門重綱より、比企郡野本の三千五百石を分与され、五十一歳で公儀より一万石の加増をうけた。半右衛門は、二十四のとき父の忠右衛門重綱より、千石を分与された。公儀より奉職久しきを以て千石の加増をうけたのは、延宝五年の暮れ、六十七歳になる数日前である。

半右衛門は、千石の家禄と役料で、ずっと生活を支えてきた。重職の旗本としては質素な暮しである。前妻が濃州岩村の丹羽式部少輔《しきぶしょうゆう》氏信の娘ながら、二万石の小大名では援助らしい援助はできなかった。後妻は自尽に追いこまれた駿河大納言、徳川忠長の家臣の娘で、これは援助どころではなかった。

家禄は二千石になったが、屋敷は千石のときの屋敷であり、日々の暮しも同じく質素である。芳泉は、この弟が渡辺一族の中で一番優れていると思う。その癖、一番恵まれないが、番入りして五十年、不平を託《かこ》たず愚痴を溢《こぼ》さず、真っ正直に勤めてきた。今は疾《と》っくに致仕《ちし》してよい年齢である。

二人の酒が進むと、まず、半助を回顧して、半助が江州水口《みなくち》城の城番に赴任したときのことが取りあげられた。半助が城番のお役を厳格に果そうとするので、引きつれた家臣らが音をあげた。過労で、家臣に何人か病人がでたばかりか、当の半助が神経を病み、数日寝込んでしまった。

「半助は御承知のとおり、四角四面、全く融通が利かなかった」と、父が云うと、

「いやいや、そこが半助の一番の美点でした」と、叔父が云う。

続いて、芳泉が、梅と都築平九郎を話題にした。半右衛門は、大目付の職掌上、本多家

の御家騒動を熟知していた。もっとも平九郎父子のことは知らなかった。

「平九郎は賢い若者ながら、難といえば美男が難です」

「その者は美男ですか。さよう、武士に容姿はいりません」

「狭い福島にいては刺客に襲われる。家中の者は勤めがあるゆえ、刺客が江戸にでてくることはなかろうと、江戸にでてきた。しかし過日刺客に襲われたと云います」

三番目の話題が、越後騒動である。半右衛門は職掌上これに関与した。芳泉も、少しは知らないではない。

越後騒動というのは、越後高田二十六万石、松平越後守光長の家中に生じた、後嗣《こうし》決定が絡む、波瀾の御家騒動である。光長の祖父は家康の二男、結城秀康である。父は秀康の嫡男、松平宰相忠直で、母は秀忠の三女、勝姫である。秀忠は晩年、越前北庄六十七万石の太守たる忠直を致仕させ、豊後萩原に配流した。さらに北庄城主の光長と、忠直の同母弟で高田城主の松平伊予守忠昌を入れ替える、国替えを行った。これは、次代家光の治政を深慮した措置である。

忠昌は加封《かほう》され五十万石を領し、居城する北庄を福井と改称した。光長は減封《げんぽう》され高田に転封になったが、結城秀康の直系として家格は高く、尾州、紀州、水戸と合せ、四家と称された。国替えのとき光長は十歳で、俗に高田屋敷という牛込の下屋敷に、母の勝姫と住《すま》いしていた。

　光長の嫡男、下野守綱賢《つなかた》が、数年前、男子なくして四十一で逝去した。ここに、松平家の後嗣を巡る内紛が生じた。

　半右衛門が、掻いつまんで事情を説明した。芳泉に話しても、どこにも漏洩する虞れがないと知っている。

「このとき越後守様には他に男子がなく、弟君一人、甥御二人、合せて三人の中より後嗣を決めることになりました。一人は、筆頭家老小栗《おぐり》美作の長男、掃部《かもん》と申す者で、越後守様の異母妹の、勘《かん》姫様のお子であります。さらに、越後高田家には、先代忠直卿が豊後にお連れになった愛妾が、向うで産んだ男子二人があります」

　芳泉は、それでは甥が一人、弟が二人ではないかと思って聞いている。

「この二人は、御公儀の命により越後高田に迎えられ、兄の永見《ながみ》長頼に三千石、弟の永見大蔵に二千石が与えられ、客分の扱いであります」

「永見というのは旗本に数家あるが、この兄弟と関係がありますか」と聞く。

「結城秀康様の母御は、東照宮様の側室お万の方。この方が永見家の出です。越後高田家の重臣の中に、永見という家があります」と云う。

「小栗美作は、勘姫様と自分の子たる掃部を是が非でも後嗣にしようと、あの手この手と策動した様子です。美作が他の家老らに余程嫌われていたらしく、後嗣にすることは実現をみませんでした。美作は仕方なく、永見兄弟より選ぶしかなくなりましたが、兄の方は既に急逝しており、その遺児たる万徳丸を後嗣にしました」

「万徳丸は延宝三年十一月、元服し従四位上侍従《じゅしいのじょう》になり、御名の一字を賜り、三河守綱国と改めました」

芳泉は盃を飲みほし、

「後嗣が決定して、御家騒動の芽が摘まれた。しかしそれでも落着せず、内紛が続いたと聞いていています」

「さよう。さらに内紛が大きく激しくなりました」

半右衛門はそう云って、漆器の銚子より芳泉の盃に酌をした。半右衛門は、軽く銚子を振ってみて、廊下の方へ手を叩いた。若い綺麗な女中が顔をだし、只今と云って、銚子を取り替えにいった。この女中が戻ってきたとき、しをが一緒に入ってきて、黒塗りの燭台を二人の傍らにおいた。

「兄上も御存じでしょうが、越後守様は拙者らより幾つか年が劣ります。後嗣問題が惹起したとき六十になっておられた。今年六十六かと思います。温和な御方で、しかも国元に帰られることが少ない。水戸様と同じく定府の積りでおられる。勢い、国元は小栗美作ら家老が勝手をやる」

「この美作というのが人物が大きく、政務に明るい実力者です。家禄万石を超え、越後守様より一回り近く年少ですが、当主不在の越後高田で、一番実力があります」

芳泉が、その者は傲岸不遜だという噂を、拙者は耳にしています。

「さよう。傲岸不遜で、越後高田では贅沢三昧の生活をしています」

半右衛門が云うには、そのため国元は、美作派とこれに対抗する反美作派が鎬を削っている。美作派は本多監物ら百三十人が加わり、反美作派は家老の荻田主馬《おぎたしゅめ》や、岡島壱岐ら多数が加わり、八百九十人に達している。永見大蔵も反美作派に加わり、荻田らに盟主として仰がれている。正に家中を二分する内紛が繰り広げられている。

「反美作派は、勢力拡大のため、小栗美作がなおも掃部の後嗣実現をめざしていると吹聴しております」

「永見大蔵も、望みをもっておりますか」

「それはあるかもしれませんが、確か五十を幾つか超えていますな。無理な望みです」

廊下に声がして、先程の女中が、酒の肴に芝海老の乾煎《からい》りをもって入ってきた。銚子を振ってみて、お銚子、新しくおもちいたしましょうと云って、廊下にでていった。兄弟が顔を見合せ、互いに笑みをうかべた。二人とも、このような機会は長くなかった。久しくなかったという思いがある。

芳泉が、少し首を傾《かし》げて、

「越後高田家の内紛は、御家が六十七万石より二十六万石に大きく減封され、家臣の家禄が削られたことが原因になっていますか」と聞く。

半右衛門が頷き、

「それはあるかもしれませんが、越後高田家は表高《おもてだか》二十六万石ですが、内高《うちだか》は何と四十万石はあります」と云う。

「そんなにありますか」

「越後高田は土地が肥沃ですし、転封後大いに新田を開発したそうです」

「昨年、延宝七年の一月の何日でしたか。八日か九日の夜、反美作派の五百数十人が武装して、小栗美作の屋敷を包囲する騒動が出来《しゅったい》しました。美作はこれを相手にせず、反美作派は当てが外れ引きあげました。美作は家中の騒動を招いた責《せめ》を負い、すぐ家老職を辞職しました。この騒動は、さすがに世間に隠しきれませんでした」

「徒党の罪は免れまい」

「さよう。御公儀としては捨ておけず、御老職は対応に苦慮されました」

老職は、大老、老中を併せていう。大老を欠くときは老中をいう。延宝七年一月の時点で、大老は酒井雅樂頭《うたのかみ》で、老中は稲葉美濃守、久世《くぜ》大和守、土屋但馬守、大久保加賀守である。この年、土屋が四月、久世が六月に逝去し、七月土井能登守、堀田備中守の二人が若年寄より老中に昇格した。

公儀は、結城秀康を家祖とする越前松平諸家のうち、直系たる越後高田家を潰すことはできない。老職中、酒井雅樂頭が主導し、久世大和守がこれを輔佐して、この内紛は同家が親戚筋の大名と諮って穏便に収めよという調停案を作成した。すなわち、政務の器用に乏しい松平越後守を親戚筋の者が支える体制を作ったのである。このとき公儀より親戚筋に指名されたのは、松平大和守直矩《なおのり》、松平上野介近栄《ちかよし》の二人である。この調停案を覚書の形にしたものを越後高田家に対して伝達した。三月も下旬のことである。

「雅樂守様らはこれで収拾がつこうと考えられました。然るに、反美作派は覚書を美作の捏造したものだと吹聴し、内紛は激しさを増しました」

「外部より見ると、美作派も反美作派も御家を潰そうとしているように見えます。三尺の童子でも分ることとです」と、芳泉が感想を述べる。

半右衛門が頷き、

「さよう。御公儀としては捨ておけず、遂に重立った者を江戸に召喚し、評定所にて審理することになりました。雅樂頭様より、拙者が審理を仰せつかりました」と、昨年のことを想起して、何とも憂鬱な表情をみせた。

芳泉は、同情する顔付きになって、

「そなたしか人がないのか。今、大目付は誰がいます」と聞く。

半右衛門が、

「大岡忠四郎と、昨年九月就任の彦坂左兵衛《さひょうえ》です」と云う。大岡は、新番頭より大目付に転じ、叙爵して佐渡守になった。彦坂は、大坂町奉行のとき叙爵して壱岐守になり、その後で、大目付に転じた。

芳泉は、忠四郎の名も左兵衛の名も、以前に耳にしたことがある。

「その二人なら、そなたが審理を担当するしかないいな」

五　宮様

延宝八年三月五日、京より、歳首を賀する勅使らが江戸に入った。勅使は、霊元《れいげん》天皇の使い、花山院前大納言と千種大納言の二人である。後水尾《ごみずのお》法皇の法皇使、明正上皇の本院使、および後西《ごさい》上皇の新院使の三卿がこれに同行した。明正院、後西院、霊元天皇の三人とも、後水尾院の皇女《おうじょ》や皇子《おうじ》である。明正院は秀忠の外孫でもある。

この年はこれと前後して、有栖川《ありすがわ》兵部卿幸仁《ゆきひと》親王が江戸に入った。親王は、後西上皇の皇子で明暦二年の生れ、二十五歳である。三月四日の朝五ツ半、親王が辰の口の伝奏《てんそう》屋敷に入ったと江戸城に知らせが届いた。午後になって、大老の酒井雅樂頭《うたのかみ》が遠路の旅を慰労する使者として伝奏屋敷を訪問した。高家《こうけ》の、吉良上野介がこれに随行した。

尾州家や紀州家の当主が参勤交代により参府したときは、日をおかず老中が慰労の使者に立つのが通例である。しかし今回のように、京より、二品《にほん》親王たる高位の人が出府するのは、余り先例がなかった。老中を遣って済せることができず、雅樂頭が自ら使者に立つしかなかった。

酒井雅樂頭忠清は、譜代の名門の出で、三十にして老中に就任し、四十三で大老に昇進した。上州厩橋《うまやばし》十五万石、今年、五十七歳である。

四半時が経過し、雅樂頭が伝奏屋敷の玄関に姿をみせた。恰幅のよい体を、濃色《こきいろ》の麻裃に包んでいる。雅樂頭が鷹揚な動作で剣酢漿草《けんかたばみ》の家紋のついた駕籠に入り終ると、供頭の合図で六十人の供回りが、一斉に立ち上った。この駕籠は西へ引き返し、酒井家上屋敷をめざした。

大手門の下馬札《げばふだ》の前にある上屋敷は、およそ一万坪ある。雅樂頭は帰邸すると、母屋の奥まった居間に入り、小姓二人に手伝わせて着替えをした。普段着ながら、贅沢な小袖や袴である。雅樂頭は、小姓がさしだす金紗《きんしゃ》お召の羽織に手を通した。そのとき廊下に人影がして、嫡男の河内守忠挙《ただたか》が顔を覗かせ、

「よろしゅうございますか」と聞く。

雅樂頭は、羽織の紐を結びながら、

「与四郎か、入れ」と云う。与四郎は幼名で、通称は河内守である。三十三歳、部屋住みながら、十代より奏者番《そうじゃばん》を務め、官位は老中並みの従四位下《じゅしいのげ》侍従である。

小姓二人が鄭重にお辞儀をして、座敷をでていった。雅樂頭が床の間を背にして、自分

の座につくと、忠挙も近くに座った。忠挙は、小袖に袴である。

忠挙はさっき玄関に出迎えたときは、家老がいて何も云わなかったが、

「父上、本日は下城が遅うございました」と云う。

雅樂頭は、文にも武にも優れた子息の顔に目をやり、

「伝奏屋敷にいき、有栖川宮に挨拶してきた」

忠挙は、関心を表情に表して、

「宮様は、どのような御方でございます」と聞く。

雅樂頭は少し考えて、

「立《た》ち居《い》振る舞い正しく、言葉爽やかで、大した器量だと見た」

忠挙は、当今《とうぎん》の御子でございますかと聞く。雅樂頭は首を横にふって、

「当今は、後水尾院の第十九皇子で、確か三十になっておられない。有栖川宮は二十五だと聞いた。当今の御子であるはずがない。宮は後西院の第二皇子だ。此度《こたび》は、有栖川宮家を継承したことを謝するため下ってこられた」と説明した。

障子をあけ放した廊下に、明るい色彩がみえた。紅梅色の小袖を着て縹色《はなだいろ》の帯を矢の字にしめた、奥女中が茶をもってきた。二人とも若く綺麗である。

一人が茶托に茶碗をのせ、雅樂頭の前においた。それが終るのを待ち、今一人が忠挙の前にでて、同じようにして茶碗をおいた。この者はお辞儀をして顔をあげたとき、忠挙の視線に気づき、美しい目元を微かに笑わせた。忠挙は小さく頷いた。この者は家中の武士の娘で、昨年暮れより奥女中として奉公を始めた。

酒井河内守忠挙は、部屋住みながら、下総《しもうさ》、武州、相州などの内に二万石を与えられている。筑前福岡四十七万石の黒田家より正室が入り、その腹に十四の嫡男がある。大名家の子女が往々にして早逝することから、品行のよい忠挙も、この奈津という娘を見初めたのを縁として、娘が承知すれば側女《そばめ》にしようかと思案していた。

雅樂頭は、子息と新参の娘の間の機微に気づきもしない。

「予が上野介を残して帰ろうとしたとき、有栖川宮を訪ねて越後中将がきた。六十を幾つ超したか。老けて、すっかり老人だ」と云う。

「越後守様ですか」

松平越後守光長は従三位《じゅさんみ》中将で、通称の越後守の他、越後中将とも呼称された。雅樂頭にとって、家門《かもん》とはいえ、取るにたりない人物である。

「さよう。越後だ」

「宮様に何の御用です」と、不審顔になった。

　雅樂頭は茶碗をおき、

「そなたは知らないか。越後中将は、有栖川宮の大伯父だ」と云う。

　雅樂頭は、子息の顔が説明を求めているのを見ると、

「越後中将は二代様の三女、勝姫様の御子だ。中将も同母の妹、亀姫様も、二代様の御孫にあたる」と云い、さらに、

「二代様は亀姫様を養女として、京の好仁《よしひと》親王に輿入れさせた。この方は後水尾院の皇弟で高松宮家を創立した。お二人の間に明子《めいし》女王が生れ、後水尾院の皇子、良仁《ながひと》親王が従妹のこの女王を妃として高松宮を継承した。親王はその後、大統《たいとう》をつぎ後西天皇となられたため、女王も宮中に入り女御《にょうご》となられた。かような事情で、幸仁親王をして高松宮を継承させたが、近年になり、後水尾院の叡旨により、宮号を有栖川宮と改称した」と云う。

　忠挙は黙して聞いていて、

「父上、詳しゅうございますな」

　雅樂頭は苦笑し、

「上野介より教わった」

忠挙は、記憶の糸を引きだす顔になり、

「昔、千姫様と本多某の間に生れた御子も、同じく勝姫様でございましたか。確か備前侯に嫁がれたと聞いています」と云う。

雅樂頭が頷いて、

「さよう、思い出した。男児は幼児にして死去したが、勝姫様一人お育ちになり、二代様はこの御孫も養女として、備前岡山の池田少将に輿入れさせた」と云う。

忠挙は、話を元に戻しますが、

「越後守様が大伯父ならば、幸仁親王は、明子女王の御子になりますか」と聞く。

雅樂頭は首を横にふって、

「宮の母御は、清閑寺大納言の娘だと聞いた」

忠挙は、

「ならば、越後守様は形の上の大伯父でございますな」

雅樂頭は手をのばし、蒔絵の煙草盆に手をかけると、脇息の傍らに引きよせた。贅沢な作りの煙管《きせる》をとりあげ、

「この宮に徳川の血は入ってないが、越後中将が大伯父に変りない。中将は今宵、屋敷に

宮を招いておった。予は座を立ったから、宮が受けたかどうかは知らぬ」と云う。

松平越後守の上屋敷は、半蔵門の外にある。亀姫は、夫の好仁親王が薨じた後、京より離れたが、江戸ではなく、遥か越後高田に居を移した。

三月七日の朝四ツ、勅使、院使、および有栖川宮が登城した。高家大沢右京大夫《うきょうのだいぶ》の案内により、本丸御殿の白書院近くに進んだ。白書院は公式の儀式に使う部屋で、表書院ともいう。上段、下段の間、連歌間《れんがのま》、帝鑑間《ていかんのま》、この周囲を取りまく畳敷きの縁頬《えんがわ》を合せ、三百畳近い広さがある。

四ツを大きくすぎて、御上が上段の間に入った。御上はじめ、下段の縁頬に並んだ大老や老中は皆、白小袖に直垂《ひたたれ》を着用し、有栖川宮はじめ、勅使や院使は皆、束帯《そくたい》を着用している。束帯の袍《ほう》という表着の色目は黒である。御上が、下段の間に導かれた勅使や院使を引見した。有栖川宮は、事なく宮家を継承したお礼を言上した。

有栖川宮や勅使らは、一日上野の寛永寺、および芝の増上寺に参詣し、別の一日御城に招かれ、饗応をうけ能楽を鑑賞した。両山参詣の日は束帯を着し、饗応をうける日は略装たる衣冠を着した。饗応する武家の方は、大老や老中らが直垂を着し、大名や、旗本役職者は大紋《だいもん》を着した。

三月十三日の朝四ツ、白書院で御上が辞去する勅使らを引見した。銀を下賜し、絹綿《きぬわた》や時服が添えられた。これを以て公式の行事が終了し、公家衆は帰り支度に掛った。有栖川宮は辞見をしないため、雅樂頭が辰の口にいき、銀五百枚、絹綿五百把を届けた。今回もまた、吉良上野介がこれに随行した。

雅樂頭が帰邸し、居間で着替えをした。河内守忠挙が入ってきて、

「公家衆の行事が滞りなく終り、結構でございました」

雅樂頭は、脇息に寄りかかり、煙草盆より煙管をとり口に銜《くわ》えた。

「有栖川宮が明日、隅田川に舟遊びにいくという」

忠挙が問い返すより前に、雅樂頭が話を続けた。

「この機会に江戸の町のみならず、郊外も見たいという希望らしい。先例はないし、微行していくという話ゆえ、両山参詣のときと異なり、大名らに命じて人数をだささせることはできない。さしあたり、高家《こうけ》衆に供を命じた」と云う。

忠挙は、高家衆では椿事のさい心許《こころもと》ないと指摘した。雅樂頭は顔を曇らせ、

「寛永寺参詣のときは、石川主殿ら数家に警固させた。増上寺参詣のときは、安藤対馬ら数家に警固させたが、明日はそうはいかない」と云う。主殿頭《とのものかみ》は勢州亀山五万石、対馬守

は上州高崎六万石の大名である。

三月十四日は、朝より好晴である。伝奏屋敷の玄関に隅切《すみき》り折敷《おしき》に三の字が入った家紋の駕籠がおかれた。これは、有栖川宮接待役の稲葉右京亮《うきょうのすけ》が、微行なら、人目をひく宮様の輿より駕籠がよかろうと、供侍や六尺の人数をつけて提供したものである。この右京亮は豊後臼杵《うすき》五万石の大名である。

五ツ半、高家衆の駕籠がつき、伝奏屋敷の門前、海鼠塀《なまこ》ぞいに三挺並んだ。降りたったのは、大沢右京大夫、由良《ゆら》信濃守、および畠山民部大輔《みんぶのたいふ》の三人で、皆、羽織に袴の軽装である。三人が玄関に揃うと、屋敷の中より有栖川宮がこれも羽織袴に脇差をさし、武家風の姿をみせた。

右京大夫が、鄭重にお辞儀をして、

「宮様にはよくお休みになられましたか」と聞く。

有栖川宮は、若々しい表情で頷き、

「本日は、よろしゅう頼みます」と挨拶した。

暫くして伝奏屋敷の表門より、隅切り折敷に三の字が入った家紋の駕籠が一挺、前後に多くの人々を従え、ゆっくりとでた。高家衆も、新院附の武士、本院附の武士、禁裏附《きんりづき》の武士も、徒《かち》である。それぞれが供侍を従えているため、有栖川宮のお供を合せ、四十人を超える人数である。駕籠は大川端をめざした。

　駕籠は、神田川と隅田川の合流する地点に到着した。柳橋が架橋されるのは、これより後、十数年後のことである。柳橋はないが、近辺に船宿が蝟集していた。高家衆は事前に船宿に命じて、屋形船を用意させていた。有栖川宮は、お供と一緒に五艘中、先頭の船に乗船した。右京大夫や、新院附の山口壱岐守がこれに乗船した。

　屋形船が神田川より徐々に隅田川に入るのを、南方に架かる両国橋の上で見ている者がいた。四人が皆、馬乗り袴を着用し騎乗している。一人が、

「五艘とも、上流へ漕ぎだしました。中食《ちゅうじき》は長命寺でございますか」と聞く。

　酒井河内守が、上っていく船を目でおいながら、

「黄檗宗《おうばくしゅう》の弘福寺と聞いた」と云う。

「若殿、ここで渡っておきませんと、後は橋がありません」

　忠挙は、供の太田邦之助の横顔を見て、

「うむ、渡っておこう」と馬首を対岸にむけ、軽く鞭をあてた。

　延宝の頃は、隅田川には、遥か上流の千住大橋と下流の両国橋しか、橋がない。新大橋

や永代橋も、吾妻橋も架かってなかった。

忠挙は、有栖川宮の舟遊びに事故がないよう、見守るために出向いた。離れて警固しているのである。供にしたのは、手練《てだ》れの中小姓三人である。

公式の警固ではないから、出向いてきたことは、高家衆にも話していない。有栖川宮に対面したい思いはあるが、舟遊びが無事にすめば、それでよい。

しかし起きなくてよい椿事が、起きた。有栖川宮ら一行が中食のため弘福寺に入るのを目でおい、忠挙らは北隣りの長命寺にいき、身分を秘し庫裡《くり》で弁当を使った。宮や高家衆は、弘福寺の食堂《じきどう》で伝奏屋敷の賄方が作った弁当を使い、供侍や小者は、翁媼尊堂《おうおうそんどう》の側で各自屋敷より渡された弁当を使った。

九ツをすぎたが、陽は真上にある。皆、食後の気怠《けだる》さがある。有栖川宮は、一人撥剌《はつらつ》として、次は本日の舟遊び中、一番関心のある木母寺《もくぼじ》だと気が逸《はや》った。

土塀を背にして、酒井河内守ら四人が馬の手綱をもって立ち、有栖川宮の動静をじっと注視していた。邦之助が小声で、宮様はこれよりお戻りになりましょうか尋ねた。

忠挙は首を横にふり、

「今日は木母寺までいくそうだ」と云う。

「随分と上流でございますが、木母寺に何がございますか」

「あそこには梅若塚がある。謡曲隅田川の伝承が生れた土地だ。昔、近衛三藐院《さんみゃくいん》が梅の字を二つにわけ、木母寺と名づけたという。今日の舟遊びのお目当ては、川でもなく花でもなく、梅若塚を見ることや、梅若塚のおかれた景観を見ることにあろう」

邦之助は、精悍な顔に苦笑を浮べ、

「京のお人は物好きでございますな」と云う。

供の沢野淳一郎が、これも小声ながら厳しい口調で、邦之助の言葉に重ね、

「若殿、あれを、いかがいたしましょう」と指さした。

忠挙らの見守る中、高家衆の家士が十人ばかり、弘福寺の山門をでて、五艘の船を繋留する墨堤へと、統制なく、ばらばらと隅田川ぞいの田舎道に歩を運んだ。そこに長命寺の方より、騎乗の武士が二人、姿をみせた。有栖川宮や高家衆、供侍らは、今ようやく異国風の山門をゆっくりと潜りでようとしている。

忠挙は、はっと動揺した。あの者らは事情を知らず、宮様の前を乗り打ちする。

「すぐ押えよ。乗り打ちするぞ」

邦之助と淳一郎が手綱《たづな》を同輩に渡すや、飛びだした。騎乗の二人は、先にいく者が田舎

道を渡りきったのに、後に続く者が左手、かなり離れた山門の下に三十人ばかり固まっていて、数人ずつ潜りでてくるのを見て、待っておられず一脚《ひとあし》、二脚と馬を進めた。邦之助と淳一郎が押えにかかったが、一人が鞭を邦之助にふり下した。

邦之助は鞭をよけ、その者の足を摑むと、乱暴に引きずり下した。淳一郎も他の一人の足を摑み、これも乱暴に引きずり下した。邦之助は早口で、

「我ら酒井雅樂頭の家中である。その方ら乗り打ちをしようとした。直ちに引き返せ」と叱咤した。何か分らないが、雅樂頭と聞いて、若侍二人の顔より血の気がひいた。二人は馬を曳き、慌てて引き返そうとした。そこに、大沢右京大夫があたふたと駆けつけ、顔を真っ赤にし、体を震わせて、

「無礼者は、腹を切らさねばならぬ」と強く云う。邦之助がこれに反発して、

「この者らは皆様方の前を通っておりません」と、強く切り返した。右京大夫が、

「拙者は、高家大沢右京大夫である。あそこに在《おわ》す御方は」と云いだし、どうしても切腹だと力説しようとしたとき、由良信濃守が走ってきて、

「宮様が、本日は微行ゆえ、諸事穏便に済すよう仰っています。右京大夫殿、乗り打ちはなかった。これでよろしかろう」と諭すように云った。

六　袋小路

三月十四日、都築平九郎は、五ツ頃、麻布の渡辺家下屋敷をでて、築地にいき、上屋敷で馬を借りた。予め芳泉より許しをえていた。朝より好晴の下、中川金一郎と二人で、春の田園の中に遠乗りにでたのである。二人は色違いの木綿の小袖を着て、どちらも褐色《かちいろ》の馬乗り袴を穿《は》いた。

日本橋より街中をいき、一面に田園が広がる街道を北東へ走りぬけると、長さ六十六間ある千住大橋を渡った。金一郎が馬を寄せて、

「平九郎様は、馬を馳せるのがお上手ですな」と云う。

「郡山で、誠之助が遠乗りに連れていってくれた。当麻寺《たいまでら》によくいった」

誠之助は、二人と一緒に麻布の下屋敷にいる高木誠之助のことである。

「当麻寺とは」と聞く。

「二上山《にじょうざん》の山麓にある古い寺だ。それにしても関八州は広いな。近くに山がない」

「遠く前方に筑波山が見えます」

二人は、馬首を東にむけ、田園風景がどこまでも続く中を走り、綾瀬川橋を渡って、南の隅田村に入った。二人はそろそろ腹を空かせていた。

「金一郎、結びなりと持参すればよかったな」

「両国橋まで一気に駆けて、遅い昼食をとりましょう」

それより南下して、長命寺の前を通り、何も事情を知らずに、異国風の弘福寺の門前に差しかかったのである。右手に武士が何人か墨堤へ歩いていくのが見え、左手の山門の下に三十人ばかり固まっているのが見えた。動きがゆっくりしているため、平九郎は待っておられず、馬を乗りだした。金一郎が続いた。

脇より飛びだした者が平九郎の左足を乱暴に摑み、引きずり下そうとした。無礼なと鞭をふり下したが、引きずり下されてしまった。酒井雅樂頭の家中だと云うので、これにはぎょっとした。山門の下にいるのは将軍の御成りか、大老の御出座《おでま》しか、危うく乗り打ちするところだった。

年配の威張った武士が駆けつけ、切腹させると云う。別の武士が走ってきて、それには及ばぬと云う。その遣り取りを聞いて、宮様の御忍びと分った。

平九郎と金一郎は土塀の近くに連れていかれた。そこになお二人の武士がいて、姓名や身分を尋ねられた。平九郎は、奥州福島の本多家家中、都築平九郎と名乗り、麻布渡辺家の下屋敷に寄寓していると、隠すことなく答えた。平九郎より十歳《とお》くらい年上の、身分が高そうにみえる武士が、おかしそうに平九郎の表情を観察していた。

若い武士が矢立《やたて》をだし、紙片に平九郎ら二人の姓名を書きとると、その人が、

「あの者らが渡りきれば、いってよいぞ」と云う。

平九郎は躊躇しながら、矢立の武士に向い、

「恐れ入りますが、こちらは何方《どなた》様でございましょう」と尋ねると、聞かれた者が答えるより前に、その人が口元に微笑を湛えて、

「私は酒井河内守。その方ら、見知りおくがよい」と云う。

平九郎はそれを聞くと、お礼の気持ちをこめ、深々と頭をさげた。金一郎は、その場に腰を落し平伏した。

その夜、忠挙は、雅樂頭の居間にいき、舟遊びの模様を簡単に報じた。乗り打ちの椿事も織りこんだ。雅樂頭は小首を傾《かし》げると、

「都築というのは、本多家の筆頭家老だ。しかしなぁ、平九郎とは変な名だ」と、子息に云う。そうは思わんか、と聞く。

変でしょうかと、忠挙は意味が分らず、問い返した。雅樂頭は、考えてもみよ。本多家初代の平八郎忠勝より、当主は代々、平八郎と名乗るのだ。

数日が経過して、三月十九日のことである。都築平九郎は、前日に数寄屋河岸の奈良屋より、前回より一段と値の張る、端渓の硯と奈良名産の墨を手にいれた。平九郎は、褐色の羽織袴を着用し、中川金一郎を供にして、四ツ、酒井雅樂頭の上屋敷を訪れた。表門が大きく開かれているが、平九郎らは番所の小者に断り、潜り戸を入った。

小者の一人が玄関に走り、玄関より羽織袴の取次の武士がやってきた。平九郎は、取次の武士に姓名と身分をつげ、河内守様に御目通りしたい旨を申しいれた。この者は平九郎の顔を正視し、

「当家は公儀重職の家ゆえ、陪臣の方は御目通り御遠慮いただいております」と云う。

三十代の大柄で眼光の鋭い武士である。又者《またもの》、又家来《またげらい》は、この鉄壁に阻まれ、これより奥に入れない。

平九郎は、取次の武士に向い、

「私は数日前、河内守様に、窮地に陥るところを救っていただいた。お目にかかり御挨拶しなければなりません」と事情を話した。

「そう云われても、拙者が困る」

平九郎は、ここで引き下ってはならないと思い、

「御面倒ながら、お会いくださるか、河内守様にお尋ねいただきたいと存じます」と押しの一手である。玄関より別の武士がやってきて、二人が小声で相談を始めた。太田邦之助が怒り肩を羽織に包んで、中庭の奥の方よりでてきたのは、このときである。

邦之助は、取次の武士の側に佇む、平九郎と金一郎に気づき、

「そなたら、先日墨堤で鞭をふり下した者ら」と云う。

平九郎は、顔を赤らめ、一揖した。邦之助は近くにきて、

「若殿は早くに登城された。御用があるなら出直すことだ」と云う。

平九郎は、先日の礼を述べ、お礼の品を風呂敷包みごと相手に渡し、これを河内守様に渡していただきたいと依頼した。邦之助は、承知したと引きうけた。

平九郎ら二人は、邦之助に見送られて、酒井家の表門を潜りでた。右手に大手門の白壁や石垣が目に入る。金一郎が平九郎の横顔に、

「太田様にお会いでき、よろしゅうございました」と云う。平九郎は沈んだ声で、

「河内守様に会うのは、身分違い故、難しそうだ」と、金一郎に答えた。

さらに数日が経過して、三月二十四日の朝、都築平九郎は、奥州福島に帰る高木誠之助を日本橋まで見送った。誠之助の老母の具合が昨今尋常でないと、国元の妻より知らせがきた。昨夏の遠距離の国替えが、老齢に応えたらしい。平九郎は、十二分の金子を誠之助に贈った。

麻布を六ツ半にでて日本橋にきたのは、五ツである。早くも辺りは人出が多くなり、橋を渡っていくと、右下に見える魚河岸《うおがし》より人の声が囂《かしま》しい。これより晩春の奥州路を一人旅する誠之助は、焦茶《こげちゃ》の羽織、黒の野袴に、手甲《てっこう》、脚絆《きゃはん》、菅笠《すげがさ》という旅装である。着替えの包みを背負っている。

誠之助は北の橋詰で、平九郎、金一郎に見送りの礼を述べるとともに、

「拙者の不在中、他出に危険を感じられるときは、岡田さんに同行を頼んでください」と云う。下屋敷の中小姓、岡田陽之助のことである。誠之助は、麻布に暮して、岡田の人物と、剣術の腕を買っていた。

曇り空の下、誠之助の旅立ちを見送った二人は、麻布にとって返した。平九郎は木綿の小袖に茶宇縞《ちゃうじま》の袴、金一郎は木綿の小袖に縞木綿の袴で、この日はこの身形《みなり》で剣術の稽古をする積りである。柳生家の内道場にいくと、普段は十人程の稽古の声がするのに、今日

にかぎって、しいんとしている。

内道場は三十坪の広さの板敷きである。その真ん中に、普段着で立ちあっている二人がいる。壁際に弟子が並んでいる。平九郎ら二人は、静かに下座に座った。

平九郎も金一郎も、あっと声を呑んだ。当主の、柳生対馬守宗在《むねあり》が木刀を正眼に構えて立つ前に、槍の半蔵家の桜井重次郎が木刀の先を床に落して立っている。暫くして二人が間をつめると、重次郎の木刀をもつ腕が捻《ひね》りあげられ、宗在の木刀を撥ねあげた。宗在はすぐ正眼に構え直して、

「今のが捷径《しょうけい》の構えですか」と聞く。

「さようでございます。立ち合いが長引いても、楽な構えでございます」

「しかし腕を捻りあげるのに修練がいりましょう」

「さよう、修練が必要でございます」

これは立ち合いではなかった。重次郎は自分が達者なうちに、尾州新陰流の真髄を本家に伝えたいと思い、江戸にでてきたのである。二十七歳の若い当主は、以心伝心、重次郎に深く感謝し、多くを学ぶ姿勢をとった。数日中に重次郎が再度柳生家の内道場を訪れる約束が成った。

柳生対馬守は、急ぎ上屋敷にいき、すぐ登城するという。それより一時《いっとき》ばかり、重次郎が壁際で見守る中、平九郎らは稽古に励んだ。その後、平九郎は重次郎を、自分らが寄寓する、渡辺家下屋敷に案内した。離れの家屋におちついて、金一郎が昼餉の膳を追加してほしいと母屋に頼みにいくと、老女の節が高木様のお膳がありますと答えた。

三人で愉快に昼餉をとった後、平九郎らは、重次郎を半蔵家の屋敷まで送った。重次郎の長屋は一人住《ずま》いで、客を迎えられない。平九郎は、奥様に御挨拶して帰ると云い、玄関にいき、取次を待った。老齢の用人、佐藤恭之介が奥より現れ、硬い表情で、

「奥様はあいにく、他出しておられます」と云う。

平九郎は、赤面していないか気にしながら、

「ならば、偕姫様に御挨拶したいと存じます」と重ねて申しいれた。

恭之介は、上目遣いに平九郎を見あげ、

「奥様のお許しがありませんと、偕姫様にお取次はできません」と云う。

金一郎が平九郎に耳打ちして、桜井様をよんで参りましょうかと聞く。平九郎は重次郎に迷惑が掛ってはならないと思料し、

「奥様の御在宅のときに参上します」と挨拶して、屋敷をでた。麻布より赤坂まで半里程

の距離ながら、ここまできて偕姫に会えないのは、心に虚しさが残った。

金一郎は平九郎の心中を察して、気の毒に思う。数日前の酒井家に続く、今日の不首尾が、果して若い平九郎にどれほどの失望を与えたかと思うと、気の毒でならない。

しかし翌日には、平九郎の失望にさらに輪をかける出来事が、麻布の下屋敷で出来《しゅったい》したのである。三月二十五日の四ツ半頃、平九郎ら二人が柳生家より帰ってくると、下屋敷の中が騒々しい。玄関脇に駕籠が三挺おかれているし、前庭に供侍や小者が何人も待機しているのが、目に入った。

平九郎が見ると、丸に渡辺星の家紋のついた駕籠が二挺、扇の家紋のついたのが一挺である。渡辺本家の奥様と偕姫様が来訪されている。平九郎は母屋の玄関にいき、式台より上ろうとした。廊下の奥よりでてきた青木喜八郎に向って、平九郎は早口で、

「御用人、赤坂の奥様や偕姫様がお越しでございましょう。これより私、お二人に御挨拶に出ましょう」と云う。喜八郎は首を横にふって、平九郎が奥に通るのを阻んだ。

「御本家の奥様、お嬢様がお越しでございますが、御挨拶されますのは、今日は差し支えがございます」と云う。

「今日は、何か特別なことがありますか」

「さよう。本日は美濃岩村の丹羽様の若様もお越しで、先刻より御本家の奥様、お嬢様とお会いになっておられます」と云う。

平九郎はここで、はたと気づいた。偕姫は見合いのため来訪したのだ。丹羽様の若様というのが、偕姫の相手であろう。丹羽様が何万石、何十万石の大名か、知らない。しかし若様が偕姫の美貌を見て、夢中にならないはずはない。縁談は、偕姫が強く嫌と云わないかぎり、容易に成立するに違いない。

平九郎は、暗澹たる思いに囚われ、離れの家屋に引きとった。金一郎が案じ顔でついてきた。平九郎が着替えていると、金一郎が母屋にいき武鑑を借りてきた。平九郎が武鑑をひき、ようやく見つけたら、丹羽家は僅か二万石、当主の姓名は丹羽勘助氏明《うじあきら》と記されている。官位がないのは当主が叙爵《じょしゃく》していない。おそらく、元服前なのだろう。

用人がさっき丹羽様の若様と云ったが、叙爵前の当主の家に若様と称される人がいてはおかしく、偕姫の縁談の相手は若様でなく、大名の当主に違いない。偕姫は確か十七歳と聞いたが、相手はそれより年少の者だろうか。平九郎は、昼餉の間ずっと、考えても仕方のないことをあれこれと考え続けた。

母屋より女中が二人、離れの家屋に膳をさげにきた。紅赤の矢絣の小袖である。平九郎は二人について離れをでた。ちょうど丹羽様の若様が、母屋の玄関より駕籠に乗りこむ姿が目に入った。遠目に身丈は五尺五寸くらい、身幅は広く、一見して大きな図体に見えるが、顔は十二か十三の幼さを残している。平九郎は、この体が大きな子供が、偕姫の体を玩具《おもちゃ》にするかと思うと、今、走っていって斬りすてたいという妄想が、湧きでてくるのを禁じられなかった。

平九郎は離れの家屋に引き返した。母屋の玄関には、芳泉はじめ、本家の奥様や偕姫が見送りにでていると想像された。自分の姿は、三人の誰にも見られたくない。自分の姿が他の者、他の人に女々しく見えては、平九郎の矜恃《きょうじ》が許さない。座敷に入り、襖をしめると、武鑑を見ていた金一郎が顔をあげた。

「平九郎様、今母屋におでかけかと思いました」と云う。

「どうして私が母屋にいくのか」と聞く。

「丹羽様の若様とやらお帰りの様子ゆえ、お嬢様や奥様に御挨拶かと存じました」

「偕姫の見合いがあったらしい。私が母屋に顔をだしては、芳泉様に御迷惑になろう」と云い、平九郎は会いたい意思を抑えたことを、金一郎に伝えた。さらに、

「腹ごなしに増上寺にいかんか」と聞く。

金一郎は平九郎の顔を見あげ、

「そうでございますな。いきましょうか」と頷いてみせた。

二人とも、普段着である。平九郎の小袖は藍色の結城紬《ゆうきつむぎ》、金一郎の小袖は納戸色の木綿で、袴はどちらも鈍色《にびいろ》の小倉《こくら》木綿である。平九郎は福島の広い屋敷に下男下女を留守番におく生活で、千石の家禄は多すぎるくらいである。金一郎は家禄百石で、福島の屋敷には両親や弟妹がいる。

「岡田さんに同行を頼みましょうか」

「何の、山内をちょっと歩くだけだ」

麻布は多くは武家地で、旗本屋敷や大名の下屋敷が広がっている。二人は、晩春の曇り空の下、増上寺へと歩を運んだ。増上寺は、二十五万坪の境内の中に大伽藍《だいがらん》が立ち並んでいる。昼下りの境内には、墨染の僧衣がちらほら見えるくらいで、武士の姿も町人の姿もない。本堂の脇を通り、雄大な三解脱門《さんげだつ》の下を潜った。

その夜、平九郎は、暗い暗い夢をみた。増上寺の境内らしく、松林の中に大きな建物が幾つも建っている。平九郎は、左右を高木誠之助、中川金一郎の二人に警固されて歩いている。時刻は夕方らしく、建物も人物もぼやけている。歩いていく、目の前の子院の物陰より、突如、抜き身を翳した刺客が二人出現した。

平九郎らは迎え討とうと身構えた。誠之助が抜刀して前に踏みだしたら、道の真ん中にぽっかり陥穽《あな》が開いて、誠之助はあっけなくそこに落ちてしまった。金一郎が大声で、「道の端を歩かねばなりません」と注意して、これも抜刀して子院の土塀ぞいに進もうとしたら、土塀がガラガラと崩れおち、金一郎は下敷きになってしまった。

平九郎は進退谷《きわ》まり、後退《あとずさ》りして、逆側の土塀ぞいに元の道へと走り始めると、平九郎の走りぬけた後に、土塀がガラガラと崩れおちた。

ところが、刺客二人が平九郎を追ってくるのに、道の真ん中に陥穽は開かないし、左右の土塀が崩れることもない。刺客は次第に迫ってきた。平九郎は今はどうしてよいか全く分らず、右往左往して境内を逃げ回っているうちに、袋小路に入りこんだらしい。目の前も左右も出口というものがない。平九郎はやむをえず、刀を抜いて踏み止まった。

刺客が目の前にきた。見ると、どちらも図体が大きく、同じ顔をしている。十二か十三の幼さを残す顔で、口が耳まで裂け、平九郎に対して、ひどく憎しみの籠った目をむけている。平九郎は、鬼か蛇《じゃ》か、二人を斬りすてないと逃《のが》れられないと覚悟をきめた。平九郎は、そのとき、目が覚めた。

七　偕姫

偕姫《ともひめ》は、祖母ふみと一緒に、大きな体の丹羽勘助を玄関に送りにでた。紗綾《さや》の鬱金《うこん》色の地に緑色と青磁色で菫や橘の模様を描いた寛文小袖を着し、紅赤色の細い帯を前に結んでいる。顔が沈んで、元気がない。ふみは、玄関よりみえる屋外に都築平九郎の背の高い姿をちらっと見たが、孫には何も云わなかった。

ふみは、偕と平九郎が互いに惹かれあっていることを、十分承知していた。しかし二人が結ばれないことも、承知していた。

三月十九日、渡辺方綱《まさつな》の四十九日の法事が、築地の上屋敷で営まれた。ふみ一人が参列したさい、芳泉との間で、三月二十五日の見合いが急遽決定された。当初は、偕姫の縁談の相手として、河州丹南の大名、高木勘解由正豊が擬せられた。芳泉が調べると、十九歳の勘解由が病身で婚姻が難しいことが分り、相手を取りかえた。

芳泉は、赤坂にいる義姉のふみに書状を送り、自分の調査不足を詫び、別の相手を提案した。それが、美濃岩村二万石、丹羽勘助氏明《うじあきら》である。芳泉の正室、いとは、河州丹南の大名、高木主水正正成の二女であり、正成の長女、あさは、美濃岩村丹羽式部少輔《しきぶのしょうゆう》氏定の正室だから、氏定の孫の氏明は、芳泉には甥の子にあたる。

それればかりではない。この丹羽氏定の妹、今は亡き結《ゆい》が、芳泉の弟の、渡辺大隅守綱貞の前妻である。芳泉にとって丹羽家は重縁である。

三月十九日、築地の上屋敷の小座敷で、芳泉は、ふみと対座した。芳泉は薄色の麻裃を着し、ふみも薄色の小袖に薄い藍染めの被衣《かずき》を被っている。

「半丞様。玉章《たまずさ》をいただき、ありがとうございました」

「いや、姉上。勘解由は病い重く、当分、嫁取りは難しいそうです。拙者がよく確認して話を進めればよかった」と、芳泉が頭をさげ、手落ちを謝った。

ふみは、高木様とは御縁がなかったのでございましょうと云って、

「新たに美濃岩村の丹羽様のお話をいただき、厚くお礼を申し上げます。岩村なら尾州に近く、何かしら好都合のように思えます」と、明るい表情をみせた。

芳泉は、兄嫁の顔を見て、

「書状に書きましたとおり、勘助は寛文五年の生れ、延宝二年に八歳で家督をつぎ、二万石の遺領と岩村の城を相続しました。体の大きい若者ですが、当年十六歳で、偕より一つ

年下です。年下でもよろしゅうございますか」と聞く。

ふみは、義弟の顔を見返して、

「一つくらい、どちらが年上でも構いません」と云う。

三月二十五日の四ツより、麻布の下屋敷で見合いが行われた。偕とふみは、丹羽勘助の到着より少し早くつき、先に書院に入って、相手のくるのを待った。暫くして勘助の駕籠が玄関につき、芳泉が式台に勘助を迎え、二人一緒に書院に入った。芳泉が床の間を背にして座り、勘助はその半間ほど下座に座って、偕とふみに対面した。

芳泉が両者を引き合せた。ふみは、勘助を見た。勘助は体格よく、白地に黒で大きな柄を描いた蝙蝠羽織《こうもりばおり》を羽織り、藍色の小袖に緑色の袴を着用している。偕は、自分を熱心に見詰める相手の大きな顔を見た。大きな目に子供のような赤い頬である。流行遅れの蝙蝠羽織を着ているのも子供っぽく、偕は端《はな》からげんなりした。

節が女中を連れて書院に入り、四人に茶菓を供した。菓子は、ふみが持参した名古屋の名物、外郎餅《ういろうもち》を、その旨を断って供した。勘助は外郎餅を旨そうに食べた後、真っ赤な舌を以て唇を舐《な》めた。ふみは、これを見て子供っぽい仕草だと思った。偕は、第一印象とは異なり、相手が偕の体を前にして舌舐《したなめず》りする野獣のように感じ、怖くなった。

勘助は、これまで見たこともない美貌の偕姫を見て、偕姫を正室に迎えたいと強く希望した。しかしこのとき、芳泉が思わず眉を顰《ひそ》めた。勘助は大きな目に赤い頬をして十二か十三の幼さを残しているが、左の吊目《つりめ》と右の頬骨の上辺を繫ぐ線、右の吊目と左の頬骨の上辺を繫ぐ線、二本の線が鼻梁《びりょう》の真ん中で、×印を描いて交叉《こうさ》している。ここまで凶相がはっきり面《おもて》に表れているとは、自分はこれまで気づかなかった。いかん、この凶相は只事ではない。芳泉は動揺した。

勘助が無邪気に、

「偕姫様は江戸のお生れですか」と聞く。

偕は、名古屋でございますと不愛想に答え、目を伏せた。

ふみが、偕に代って、

「丹羽様は江戸のお生れでございますか」と聞く。

「拙者も遠く岩村に生れました」と云う。

二万石といえ大名である。大名の正室は江戸住《ずま》いだから、勘助が国元に生れたというのは、側室腹である。ふみが、

「岩村はどのような土地でございますか」と聞く。勘助は、

「美濃の南、中津川上流の山国です。城も堅固な山城です」と云う。

芳泉は、勘助が嬉しそうに一人ではしゃいでいるが、偕が沈んでいるのを見て、この話は成立しないと思った。一見して勘助は、山国の猿である。それにせよ、丹羽家の上屋敷の者が若い当主を見合いに送りだすのに、かような恰好をさせるとは、一体どうしたことかと怪訝の念を抱いた。

その日、偕とふみが赤坂の屋敷に帰ると、着替えもしないで、偕がふみに、

「今日のお話は断ってください」と、はっきり云った。

ふみは、偕の顔をじっと見て、孫の意思が動かないことを知った。ふみは、

「半丞《はんじょう》様の御厚意が無になりますが、これも仕方ない」と云い、案じ顔になった。あちらの意向が分る前に、芳泉に断りを通知するのがよいのか、分った後に断りを通知するのがよいのか、思案しなければならない。

翌二十六日の四ツ頃、丹羽家の江戸家老が、麻布の下屋敷に来訪した。芳泉が書院にて引見した。五十がらみの武士で、浅井帯刀《たてわき》と名乗った。

「芳泉様のお力を以て、此度《こたび》の縁談を是非とも纏めていただきたいと存じ、本日拙者罷《まか》りでました。何卒《なにとぞ》よしなにお取り計いくださいますよう、お願い申し上げます」と云うので

ある。芳泉は、帯刀の羽織袴の華美なることに驚きながら、

「できるだけのことはするが、何分相手のあること故、首尾は分らぬぞ」と答えて、この者を引きとらせた。勘助の蝙蝠羽織は流行遅れで感心しないし、帯刀の華美なる羽織袴も小大名の家老風情には過ぎたものである。

芳泉は即日、ふみに書状で勘助の希望を知らせてやった。むろん、偕がこの縁談を承知しなかろうという予感があった。

ふみは、丹羽家の意向が分る前に、芳泉に断りを通知するのがよいと十分思案を固めたが、当方が通知するより前に先方の意向が知らされた。後手に回った後も、断りを書状にするか、自ら麻布に出向くか迷った。迷っていて一日二日と、日を徒過《とか》した。偕は、あの日より、なるべく自分を避けている。蒸し返されるのを避けているのである。

芳泉の書状が届いて五日後、四月二日の昼すぎ、ふみは駕籠にゆられ、麻布の下屋敷にいき、芳泉に対座した。返事が遅れたことを詫び、偕が断ってほしいと、娘らしく我儘《わがまま》を云うことを詫びた。芳泉は、

「偕と勘助は相性が悪かったように思います。拙者が手近な縁者を持ちだしたのが、姑息にすぎたようです。暫く時間をいただいて、縁《ゆか》りなき人を考えてみましょう」と、ふみを

慰藉《いしゃ》した。ふみは、この厚意にすっかり恐縮してしまった。

　芳泉は即日、渡辺家が此度の縁談を辞退してきた旨の書状を認《したた》め、青木喜八郎を外桜田にある丹羽家上屋敷に使いにやった。芳泉は、追伸として、渡辺家とは縁がなかったように思うが、別の大名の姫君を世話するので、暫く待ってほしいと書き加えた。さぁ、どの家の姫を世話しようか。厄介なことになった。

　丹羽勘助は、芳泉の書状を読んで、真っ青になった。頭より血が引いていくような気がした。自分は何としても偕姫がほしいし、偕姫でなければならない。渡辺家は赤坂に屋敷があるという。今夜か明夜か、手練れの家臣を引きつれ、赤坂の屋敷にいき、偕姫を有無を云わさず拉致してこよう。

　勘助は、この日、この考えに没頭した。近習より早川小源太、伊藤数馬、および中小姓の木下彦之進、この三人を連れていけば、向うに何人いようと敵う者はなかろう。偕姫を連れて帰るには駕籠がいる。夜陰に乗じて向うに乗りこむのだから、家紋のついた駕籠でよかろう。六尺は普段の倍ほど連れていこう。

　この日はこれで暮れてしまい、翌四月三日、勘助は朝より三人をよび、今夜供をせよと命じる一方、用人の山本只三郎をよび、今夜駕籠を仕度するよう命じた。すぐ浅井帯刀が

居間に顔をみせ、拙者、只三郎より聞きましたが、

「若様は今夜どこにお出座《でま》しでございますか」と聞く。

「赤坂にいき、渡辺家を訪ねようと思う」

帯刀は、勘助の訪問の意図が分らない。

「渡辺家を訪ねて、何をなさいます」と聞く。

勘助は、帯刀の顔を見て、平然と、

「偕姫を連れ出す」と云う。

これにはさすがに帯刀が仰天した。若様はやはりお頭《つむ》が弱い。

「さようなことは、渡辺様の御家来衆が許しますまい」

「阻む者があれば、斬りすてる」と、勘助は激しく云い放った。

帯刀は満面に朱を注ぐと、勘助に躙《にじ》りより、

「なりませぬ。渡辺様の姫様を連れ出すとは、夜盗同然の所業でございます」

勘助は声を荒げ、

「その方の小言など聞きたくもない」と云う。

帯刀は、勘助の激する大きな顔を正視して、

「さようなことをなされましたら、御身《おんみ》は切腹、御家は改易《かいえき》になりましょう。御家を潰すお積りでございますか」と、思わず声が大きくなった。

勘助は、帯刀の渋《しぶ》っ面《つら》を睨みつけ、下れと呶鳴《どな》りつけた。

浅井帯刀は、勘助の居間を下ると、老職の部屋に戻った。帯刀は直ちに二人の用人、森勘右衛門《かんえもん》、山本只三郎をよんで、方策を協議した。そして、家中に対して、本日暮れ六ツ以降、侍より中間小者に至るまで、禁足令を厳命した。勘助の近習の者は皆、老職の部屋によびだし、家老や用人の居並ぶ前で、本日夜の禁足を命じた。

四月八日は、芝の増上寺、上野の寛永寺、小石川の伝通院《でんづういん》、浅草の浅草寺、本所の回向院など、江戸の多くの寺院が灌仏会《かんぶつえ》を行った。花御堂《はなみどう》を造って誕生仏をおき、それに甘茶を注ぎかけて供養するのである。この日、増上寺の境内では、多くの商人が小屋掛けの店を開き、土産物、小間物、薬、飲食物などを販売した。

偕姫はこの日、気晴らしに、女中の歌を供にして、増上寺に出掛けた。偕姫も歌の身形に倣い、茜色の鹿子《かのこ》染めの小袖を四寸幅、臙脂《えんじ》色の縮緬の帯で後ろに結んでいる。いつもの吹輪は、今日は島田髷《まげ》である。偕姫も普通の武家の娘にしか見えない。桜井重次郎と林幹之助が供をした。

偕姫は本堂にお参りし、多くの人が本堂前の花御堂で誕生仏に甘茶を注ぎかけているのを遠目に見て、三解脱門より大門までの左右に並ぶ店々を覗《のぞ》いて回った。小間物屋の店先で綺麗な塗櫛《ぬりぐし》をみつけ、歌の分を合せて二枚購入した。幹之助が代金を支払った。酒樽の並ぶ店で、幹之助は屋敷の者への土産に西宮上酒の入った角樽《つのだる》を買った。

曇り空の下、八ツ半頃である。偕姫ら四人は大門をでて、土塀にそって、徒《かち》で、赤坂の屋敷へ歩を運んだ。両側に武家屋敷が続く道で、後ろより追ってきた武士が、

「偕姫様」と、声をかけてきた。

偕姫が振り返ると、小袖に袴の大きな図体の武士が、供侍数人を従え、急ぎ足でやってきた。丹羽勘助だと知って、偕姫はぎょっとした。

勘助は、偕姫の前に回り、

「ここでお会いしたのも何かの御縁。これより拙者の屋敷にお越しくださいませんか」と云う。

これは奇遇ではなかった。赤坂の屋敷前に張りつけておいた手の者が、姫様らしい人が他出し、増上寺に入ったと知らせてきたので、勘助は押っ取り刀で外桜田より駆けつけたのである。むろん、偕姫を我が手にいれようという、乱暴で、稚拙な思いである。供侍は

手練れの、早川小源太、伊藤数馬、および木下彦之進の三人である。

　偕姫は擦れ声で、

「過日のお話、私、お断りいたしました」と云う。

　勘助は、偕姫の手を取ろうとした。偕姫は、とっさに身を引いた。勘助はなおも長い手をのばし、偕姫の手を取ろうとした。

　若く気の短い幹之助が割って入り、勘助の手を厳しく払い落した。勘助は、

「無礼な」と云い、刀に手をかけた。

　勘助の後ろに回った供侍が、皆、身構えた。勘助が、

「下郎を斬ってしまえ」と、鋭く命じた。

　三人が抜刀した。これを見て、重次郎がさっと羽織を脱ぎ、幹之助を庇って三人の前にでた。小源太と数馬が、重次郎に斬り掛った。重次郎は抜刀して二人の体に向うと、左右に刀を振《ふる》った。二人は、どちらも胴を斬られ、その場に崩れおちた。これを見て、彦之進が慌てて、重次郎に斬り掛った。重次郎はこの刃を躱《かわ》すと、刀を振って、彦之進の左肩を大きく斬りさげた。彦之進は、その場にどっと倒れた。斬られた三人の体より流れでる血が、地面を赤く染めた。

勘助は自分も刀をぬき正眼に構えたが、眼前の中肉中背、中年の武士のあまりの強さに怖気《おじけ》づき、立《た》ち竦《すく》んでしまった。早く逃げないと、自分も斬られる。しかしそうは云っても、思い人たる偕姫の目の前で逃げだしてよいものか。勘助は、金縛りに会ったかのように身動きできなかった。

両側に武家屋敷が続く道の先には、愛宕山男坂の、長い石段が見えた。ここは愛宕山の東の麓である。近くの旗本屋敷より家士が姿をみせ、数人の者がばらばらと、斬り合いの場所にやってくる。勘助はこれを見て、抜き身をもったまま、増上寺の大門の方へと逃走した。恥も外聞もなかった。

駆けよった数人の者の中の一人が、

「我ら、大目付渡辺大隅守の家中である。その方ら、将軍家御《おん》菩提寺の近辺で、白昼、刃を交えるとは、不届き至極。仔細によっては、当家が拘束しなければならぬ」と、大声で叱咤した。

重次郎と幹之助は、これを聞き、顔を見合せた。重次郎が、その人に一揖して、

「我ら、尾州の渡辺半蔵家の家中でございますが、今、不逞の者に襲われ、やむなく反撃しました。御門前をお騒がせし、申し訳ございません。拙者、賊を数人、斬りすてました

が、すぐ手当すれば、運よく一命を取りとめる者があろうかと存じます」と挨拶し、塀際に佇む偕姫の方を振り返り、

「あれなるは、渡辺半左衛門御息女、偕姫様でございます」と知らせた。

重次郎らを叱咤したのは、用人格の石野伝蔵である。伝蔵は、この口上を聞くと、表情を大きく動かした。他の者に向って、

「芝口の医師をよんで参れ。屋敷より戸板を何枚かもって参れ」と早口に命じた。渡辺家の家士は、機敏に行動した。一人が直ちに医師をよびにいき、数人が屋敷に戻り、小者らと一緒に戸板をもってきて、負傷者を運んだ。

伝蔵は玄関にいき、用人の佐野和一郎をよびだした。和一郎がくると、半蔵家の御息女が今、門前におられると報じた。和一郎は直ちに奥にいき、半右衛門綱貞の奥様にこの旨を報じた。

偕姫は、和一郎の案内で書院に通され、芳泉と同じく大叔父にあたる人の奥様より懇ろに迎えられた。偕姫は、初対面の、綺麗で淋しげな奥様に好感をもった。

一方、医師の治療が奏功せず、夕方には早川小源太も伊藤数馬も落命した。木下彦之進は十数針縫い合せて、辛くも命拾いした。

八　御小納戸

四月も十日になると、麻布の下屋敷の樹々が一斉に青葉若葉をつけた。いつしか季節が移り、初夏が到来した。

芳泉は居間の障子をあけ放し、広い中庭を見回した。爽やかな風が座敷に入り、高齢の自分が過しやすくなったと思う。

この日午後早く、青木喜八郎が廊下に身をおき、

「只今、芝より大隅守様のお使いとして、石野伝蔵殿がお越しでございます」と、座敷の中の主人に報じた。芳泉は、

「何かな。小書院で会おう」と指示し、傍らの久《ひさ》に云って袴をださせた。芳泉は、藍色の紬《つむぎ》の着流しに、久の差しだした同色の仙台平《せんだいひら》の袴を穿き、脇差をさすと、ゆっくり小書院に入った。羽織袴の伝蔵が平伏した。芳泉は、

「御苦労。用向きを聞こう」と云う。

伝蔵が膝行《しっこう》して、芳泉に文箱《ふばこ》を差しだした。芳泉が受けとり、紐を解《ほど》いた。

弟の書状には、当月八日、自邸の門前にて、丹羽勘助が狼藉を働いたと記され、委細は使いの者に聞いてほしいとある。芳泉は、勘助の狼藉と知って、顔が引きつった。伝蔵に向い、何事が起きたかと話を促した。伝蔵は、

「八日の、確か八ツ半頃でございました。当家門前において侍が斬りあっていると、門番より注進があり、急ぎ見に出ますと、三人の若侍が斬られて道に倒れております。拙者ら駆けつけますと、主人らしき者がその場より遁走しました」と云い、

「この主人が美濃岩村の丹羽様でございましたし、丹羽様に襲われたのが御本家の偕姫様とお供の人でございました。これを知り、屋敷中、大騒ぎになりました」と云う。

伝蔵は前々日の顚末を要領よく説明すると、声を潜めて、

「主人が申されますには、白昼、増上寺近くでの狼藉は見逃《みのが》すことができぬ。当主が愚かで、若侍が命を落した。勘助は早々に当主を降ろさねばならぬ。拙者の存じ寄りを兄上にお知らせせよ。かようなことで、拙者、本日罷《まか》り出ました」と云うのである。

「勘助は力ずくで、偕を奪おうとしたか」と聞く。

「さように思われます」

「偕は怖い思いをしたろう。偕は怪我をしなかったか」と聞く。

「偕姫様は幸い、お怪我はありませんでした」と云う。

「供侍を斬られながら、勘助は一人遁走したのか」

「さようでございます。抜き身をもって這々《ほうほう》の体《てい》で遁走されました」

芳泉は、襲撃も遁走も、およそ武士にあるまじき所業だと表情を暗くした。たとえそれまで思いつめたにせよ、失敗したら、勘助はその場で腹を切らねばならない。

「当主の交代は、親族でよく協議せねばなるまいが、そう容易にはいくまい。半右衛門殿にそう伝えてくれ」

芳泉は、伝蔵を犒《ねぎら》い芝に帰した後、小書院に一人になって考えこんだ。喜八郎が様子を見にきたので、喜八郎に事情を話し、

「姉上に見舞い状を書く故、そなた、赤坂に届けてほしい」と依頼した。喜八郎が、承知しましたと応じた。

芳泉は廊下を歩きながら、明日にも自分が見舞いに出向くか。いや、それでは話が大仰になるか。どうしようかと思案した。

居間に入ると、嬉しそうな顔の久が立ち上って、芳泉に報告した。

「今し方、幸《さき》より、文《ふみ》が参りました。近く修藏殿が御挨拶に出たいので、御都合をお漏し

いただきたい。修藏殿の非番の日を書いてございます。その折、幸も一緒に伺いたいとのことでございます」と云う。

幸は、庶出ながら芳泉の娘で、久の二十歳のときの子である。旗本九百石の柴田修藏に嫁し、早くに一男一女を挙げている。幸は、今年三十八である。

修藏は、寛永十三年の生れ、四十五である。大番の番士より小納戸《こなんど》に転じ、次に徒頭《かちがしら》になり、昨秋小納戸に戻って、小納戸頭取に欠員の生じるのを待っている。

久に芳泉が話したことがある。

「御小姓は平《ひら》でも三年勤めると、御刀をもつ功により従五位下《じゅごいのげ》に叙爵されるが、御《お》小納戸はそうはいかない。御小姓の補助役にすぎぬ故、ずっと布衣《ほい》である」

「布衣というのは何でございますか」

「御城の式日に着用する、狩衣《かりぎぬ》のような装束のことだ。布衣役は六位相当というが、早い話、無位無官だな」

「修藏殿は損な御役でございますね」

「そうでもないぞ。御小納戸頭取になると、千五百石の御役で、すぐ叙爵される。頭取の定員は確か四人だと思うが、皆、御上の側近者だ。権威も力もある。修藏は欠員の生じるのを、今や遅しと鶴首しておる」

「幸に御前の都合をどう書いてやりましょう」

芳泉は、久の明るい顔付きを見て、

「拙者はこの先、別段、何の支障もない。幸や修藏の都合のよい日にくればよい」

久が、付書院《つけ》の前におく、文机《ふづくえ》の前に座ろうとした。芳泉が、

「拙者に急ぎの書状を書かしてくれ」と云って、緑色の小紋の小袖の上より、久の撫肩《なでがた》に両手をおいた。

久は振り返ると、芳泉の顔を見あげて、

「御前は文机をお使いください。私は、書院床《どこ》で書きましょう」と云う。

そうは云っても、居間に硯は一つしかない。芳泉は、久に少し待たせて、赤坂のふみに見舞い状を認《したた》めた。喜八郎をよび、赤坂にもっていかせた。

小納戸は、小姓と同じく、隔日勤務である。四月十二日、柴田修藏の非番の日は、好晴で風があった。四ツ頃、幸《さき》と柴田修藏が、揃って下屋敷に来訪した。

芳泉は、久と一緒に書院に入った。幸と修藏がこれを見て、型どおり平伏した。母の顔に似た幸は、藤色の縮緬の小袖を、赤い緞子《どんす》の平絎帯《ひらぐけ》で結んでいる。修藏は、紺色の縮緬

の小袖に濃紺の龍紋の袴、黒羽二重の羽織である。久は、二人の身形を見て、柴田の家が裕福らしいことに安堵した。

四人の間で、通常の挨拶が終ると、久は、娘をすぐ自分の部屋に連れていった。明るい書院には、芳泉と、修藏が残された。

芳泉は、修藏の思慮深い顔を見た。修藏は、芳泉の視線に気づき、目の前の茶椀や茶托を脇によせると、両膝を一歩、二歩、前に進めた。芳泉が、

「そなた、拙者に何か話すことがあるようだ」と云う。修藏が、

「さようでございます。内々にお話したいと存じます」と云う。

小姓や小納戸は御上に近侍する役向きなので、日頃の交際に制約があった。御上の日常や、政務上の機密が外に漏れてはならない配慮である。交際は親子兄弟や、妻の実家への往来が限度で、同役との往来すら禁じられていた。修藏が舅たる芳泉を訪ねるのは障りがないが、話の内容は自ずと制約があった。

修藏は今日、制約を破ろうとしていた。これを話しても、芳泉より余人に漏れるはずがない。声を落すと、

「御上の御不豫《ごふよ》でございますが」と、囁くように云う。芳泉は、やはりこの話か。修藏は

内々に、御上の病いの重いことを知らせにきたに違いない。

「芳泉様は以前、御側に親しくお仕えされたお人ゆえ、心得として御不豫の事情を知っておかれるのがよいかと存じます」と、芳泉を見た。

芳泉は、修藏の沈着な顔を見返し、

「そんなにお悪いのか」と聞く。

修藏は、芳泉様かぎりでございますと云うと、一層声を落し、

「さよう、お悪い。お悪いばかりか、もはや望みがないようにも思われます」と云う。

これを聞き、芳泉はさすがに絶句した。御上は自分より三十年少だから、当年四十歳にすぎない。四十歳にして望みがないのか。

修藏が舅の顔を見ると、沈痛な表情である。その芳泉が、

「御上はどこがお悪いのか。御胸か」と聞く。

修藏が小さく頷いて、

「御胸の痞《つか》えでございます」と云う。

芳泉が昔を思い出し、

「癪《しゃく》や差し込みがあるというのではなく、御息が苦しいのであろう」と聞く。

修藏が小さく頷いて、

「さようでございます。御息をお吸いになるのも、お吐きになるのもお苦しそうで、苦痛が極度のときは、側近の者も思わず目を背けます」と云う。

芳泉が腕組みし、目をとじた。修藏は、

「この冬の寒気は、殊の外、御上の御体に応えたようでございます。年始や、勅使院使の引見には出御されましたが、やれ春寒だ、やれ降雪だといって、若菜祝儀はじめ、月次《つきなみ》の式日には表に臨まれません。そのため諸大名や旗本衆は登城しても、御老職に謁して下城するしかありませんでした」と説明した。

修藏は、低い声で話を続ける。

「十日の日でございますが、御不豫が十分に快方に向わず、御心が鬱屈されていますのを慰藉しようと、酒井雅樂頭様が二の丸にて御上を饗応なさいました。御座所はじめ、書院や奥の間、茶室や新殿など至る所に、酒井家秘蔵の和漢の書画や書籍、茶器や玩具などの名器を飾り、御休息所違い棚には玉海と名づける香炉に蘭奢待《らんじゃたい》を燻《くゆ》らせ、御上をお待ちになられました」

蘭奢待は、文字の中に東大寺が隠されているように、正倉院所蔵の沈香《じんこう》である。勅許があって初めて小片を切りとることができ、これまで足利義満や義政、織田信長らが香りを聞いた名香である。修藏の話すのを聞き、芳泉も、どのような香りか、一度聞いてみたいものだと思う。修藏は、

「拙者は十日は非番を押して出仕し、昼頃、二の丸への御成りに御側衆、小姓や小納戸が供奉《ぐぶ》するのに加わりました。しかし供奉者の数が大勢で、拙者は御休息所の中に入ることができず、名香を聞くこと叶いませんでした」と云う。

芳泉が目を開き、惜しいことをしたと、他人事《ひとごと》ながら残念がった。

修藏は、低い声で話を続ける。

「御宴は盛会であり、遠目に御上は御機嫌麗しく拝されました。供奉者の百人に三汁十菜が供され、さらに下の者、何百人にも料理が供されました。庭園の舞台では、竹本土佐掾《とさのじょう》の操《あやつ》り浄瑠璃が演じられました。この日は酒井家が主催する饗応であり、雅樂頭様御長子の河内守殿、御二男の下野守殿が、御宴の前に御上に拝謁なさいました」と云う。

芳泉は、

「雅樂頭様の饗応は、聞くかぎり、大層よかった。御心もそれで少しは晴れよう。しかしなお、御上の御体は望みが薄いのか」と、半信半疑の体《てい》である。

修藏は、芳泉の目を見て、

「さようでございます。幼少より蒲柳《ほりゅう》の御体質で、多病であらせられた。長ずるに及んで幾分か御健康にならせられましたものの」と、言葉尻を濁した。

「拙者には、御健康に見える時期があったが」

「芳泉様が致仕された後で、御胸の痞《つか》えが繁《しげ》くおなりでございます」

芳泉は組んだ腕を解くと、憮然とした顔で、

「拙者がお仕えしていた頃、早くも御胸の痞えが始まった。当時も、御息をお吸いになるのもお吐きになるのも、確かにお辛そうに見えた」と、昔時《せきじ》に思いを馳せた。

芳泉は、修藏の顔を正視して、

「よく知らせてくれた。礼を申さねばならぬ」と、頭を深くさげた。

久が廊下に姿をみせ、座敷の中を見た。上品な二藍《ふたあい》の紗綾《さや》の小袖を、紅赤の帯で結んでいる。帯は、流行《はやり》の吉弥結びである。

「少し早《はよ》うございますが、そろそろ昼餉にいたしましょう」と云う。

芳泉が、今暫く待ってくれと云う。久が、承知しましたと云って、姿をけした。

芳泉は、修藏に向い、

「この先、万一、御大漸《ごたいぜん》の不幸に際会しても、御上には、御世嗣《ごせいし》がおいでてない。両典厩《てんきゅう》の御一人、甲府侯は既に亡く、今は館林侯を遺すのみ。館林侯か、あるいは、御三家の中より何方《どなた》か、御跡を継承されることになろう」と云う。

家綱の直弟の長松、三弟の徳松は、ともに幼くして元服し、長松は従三位《じゅさんみ》中将左馬頭《さまのかみ》に叙任され、名を綱重と改め、徳松は同じく従三位中将右馬頭《うまのかみ》に叙任され、これも、綱吉と改名した。その後、綱重は甲府二十五万石に封じられ、甲府宰相と称された。綱吉は館林二十五万石に封じられ、館林宰相と称された。なお、二弟や四弟は夭逝した。

修藏は首を傾げ、

「御大漸で、何方《どなた》様が五代様になられるのか、拙者ら軽輩には分りかねます。さりながら嫡庶《ちゃくしょ》長幼の順序よりしますれば、甲府宰相様亡くとも、御長子の綱豊様が館林宰相様より順序が先でございます。綱豊様は、既に御年十九でございます」と云う。

修藏は、さらに声を落し、

「御側室の中に、現在懐胎中の御方がいらっしゃると仄聞《そくぶん》しております。この御方が無事男児を出産なされば、この男児こそ御上の御世嗣でございましょう」と云う。

芳泉が首を傾げ、

「その男児が御世嗣だとして、当歳にして将軍職に就かれることがありえようか」と疑問を呈した。当歳は一歳のことである。

「そうでございますな。嫡庶長幼の順序よりすれば、当歳でも正統な御世嗣でございますが、実際にはいかがでございましょうか」と、確信はない。

　芳泉は、婿の長い話を聞いて、

「そなたの話はよく分った。万一のときは将軍職の継承を巡り、難しいことになりそうに思われる。徳川の御家にとって、危急存亡の一大事である。臣下としては、無事落ちつくところに落ちつくことを、ただ祈念するしかない」と感想を述べた。

　このとき芳泉は、修藏にとって気掛りなことがあるのに、態《わざ》と言及しなかった。修藏も知らん顔を通した。当歳の男児が将軍職に就任する特別な場合はともかく、代替りのときは、小姓は皆、役替えになろう。これに対して小納戸を皆、入れ替えたら、次代の御上の日常に支障を来すため、小納戸は残る者と役替えになる者が混在していよう。小納戸頭取欠員待ちの修藏には、代替りが果して我が身に吉とでるか、凶とでるか。もっとも、これは心配しても、何とも仕方のないことである。

　芳泉が立ち上り廊下にでると、ちょうど久がやってきた。芳泉は、久に昼餉にしてくれと命じた。はい、と云って、久が引き返した。

暫くして久が、老女の節や女中を連れて書院にきた。節と女中が台所に行き来し、昼餉の膳を運んだ。修藏夫妻が来訪したのは年始以来のことであり、久が今日は二人に御馳走しようと思い、本膳に蛤御飯、鱚《きす》の塩焼き、筍の煮物、泥鰌《どじょう》汁をのせ、二の膳に鰹の刺身をのせた。鰹の刺身は皮をつけたまま切り、辛子を添えてある。

幸が見て、これは私たち、初鰹でございますと云う。芳泉はこれを聞いて、林春斎門下の山口素堂より贈られた句集に、目に青葉、山ほとゝぎす、はつ松魚《がつお》、という句があったのを想起した。春斎は今年二月に致仕したという。自分より幾つも若いのに、病いが重篤らしいという噂である。

久は、書院の芳泉らの話を知らないので、舅と婿の膳には盃をおき、熱燗の仕度をしてある。四人の昼餉が始まると、縹緻よしの女中が古織部の端正な銚子を以て、芳泉ら二人の盃にお酌をした。御不豫を聞いたばかりの昼日中《ひるひなか》、飲酒するのは、芳泉は心中、不謹慎な思いを拭えなかった。

顔をあげると、母と娘が楽しそうに食事をしている。芳泉は隠居の身で、近く代替りがあっても、何ら影響はない。修藏は大いに影響があるが、二人はこれを知らない。

九　梅首鶏

御上より親しい大名への下され物の中に、鶴、雁《かり》、雲雀《ひばり》に並んで鷭《ばん》がある。鷭は梅首鶏とも記される。梅首鶏の読みも、バンである。この鳥は、全身が黒っぽい中で、額と嘴が赤い。鳩と同じくらいかやや大きく、肉は美味である。初夏北方より飛来する鳥で、池沼や水田など水辺に生息する。川鳥、の異称がある。

延宝八年三月は、有栖川宮幸仁親王の発輿《はつよ》の後、紀伊中納言光貞が参府し、尾張中納言光友が替って就封《しゅうほう》の途《と》についた。四月に入ると、陽の光が毎日異様に赤く輝いた。月半ばをすぎると、御上より、館林宰相綱吉はじめ、紀伊中納言、水戸宰相光圀《みつくに》、および千代姫に梅首鶏《ばん》が下賜された。千代姫は家光の一人娘で、尾張中納言の正室である。

数日後、甲府中将綱豊はじめ、三家の世嗣の尾張中将、紀伊中将、水戸少将にも梅首鶏が下賜された。続いて、松平越後守光長ら、四家に下賜された。さらに続いて、二十数家を数える大名に下賜された。月末二十九日、御前にて、大老酒井雅樂頭、老中稲葉美濃守に梅首鷭が下賜された。

五月朔日《さくじつ》は月次《つきなみ》の式日ながら、御上は御不豫《ごふよ》にて、表に出御されなかった。四日、この日は、奏者番《そうじゃばん》の酒井河内守忠挙《ただたか》は当番の日で、朝より登城し、本丸御殿の芙蓉間《ふようのま》に詰めていた。忠挙は茶鼠色《ちゃねずいろ》の袷《あわせ》の服紗小袖に焦茶の麻裃を着用し、素足である。四月より五箇月間、殿中において、皆、足袋を用いない。

この日の当番は十人で、御上が御不豫であるし、五節句や式日と違い、登城する大名や旗本も少なく、芙蓉間にいて、無聊を託《かこ》った。奏者番は、八ツより八ツ半頃大老や老中の退出するまで残留するのが常である。八ツ半すぎ、奏者番も下城しようとしたとき、中奥よりきた小姓が忠挙に向い、

「御召しでございます」と云う。

忠挙は、承知いたしましたと応じ、すぐ立ち上った。

忠挙は十代で奏者番の役につき、若くして官位は従四位下《じゅしいのげ》侍従である。この従四位下の位階があるため、独礼という、単独拝謁ができる。

忠挙は、小姓に導かれて御座の間にいき、畳敷きの入側《いりがわ》に控えた。御上は、上段の中程の褥《しとね》の上に、白小袖に黒羽二重の羽織、唐桟《とうざん》の黒い袴で着座されていた。

忠挙は御上の姿が目に入るや、入側に平伏した。これを見て、二の間の中程にいた側衆

の伊勢周防守が御上に、

「河内守が参りました」と披露した。御上が、

「それへ」と、忠挙に云う。

忠挙は立ち上り、敷居を越えて、下段の内に入った。そこで再度平伏した。この動作をするごく僅かな間に、二の間の奥に、小姓や小納戸が控えているのが見えた。

御上がその方を見て、

「河内に、梅首鷄を遣わせ」と、しっかりした声で命じた。

小納戸の者が竹籠を、忠挙の眼前にもってきた。見ると、竹籠の中に三羽いる。五日前に雅樂頭に下賜されたのは、五羽である。

忠挙は少し体を起し、周防守に向い頭をさげた。周防守はこれを見て、

「結構な御品を拝領し、ありがとう存じます」と、忠挙に代って御礼を言上した。

忠挙は、門地といい、人柄といい、御上の御気に入りである。忠挙が、梅首鷄や雲雀を頂戴するのは、珍しいことではなかった。

その夜、酒井雅樂頭の上屋敷、雅樂頭の居間で、忠挙が、

「八ツ半すぎ、御前に伺候しました。意外に御壮健かと拝しました」と、印象を云う。

雅樂頭が忠挙の顔を見て、

「いや、違う。御不豫が一段と深刻になっていると聞いた。片山道庵が御大漸《ごたいぜん》が切迫しておりますと、予に耳語した」と否定した。

道庵は御側医師の一人で、大漸は臨終の婉曲用法である。

「いつのことでございます」と聞く。

「今朝、登城してすぐのことだ」と云う。

雅樂頭は脇息より体を起すと、忠挙に向きあい、

「道庵はこの二十年、御体を拝診してきた名医である。診立《みた》てに誤りはなかろう」

忠挙が口を開こうとしたとき、雅樂頭が右手を額にあて、

「余りに急なことで、予は此度《こたび》ばかりは困惑しておる」と云う。

広い居間は、雅樂頭の傍らにある燭台が二人の姿を照しているが、天井も、座敷の四隅も、燭台の光が十分に届かない。夜の五ツ、物音はしない。

忠挙は、雅樂頭を静かに見て、

「御上に万一のことがありましたら、御継嗣《ごけいし》が決定しておりません」と、雅樂頭の困惑の核心をついた。継嗣も世嗣《せいし》もほぼ同じ意味で、あとつぎをいう。

雅樂頭は忠挙をちらっと見返した。忠挙は、

「御連枝《ごれんし》が甲府中将綱豊卿、館林宰相綱吉卿と、御二人おられますが、ここは嫡庶長幼の順序より、亡き甲府宰相綱重卿の御嫡子、綱豊卿でございましょう」と云って、父の反応を待った。

雅樂頭は、眉間に深い縦皺をよせ、忠挙を正視して、

「甲府中将は鈍だ。十九にもなれば少しは利発でないとならぬ」と云う。

忠挙が、さようでございますかと聞く。

雅樂頭が、暗い天井に目をやり、遠い目をして、

「御上は、僅か十一歳にして将軍になられた。予は二年後、老中に就任し、御側より見てきたが、御上は虚弱で温和な性格ながら、利発であられた。一昨年秋に亡くなった甲府侯も、鈍である」と云う。

雅樂頭は脇息に体を倒し、

「甲府侯の生母たる順性院は、三代様御正室の、摂家の姫君のお附《つき》として京より下向した者で、京の町家の出だ。それかあらぬか、湯殿《ゆどの》の役を勤めて、三代様の御手がついた」と云う。正室は、前関白鷹司信房の姫君で、孝子《たかこ》という。

「甲府侯は三代様四十一歳の御子で、四十二のふたつ子になるゆえ、天樹院様の竹橋御殿で出生された。長松と名づけられた」

父親が四十二のとき二歳になる男児は、成長すれば親を食い殺すという俗忌《ぞっき》を、家光が無視できず、懐胎した側室を御城の中におかなかったのである。忠挙が、

「天樹院。千姫様、でございますか」と聞く。

「さよう、千姫様のことだ。甲府侯は天樹院様を母代《ははしろ》として養育された」と云う。

千姫は、本多忠刻の男児を生んだが、嫡子たるこの男児、甲千代《こうちよ》を生後僅か二年にして亡くしていた。千姫の生母は家光と同じく、お市の方の娘、江与《えよ》である。家光は、俗忌を避けるためと、長松の養育を町家出の側室に委ねないためと、思惑が重なり、長松の養育を姉の千姫に依頼したのである。

あけ放した障子の外、暗い廊下に人の気配がしたと思うと、小さな灯が近づいてくるのが見えた。雅樂頭の気に入りの側女、美代が手燭を手にして、膳をもつ奥女中二人を先導してきた。薄い灯の下、深い赤色の小袖を着た、四十すぎても縹緻《きりょう》よしの美代が、

「御酒《ごしゅ》を、おもちいたしました」と云う。

いつものことながら、雅樂頭の寝酒の相伴をすることになった忠挙が、酒や肴をのせた

膳を運んできた二人の顔を見た。どちらも紅梅色の小袖を縹色《はなだいろ》の帯でしめた、若く綺麗な娘である。忠挙が求める娘ではない。美代が、

「今夜のお肴は鰹でございます」と云う。

忠挙が見ると、膳の上には塗《ぬり》盃と鰹の刺身をいれた白い皿がある。醤油をいれた小皿もある。醤油は江戸では醸造できず、大坂より下ってきた高値の品である。

美代が、雅樂頭の側にいき、青色の銚子を傾け酌をした。奥女中の一人が、忠挙の側にきて、塗盃に酌をした。この者の綺麗な顔にぬった白粉《おしろい》や、見事な黒髪につけた伽羅《きゃら》の油の匂いが、忠挙の鼻梁を擽《くすぐ》った。忠挙は、奈津はどうしたのだろうかと思う。奈津を思う気持ちが、無意識の内に昂じていた。

雅樂頭は塗盃を手に、側女や奥女中がいても構わず、

「長松君《ぎみ》も徳松君《ぎみ》も、幼くして各々賄料十五万石を与えられた。御上が内大臣より右大臣に転じた承応《じょうおう》二年の夏、長松君は十歳にして元服し左馬頭《さまのかみ》綱重、徳松君は八歳にして元服し右馬頭《うまのかみ》綱吉と名を改められた」と云う。

忠挙は、御上はお幾つでございましたかと聞く。雅樂頭が忠挙に目をやり、

「御上は、十三だ。予は老中に就任した直後で、諸事多忙を極めた」と云う。

雅樂頭は美代に酌をさせ、

「御連枝の御二人は十五万石の殿様ゆえ、多くの家臣がつけられておる。長松君は体格が優れていたが、何といっても子供だ。天樹院様附《づき》の松坂局《つぼね》が乳母として身辺の世話をしていた。この局の召使に名を何と申したか、縹緻よしの娘がいた。長松君は十二で、この娘に手をつけ懐妊させた。娘は十七か八だった」と云う。

忠挙はじっと聞いていて、

「早熟でございますな」と、感想を云う。

美代が気づき、奥女中二人に目配せして、皆、座敷をでていった。

元の暗さが、広い居間の中に広がった。雅樂頭は、渋い顔で塗盃を膳におくと、黙って耳を傾ける忠挙に向い、

「娘はお産にしくじり、母子ともに死亡した。長松君はこれに懲りたか、天樹院様の訓戒が功を奏したか、暫くは慎んでいた。やがて、又ぞろ漁色を始められた。松坂局の召使の中に、保良《ほら》という、これも年上の縹緻よしの娘がいた。長松君はこの娘にも手をつけ、娘を懐妊させた。お保良は無事男児を出産した」と云う。

懐妊のとき、長松は十八、保良が二十五である。

忠挙が口を開き、

「その男児が、綱豊卿でございましょう」

雅樂頭は渋い顔を崩さず、

「さよう、甲府中将だ。この男児、幼名を虎松という。この頃、長松君には摂家より姫君を御正室に迎える話が進捗していた」と云う。

これは、関白二条光平《みつひら》の姫君のことである。その輿入れを目前にして、甲府宰相が下女に男児を出産させたと披露するのは憚りがあった。

雅樂頭は、箸で鰹の刺身を口にいれた。香りの高い醤油の豊かな旨味の中で、歯応えのある厚い刺身の弾力を味わった。

「そのため天樹院様が、甲府宰相の家老、新見《しんみ》備中守に申し含めて、虎松君を新見の家の男児として養育させた。この備中が煩《うるさ》い奴で、予に会いにきて、後に至り虎松君の身分について紛議が生じたさい、御老中がその証人におなりくださるなら、虎松君とお保良様をお預りします。そうでないと辞退したいと、強硬に申しいれてきた」

忠挙も鰹の刺身を味わい、

「父上は承諾なさった」

雅樂頭は、箸を膳の上におき、

「そりゃ承諾するしかなかろう。その年の秋、寛文二年だ。姫君が江戸に下向され、御輿入れがあった。然るに、甲府侯は備中の屋敷に入り浸った。お保良が再び懐妊し、備中が取り計い、お保良の身を、名を何と申したか、家中の者に下賜した。お保良は男児を出産したが産褥《さんじょく》熱が引かず、余病を併発して死去した」と云う。

忠挙は、
お保良は享年二十八。お保良を拝領したのは、馬廻役《うままわりやく》を勤める越智與右衛門《おちよえもん》である。

「憐れですな。甲府侯の第二子は今、いかがいたしております」と聞く。

雅樂頭は、何かを思い出そうとして目を細めた。

「第二子は幼名が、確か熊之助。この者は虎松君より一つ年下ゆえ、十八だ。今は越智の家を継ぎ、甲府家の家臣に列なっておると聞いた」

「甲府宰相の御子なれば、いずれ、それ相応の大名に取り立てなければなりますまい」

「さよう。いずれ、御上に御目見して、叙爵した後のことになろう」

雅樂頭は、そうそう、お保良が死んで二年して、

「天樹院様が亡くなられた。年初より降雪の多い年で、葬儀を行うのに難儀した。葬儀の

翌月、予は大老に就任した」と云う。千姫は、享年七十である。

忠挙は少時、口をとじた。雅樂頭は青色の銚子より手酌し、塗盃を口に運んだ。忠挙が思案しながら、

「私は御継嗣は嫡庶長幼の順序かと考えますが、父上のお考えでは、甲府家よりは御継嗣は、まず叶いませんな」と云う。

雅樂頭が僅かに声を落し、

「機密のこと故に、そなたに話してなかった。数年前」と云って記憶を呼び起し、

「延宝四年の年末、虎松君が元服し、従三位《じゅさんみ》中将となり、御上より偏諱《へんき》を賜って、綱豊卿と名を改めた。めでたい折というので、老職らの間で、甲府宰相を御継嗣に決定したいという声がでた。同意する者がいたが、予は甲府侯が鈍でなければ、同意するに吝《やぶさ》かでないと云った」と云って、塗盃を口に運んだ。

忠挙はじっと聞いている。雅樂頭がそれを見て、

「予の発言で、皆、黙ってしまった。御継嗣は白紙に戻ったが、そう決めていても、二年後には甲府宰相が急逝したため、結局は白紙に戻った」と云う。

忠挙が、さようなことがございましたかと云う。雅樂頭が頷いた。

忠挙は、雅樂頭を静かに見て、

「ならば、御継嗣は館林宰相綱吉卿になりましょうか」と聞く。

雅樂頭は体を起すと、強い目で子息を見た。

「予は館林侯は嫌いだ」と、一言《ひとこと》吐きすてた。

忠挙は、雅樂頭の荒い語気をうけとめ、

「父上は前々より、綱吉卿を嫌っておられる。私は十分それを承知していますが、甲府家が親子二代、鈍だというお眼鏡なれば、お嫌いでも、御継嗣は自ずと綱吉卿に落ちつくのではありませんか」と云う。

雅樂頭は首を数度、横にふり、

「館林侯の生母たる桂昌院は、三代様の側室、お万《まん》の方のお附《つき》として京より下向した者である。これまた京の町家の出だ。お万の方は六条家の出ながら、桂昌院は堀川通りの八百屋の娘で、名をお玉という。何にせよ、いかい出世だ」と云う。

「母親譲りか、館林侯は五尺に足らぬ短軀《たんく》だ。短軀なのに耳が異様に大きい。耳はよいとして、両側の鰓《えら》が異様に張っておる。鰓が張るのは我が強い証拠だ。小さな体で、いつもきいきい甲高《かんだか》い声をあげて、みっともなくて仕方ない。どう見ても、武門の棟梁の地位に相応《ふさわ》しくない」と云う。

　忠挙は、思わず微笑した。雅樂頭の描写が、綱吉の姿を見事に写しだしていた。忠挙は自分も綱吉が好きではない。嫌いである。雅樂頭は子息の表情を一瞥し、

「館林侯は、周囲が頻りに利発だ、利発だと褒めそやすものだから、自分もすっかり賢い積りになっておる。物覚えはよいようだが、ただそれだけのことにすぎない。この小男は自分は賢いと思いこんでおる故、今後、傍《はた》の者はどうにも手がつけられまい。甲府侯の鈍よりも、もっと始末に悪い」と、苦虫を噛み潰した顔になった。

　忠挙が、ならば御継嗣がなくなりましょうと云うと、雅樂頭は、そうかな、

「そなた、尾州家を忘れていまいか」と云う。尾州家は、三家の筆頭である。

「御三家に広げますか」と聞く。

「御三家、だからというのではない。そなたは千代姫様を、忘れていまいか」と云う。

　忠挙は、はたと気づいた。千代姫様は三代様の最初の御子である。この千代姫様の御腹に、尾州家の嫡子、中将綱義《つなよし》と、弟の摂津守義行《よしゆき》の二人がいる。どちらも甲府中将綱豊と同じく、三代様の御孫にして、御上の甥御である。二十九と、二十五である。忠挙が、

「綱義卿も摂津守も聡明の聞えがございます」と云う。

十　器に非ず

五月五日は端午の節句で、江戸城の式日である。この日は、古来、菖蒲や蓬《よもぎ》を以て邪気を払う行事が行われてきた。菖蒲は尚武の音に通じるので、武家において尊重される節句で、俗に菖蒲の節句という。この日は、在府の大名や旗本が総登城する。五ツより大名や旗本が、ぼつぼつ登城し始めた。殿中は、皆、麻裃に長袴を着用し、素足である。

西の丸の太鼓櫓より、四ツを知らせる太鼓の音が届くと、酒井雅樂頭の駕籠は、大手門前の上屋敷を出発した。酒井河内守忠挙《ただたか》は、奏者番は非番ながら、父の駕籠に続き、徒《かち》で登城した。忠挙は、小姓を連れ、納戸口より御殿に入り、自分の下部屋に入った。忠挙は前々より、老中らの下部屋が並ぶ棟の東の端に下部屋を貰っていた。

大柄な小姓、平岡伊織が、

「若殿、お召し替えを」と云って、長袴を畳の上に広げた。肩衣《かたぎぬ》や袴と同じく、浅葱色《あさぎいろ》である。明るい青で、夏らしい色彩である。染帷子《そめかたびら》は褐色《かちいろ》である。

忠挙が長袴に着替え、肩衣を付け直したところに、廊下より、

「与四郎」と声がして、雅樂頭が障子をあけて入ってきた。秘色《ひそく》の染帷子、青褐色《あおかちいろ》の肩衣に長袴である。秘色は、明るい灰青色《かいせいしょく》をいう。

忠挙が顔をあげ、

「父上、いかがいたしましたか」と聞く。

雅樂頭は子息を見て、

「御上は、本日御不豫により、表に出御されない」と云う。

この日は、通常四ツ半頃、御上も出仕者と同じく麻裃、染帷子に長袴を着用し、大広間に出御して、大名や旗本より端午の祝儀を受ける。

忠挙も立ったままで、

「それは寂しゅうございますな」と云う。

雅樂頭は頷くと、廊下にでた。自分が老中を率いて大広間にいき、御上に代って祝儀を受けなければならない。

忠挙は、これまでも蒲節《ほせつ》に御上が出御されないことが、数度あったと想起した。それにしても、昨夜聞かされた話が念頭にある。大事に至らないことを祈った。

この日、八ツ半頃、大老も老中も下城した。その少し後、大目付の渡辺大隅守も御城を

でて、駕籠にゆられ愛宕山麓の屋敷に向った。屋敷に帰ると、玄関で佐野和一郎より、

「外桜田、丹羽様の浅井帯刀《たてわき》殿がお待ちでございます」と耳打ちされた。

大隅守は、地味な麻裃の姿のまま書院に入った。帯刀が平伏した。大隅守は、床の間を背にして着座した。王昌齢の漢詩を記した掛軸が後ろに掛っている。

「面《おもて》をあげよ」と、丹羽家の江戸家老に声をかけると、帯刀が顔をあげ、

「お召しにより浅井帯刀、参上しました」と挨拶した。大隅守は、帯刀の華美なる羽織袴に思わず顰蹙した。

障子をあけ放した廊下に、御免と声がして、石野伝蔵が書院に入って、敷居近くに端座した。小袖に袴である。伝蔵は過日、丹羽勘助の狼藉を目の当《ま》りにした。

大隅守は、強い目で、帯刀を見て、

「三縁山《さんえんざん》増上寺に近く、他家の姫君を拉致せんとしたる勘助の所業、許しがたし。丹羽家において速やかに当主より廃除せよ。拙者は、親戚の一人として命じる。もし勘助の所業が公になれば、まず丹羽家の改易は避けられまい。勘助を廃除せよ」と云う。

帯刀は再度平伏して、額を畳につけた。大隅守はさらに思いを巡らし、

「勘助のため、若侍が何人か命を落した。不愍である。馬鹿な当主は御家に害あって、利

なし」と慨嘆した。

帯刀は顔をあげられない。平伏したままで、

「恐れながら、廃除いたしますにも、若様が承知なさいますまいと存じます」と、困惑の体《てい》である。帯刀は全身の汗腺が開き、冷汗が下着に滲みでるのを感じた。

大隅守は、この返答に呆れ返った。強い口調で、

「承知せねば、屋敷の内に軟禁せよ」と、吐きすてた。

帯刀は平伏したまま、無言である。大隅守は鬱陶しく思いながら、

「先代式部少輔《しきぶのしょうゆう》殿には、何人か従弟がおいでのはずだ。その中に丹羽家当主に相応しい者がいよう。勘助と当主を交代させよ」と、云いそえた。帯刀は平伏したまま、

「国元とも協議し、仰せのとおりにいたしたいと存じます」と返答した。

「ぐずぐずしていてはならんぞ」と、大隅守はさらに追い討ちをかけた。

帯刀は散々の体で書院をでた。伝蔵が玄関まで見送った。

屋敷の外にでると、左右は武家屋敷である。帯刀は、全身がほてっていた。夕方の微風が頬を撫《な》ぜた。下手をすると若様に、

「斬られるかもしれん」と声にでた。若い供侍が驚き、

「御家老、いかがなさいました」と聞く。帯刀は、いや何でもないと答えた。

五月六日の八ツ頃、側衆の内藤信濃守が、御座の間の三の間にきて、青い顔で、雅樂頭や老中に、

「御病状急変し、御痞《おつか》えが強く、そのときは少時、気道が塞がるかと拝見いたします」と報告した。家綱が危篤に陥ったのである。雅樂頭は落ちついた声で、

「片山道庵ら、医師の診立ては、いかが」と聞く。

信濃守はおろおろして、口籠った。お、おそば、

「御側医師らは、御大漸が近いと申しております」と云う。

雅樂頭は、老中の顔を見回し、

「御患いに障らぬよう、拙者これより、御見舞いしたいと思う。美濃殿も、拙者と御一緒
にいかが」と、古参の老中、稲葉美濃守を誘った。

二人は、信濃守に案内され、御座の間より萩の廊下を通り、御上の寝所たる御休息の間
に向った。入側《いりがわ》に平伏し、顔をあげて、上段の真ん中の病床を見た。

御上の寝顔が見えた。今は、深く寝入っておられる。ごく近くに御側医師が数人控えて
いた。医師は皆、剃髪《ていはつ》で、黒の直綴《じきとつ》を羽織り、白の小袖に白の袴である。

雅樂頭と美濃守は、今一度平伏して、御休息の間の入側を離れた。萩の廊下より御座の間の入側にでたとき、小走りに追ってきた片山道庵が、

「御大老」と小声で呼びかけた。雅樂頭は、歩をとめ、振り返った。

「今、御大漸が近いと聞いたが」と云う。

今年還暦を迎えた道庵は、医術に長《た》けた名医である。

「保《も》って、一両日でございましょう」と、うなだれた。

雅樂頭ら二人は、他の老中が待つ御座の間の三の間に戻った。城内は初夏の午後の陽光がそこかしこに踊っているが、御殿の奥深く、襖を閉《た》てた座敷は明るくなかった。雅樂頭が三の間に入ると、他の老中、大久保加賀守、土井能登守、堀田備中守の三人が、雅樂頭に向い鄭重にお辞儀をした。

御上御不豫の中、雅樂頭はじめ、老中四人は、皆、黒っぽい地味な麻裃である。染帷子も地味である。

雅樂頭ら二人は、他の老中の上座に腰を下した。雅樂頭が美濃守に一揖《いちゆう》し、

「御上は寝入っておられた。道庵が申すには、保って一両日らしい。そこで急遽、御継嗣を決定したいと存ずる。各々の存じ寄りはいかが」と、皆に尋ねた。

堀田備中守が下座より、申し上げますと発言すると、美濃守が、備中、暫く控えておれと、発言を押えた。美濃守は雅樂頭に鄭重に会釈して、

「お伺いしますが、御三家や溜間《たまりのま》の存じ寄りも聴取されましょうか」と質問した。溜間を殿席にするのは、彦根の井伊家、会津松平家、高松松平家の三家である。

「否。老職限り、老職の責任にて決定したいと存ずる」と返答した。

雅樂頭は三十で老中、四十三で大老に就任し、五十七歳。美濃守は春日局の孫で、相州小田原十一万石、三十六で老中に就任し、五十八歳である。

就任して日の浅い大久保加賀守は、下総《しもうさ》佐倉九万三千石、四十六で老中になり、四十九歳である。土井能登守、堀田備中守の二人は、長く老中を務めた土屋但馬守、久世大和守が延宝七年に相次いで死去したため、若年寄より昇格したが、老中になって僅か十箇月である。

能登守は大老土井大炊頭《おおいのかみ》利勝の四男で、野州や常州の内に二万五千石を領した。若年寄を十六年も務め、四十九で老中になった。備中守は春日局の曽孫《ひまご》で、上州安中二万五千石を領した。若年寄を務めること九年、四十六で老中に就任した。どちらも小身で、老中に就任すると同時に一万五千石の加増をうけた。

大老酒井雅樂頭の力は、門地や経歴により、老中四人を圧倒していた。雅樂頭に引け目を感じることなく振る舞えるのは、古参の稲葉美濃守くらいである。若年寄として大老や老中にずっと頤使されてきた土井能登守、堀田備中守の二人に至っては、雅樂頭に老中に引きあげられた恩義がある。

雅樂頭が、言葉を選びながら、

「於袖《おそで》の方が今、懐胎中であり、事なく出産にて男児が御誕生になれば、むろん、御継嗣として迎えるべきと存ずる。しかし当歳ゆえ、御継嗣が別に必要である」と云う。

於袖の方は、御上の胤《たね》を宿し四箇月という。

御上は生来虚弱で、成人後も病弱であり、女性との交渉は少ない。正室は、伏見宮貞清親王の姫宮で、顕子《あきこ》という。家綱より一つ年上で、子を儲けることなく、延宝四年の夏に逝去した。側室には、乳母の矢島局の娘、於島《おしま》はじめ、京より下向し大奥に勤仕《きんし》した公家の娘、於振《おふり》の方、旗本の娘、於満流《おまる》の方、同じく、於袖の方がいる。

美濃守は、このとき、於振の方が下向してきて二年、寛文七年に懐胎しながら、高熱を伴う傷寒《しょうかん》により、十代で死去したことや、その後十年して、於満流の方が延宝六年に懐胎し、着帯したが、年末になって流産したことを思い起した。大久保加賀守も、於満流の方の流産を想起した。

美濃守ら老中は、於袖の方も流産することがあるし、無事出産しても女児のことがあると思いもしたが、今、大老が提案しているのは、男児が誕生し健やかに育つことを前提として、それまでの中継ぎの将軍として適任者は誰かというのである。雅樂頭は流産や死産の見込みを退けようとして、

「於袖の方は、確か二十歳《はたち》。これまで病い一つしたことのない、健康な体に恵まれていると聞いている」と云う。

加賀守が咳払いして、

「嫡庶長幼の順序よりして、甲府中将綱豊卿でございましょう」と云う。

美濃守がこれを聞き、加賀守ら新参老中の顔を見回して、

「数年前、綱豊卿御元服のさい、我ら老職の間で、甲府宰相綱重卿を御継嗣に決定しようという議が起りました。然るに、綱重卿は鈍だと意見があり、決定は流れました」と説明して、雅樂頭の顔を一瞥し、

「その議にて、我ら一同の認識では、綱重卿も綱豊卿も同じ評価でございました」と説明した。

加賀守が自分の主張の辻褄合せに、

「ならば、館林宰相綱吉卿でございましょう」と云う。

それだけは避けたい思いの雅樂頭が、手にする扇子を左右にふり、

「中継ぎの将軍にせよ、館林侯は将軍の器に非ず。この御方には六十余州を治める器量はない。館林侯がもし天下の主《あるじ》になられれば、諸人困窮して、天下に騒動の起《おこ》るなきを保証しがたし」と、語気強く云いきった。

雅樂頭としては、於袖の方が流産し、あるいは女児を出産するときは、中継ぎの将軍が生涯に亘って君臨するのだから、綱吉を継嗣にするのはどうしても避けたい。

美濃守が、案じ顔をして、

「御大老の存じ寄りはいかがでございますか」と聞く。

雅樂頭は、老中を見回し、

「神君の御血筋ならば、千代姫様の御子、中将綱義卿、摂津守義行様がおられる。御二人は綱豊卿と同じく、三代様の御孫にして当代様の甥御にあたられる」と云う。

美濃守が、なるほどと口にして頷いた。備中守が口を開きかけて、思い直した。

雅樂頭が、言葉を選びながら、

「尾州家より、綱義卿なり、義行様なりをお迎えするのはよいが、幾何《いくばく》もなく於袖の方の腹に男児御誕生のとき、これは何とも厄介な仕儀になろう」と云い、

「昨年奥州福島に移したが、本多家の騒動、それ、大和郡山の騒動は、我ら老職は随分と悩まされたものだ。そなたらも知るごとく、三代目の当主、甲斐守政朝が死去して男児が幼く、本多家は三代目の弟、内記政勝をして中継ぎの当主としたが、この四代目が先代の男児が成長した後も当主の座を譲らず、自らの男児に相続させる構えをみせたため、家中を二分する大騒動が繰り広げられた」と云う。

雅樂頭は、思わず長大息した。美濃守が、そうでございましたなと云って、

「一昔前になりましょうか。本多家の所領十五万石を、確か九万石と六万石に分けるよう裁定しました。厄介でございました」と云う。

雅樂頭は呼吸を整え、

「尾州家より御継嗣をお迎えしても、於袖の方に男児が誕生し健やかに御育ち、十歳にもなられれば元服し、中継ぎの御方より将軍職を返していただくことになろう。然るに問題は、その御方が尾州家に御帰りになっても、居場所はありますまい」と云う。

美濃守が、なるほどと口にして頷いた。

雅樂頭は、それなら、

「便法を講じ、京より、徳川家と縁の深い有栖川宮に御くだりいただき、中継ぎの将軍として暫く御留まりいただいてはいかがか。宮様なら、いつ京へ御帰りになっても、御困りになることはありますまい」と云う。

美濃守も、他の老中も、この突拍子もない提案に、ぎょっとした。雅樂頭の話は、確かに筋が通っている。しかしその結論が、中継ぎの将軍であれ、京より有栖川宮を招致することになろうとは、誰も予想しなかった。雅樂頭の話のどこがおかしいのか、老中四人の頭は霧に包まれた。雅樂頭が美濃守に同意を促し、

「美濃殿、いかが」と聞く。

美濃守は老中に就任してより、雅樂頭の女房役を務めてきた。雅樂頭は美濃守の助力を多として、美濃守の懇請をいれ、堀田備中守を老中に引きあげてくれた。すなわち、昨年の夏、老中二人の補充人事を行うさい、一人は土井能登守とすぐ決まったが、他の一人が容易に決まらなかった。候補として、京都所司代の戸田越前守と、大坂城代の太田摂津守の二人の名があがった。しかしどちらも赴任して日が浅く、雅樂頭が思案し、決しかねているのを見て、美濃守が婿の備中守を昇格させてほしいと懇請したのである。

美濃守の役目は、雅樂頭に追従することである。

「御大老の仰せられる、徳川家と縁の深い有栖川宮に御くだりいただくのは、遠く鎌倉の故知に倣う、優れた深慮と存じます」と云って、大きく頷いた。

これは、源実朝が甥の公暁《くぎょう》に殺害され、源氏将軍が三代で終ると、北条氏が京より摂家の若君、ついで年若い親王を迎え、将軍としたことをいう。

加賀守が美濃守に続いて、

「有栖川宮は、聡明な貴公子であられた」と同調した。

能登守も同意し、

「さよう。拙者もそのように存じました」と云う。

雅樂頭が備中守に視線をやり、

「備中、そなたは」と聞く。

黙して俯いていた堀田備中守が、顔をあげ、

「拙者は、有栖川宮様に同意できません。御連枝があるのに、京より御くだりいただくのは、乱暴でございます」と云う。美濃守が顔を引きつらせ、

「備中、何を云う。御大老に無礼ぞ」と叱責した。

十一　急転

堀田備中守正俊は、寛永期の老中、堀田加賀守正盛の三男である。幼くして家光の命により曽祖母春日局の養子となり、幼少時代は大奥で暮した。

父の正盛は、家光に殉死した。下総《しもうさ》佐倉十一万石の本家は、嫡男の上野介正信がついだが、二昔前の万治三年、正信の乱心により、改易になった。

正信はこのとき、会津中将保科《ほしな》正之、老中の阿部豊後守忠秋の二人にあて幕閣の失政を非難する意見書を提出し、断りなく帰国した。公儀はこれを乱心と認定して、罪を一身に止め、本家を改易した。この事件を、佐倉騒動という。この年、備中守正俊は奏者番の役につき、親戚の稲葉美濃守正則の息女を正室に迎えた。

堀田家も稲葉家も、譜代武功の井伊家や酒井家と異なり、家光の乳母、春日局の縁故により、家光時代に大名に取り立てられた。自分も大奥育ちの稲葉正則は、娘を堀田正俊に嫁がせてより、婿の庇護者になった。佐倉騒動により、堀田の本家は辛うじて家名の存続を許されたが、小大名に転落し、正俊の家が本家に転じた。

五月六日の午後、御上の継嗣を協議し、酒井雅樂頭が有栖川宮を中継ぎの将軍に擬する提案をしたさい、他の老中が賛同する中、備中守一人がこれに反対した。御上に御連枝がありながら、京より宮様に御くだりいただくのは乱暴だと、単純にして人聞きのよい正論を吐いた。美濃守はすぐ叱責したが、内心穏やかならざるものがあった。

美濃守は頭の中で秘かに、

「備中守正俊は、青年期より堂々たる正論を吐き、上位の人や年長の人に屈するところがなかった。しかし娘を嫁がせて分ったのは、この者は心底に捩れたところがある。私欲を図る心があるし、権力欲が強い。此度《こたび》は何を企んでいるか」と危惧した。

美濃守自身も私欲が強く、品性は決して褒められたものではない。自分でもそれを自覚し、蛇《じゃ》の道は蛇《へび》ではないが、備中守の心の動きが朧げに見える。

雅樂頭が備中守を正視し、

「備中、そなた存じ寄りを申せ」と云う。

備中守は雅樂頭の視線を避け、目を宙にむけて、

「ならば申し上げます。館林宰相綱吉卿は英邁にして、度量の広い御方でございます」と云い、一呼吸《ひと》して、

「綱吉卿が将軍職に相応しいと存じます」と主張した。

雅樂頭や他の老中は、綱吉が暗愚ではないが、英邁より程遠く、我が強く、度量が狭いことをよく知っていた。誰もが、綱吉が将軍の器に非ざることを熟知し、備中守が雅樂頭に楯つき、綱吉を推すのは、裏に何か隠された事情があろうかと疑った。美濃守は頭の中で秘かに、

「備中め。綱吉卿を推し、実現すれば推戴の功により、厩橋侯《うまやばし》を蹴落す気か」と、およそ見当をつけた。綱渡りにならなければよいがと、危惧した。

備中守は、畳に両手をつき、深々と頭をさげた。ゆっくり体を起すと、

「拙者、先程皆様に申し上げようと存じながら、時機を逸しました。昨日、皆様方御下城のさい、拙者雪隠《せっちん》にいき、取り残されました」と云い、

「そこで拙者、昨日は拝謁しておりませんので、お願いしましたところ、間もなく拝謁を許されました。御上より少時御話がございました。万一のとき、継嗣《けいし》は誰がよいか御尋ねがございました故、綱吉卿がよろしゅうございましょうと、お答えいたしました」

「御上より、さようせいと、御言葉をいただきました」と云う。

家綱は老職の意見や主張を聞き、さようせいというのが常である。そのため御上を揶揄

して、蔭で、さようせい様というのが、老職の親近感を込めた呼称になっていた。

　これを聞き、雅樂頭や、他の老中に深刻な衝撃が走った。

　美濃守が、案じ顔をして、

「御側に侍《はべ》っておったのは、信濃か、周防か」と聞く。内藤信濃守も伊勢周防守も側衆である。

　雅樂頭は、そのとき御側に誰か側衆が侍っておれば、昨夜の内か、遅くとも今朝一番に自分の耳にいれていようと思う。注進に及ぶ者はなかった。

「御小姓だけでございます」と云う。

　備中守は、染帷子《そめかたびら》の左袖に手をいれた。思わず皆の視線が集まる中、折り畳んだ一通の書面を取りだし丁寧に広げて、目の高さに捧げた。

　美濃守が備中守の前にいき、書面を受けとった。美濃守が見ると、杉原紙《すぎはらがみ》の真ん中より後ろ寄りに、大きく家綱の花押《かおう》が記され、

「此の書付の段一だんもつともにて候、かやうにいたし候様申すべく候」と、御上の筆である。病床で書いたにしては、文字が二行に真っ直ぐに並んでいる。

　美濃守が膝行《しっこう》して雅樂頭の前にいき、会釈して書面を渡した。雅樂頭は食い入るように

見た。無言である。

　この書面は確かに家綱の直筆ながら、かようにいたせ、かようにいたし候よう申すべく候という、具体的な内容がない。それなら、前段が鍵になるが、一段もっともだというのは、何がもっともだというのか明らかではなく、この書面を以て綱吉を継嗣として認めたとまではいえないのである。

　美濃守が気づき、

「御上に筆や硯をお持ちしたのは、小姓か、小納戸か」と聞く。

　備中守が御休息の間の情景を想起して、

「御小納戸の、確か柴田修蔵でございました」と云う。

　美濃守は立ち上り、気早に座敷を突っきると、南側の襖をあけた。畳敷きの入側に同朋《どうぼう》の醇阿弥《じゅんあみ》が控えていた。剃髪ながら、継裃《つぎ》を着用している。

　美濃守は醇阿弥を手招きして、

「柴田修蔵を呼べ。今すぐ」と命じ、襖をしめた。

　御命《ぎょめい》、旦夕《たんせき》に迫る昨今である。柴田ほどの者なら、隔日番の小納戸といえ、毎日御殿に詰めているに相違ない。

重苦しい沈黙が、座敷の中を支配した。雅樂頭は、飼犬に手を噛まれた思いを味わっていた。今は、昨日その場にいた、柴田修藏に事情を確かめなければならない。大久保加賀守も、土井能登守も、同輩の堀田備中守の抜け駆けを知り、備中守は危ない、油断すると酷い目にあわされると手綱を引きしめた。

時が流れた。備中守を除く者には、四半時《しはんとき》近くも流れたように感じられた。三の間の南の入側より、襖越しに、

「お召しにより柴田修藏、罷《まか》りでました」と、力強い声がした。

美濃守が立ち上ると、襖をあけた。入側の真ん中に端座した中年の武士が、静かに平伏した。美濃守が立ったまま、

「座敷の内に入れ」と、抑制した声で命じた。

修藏は三の間に入り、大老や老中が居並ぶ前に平伏した。御座の間は上段、下段、二の間が、普段、謁見や御用召《ごようめし》に用いられる。三の間は老職の会議に使っている。修藏が座敷に入ると、二十二畳ある三の間は少し薄暗かった。修藏は、老職が列座する中、この座敷に入るのは、初めてである。

修藏は、紺色の染帷子に濃紺の麻裃を着て、素足である。中肉中背、がっしりした体格

で、落ちついた挙措である。敷居際に平伏する修藏を見て、日頃目立たないがよき侍なりと、皆が好感をもった。美濃守が口を開きかけたとき、雅樂頭が幾分か先んじて、

「御容態はいかが」と質問した。

修藏は顔をあげ、雅樂頭に向って、

「畏《おそ》れ多いことでございますが、昏睡に陥っておられます」と、はっきり答えた。

雅樂頭が沈んだ声で、

「覚醒されようか」と聞く。

修藏は躊躇することなく、拙者は分りませんが、

「医師は、最早昏睡より脱せられることはなかろうと、申しております」と云う。

雅樂頭は、うむと吐息をつき、美濃殿、

「どうぞよしなに」と、備中守の主張を、今ここで確認する役をふった。

美濃守は、承知しましたと応じて、

「備中が昨日御前に伺候したさい、小姓は誰々が御側に侍っておったか」と聞く。

美濃守には、修藏が目をぱちつかせたように見えた。修藏は、

「御側には、あのとき、上野陽之助、鈴木兵衛の両人がおりました」と云う。二人は二十

代にして、既に従五位下の位階と受領《ずりょう》の官名をもっている。

　小姓も隔日番である。美濃守が修藏に、

「両人は本日は非番か、どちらかが登城していようか」と聞く。

「両人とも、本日登城しております。紅葉間《もみじのま》に詰めておりましょう」と云う。

美濃守はこれを聞き、醇阿弥に命じ二人を呼びにやった。三の間はなお、重苦しい空気を引きずった。

　襖越しに上野壱岐守、鈴木近江守と名乗る声がした。美濃守が命じて、二人は座敷の内に入り、静かに修藏の後ろに控えた。どちらも地味な麻裃を着し素足である。

　雅樂頭が、さぁ始めよという顔で、美濃守を見た後、その目をゆっくりと、美濃守の隣にいる備中守の顔に移した。美濃守は雅樂頭の視線を追い、備中守が今同席しては拙《まず》いと気づいた。美濃守は婿に向って、

「そなた、しばらく下部屋に下っておれ」と命じ、備中守を退席させた。

　雅樂頭の左右に、土井能登守、大久保加賀守が座を占め、その前に聞き糺《きただ》し役の美濃守が座った。美濃守は威儀を正すと、手にした扇子の先を修藏にむけ、

「我ら老職、昨日、備中が拝謁したさいの模様を悉皆《しっかい》、承知しておかねばならぬ。極めて

大事なこと故、柴田より申し述べよ」と説明を求めた。

　修藏は、慎重に言葉を選びながら、

「昨日八ツ半すぎ、御上が小康を得られ、御気分も優れておられるかと拝察いたしましたとき、堀田備中守様が拝謁なさいました。御褥《おしとね》の傍らに後ろの両人が控えており、拙者は下段におりました」

「備中守様が心の籠った御見舞いを申し上げられ、それに対して御上は満足そうに頷いておられました」と云う。

　修藏が言葉を切った。修藏は、改めて言葉を選びながら、

「備中守様が、ここで恢復なさいましたらと云いかけられましたら、御上が恢復することがあろうかと、その言葉を強く遮られました」

「備中守様は、御上は十一の御年より将軍職に就かれ、三十年。御恢復の暁には大御所として天下の大事を裁決し、小事は将軍職を継がれる御方に委任せられてはいかがでございましょうかと、申し上げられました」と云う。

　雅樂頭や左右の老中は、いよいよ核心にきたと、一言も聞き洩らさないよう、それぞれの耳に神経を集中した。美濃守が目でその先を促した。修藏は、

「御上はこれを御聞きになり、なるほど、もっともだと了承されました。されば将軍職を誰に委任すればよいかと御尋ねになりました。備中守様はすかさず、綱吉卿に委任されるのがよろしゅうございましょうと答えられました」

「御上はさようせいと、御命じになりました」と云う。

両親を早くに亡くし、一人の兄弟姉妹もない家綱は、異母弟の綱吉に兄としての意識をもち、目をかけた。綱吉が手習いを始めると、自ら手本を書いてやった。綱吉は、この兄に取りいり、阿《おもね》ることを得手とした。同じ異母弟にして今は亡き綱重は、天樹院の庇護の下に育ち、兄に取りいり、阿ることをしなかった。

修藏の話を聞き、雅樂頭はじめ、三人の老中は、家綱の最期に臨んで、備中守が家綱の兄弟の情に付けいって、さようせいを引きだしたことを思い知らされた。修藏は、

「備中守様は、御上に、何卒一筆認《したた》めていただきたいと懇願されました。御上は、拙者に筆や硯をもてと御命じになりました。拙者は筆、硯、および紙をおもちしました。御上が認められた書付は、備中守様が押しいただき、御前より携行されました」と云う。

修藏が言葉を切った。美濃守が口を開こうとしたら、修藏が、

「御上はそのとき、備中守様を呼びとめ、御注意なさいました。明日にも徳松を予の猶子《ゆうし》

として城にいれよ。然るに、徳松の嫡子は城にいれず、この者をして館林の家を継がせよと御注意なさいました」と云う。

徳松は、綱吉の幼名であり、当年二歳になる綱吉の嫡子の名でもある。修藏は、

「備中守様の退出の後、御上が横になられながら、ふっと、袖の腹に和子《わこ》がおると御口になさいました」と補足した。

修藏は、昨日備中守様拝謁の模様は、およそ以上でございますと云うと、その場に平伏した。美濃守は、後ろの小姓に目をやり、

「備中拝謁の模様は、今柴田が申し述べたところに相違ないか」と、念をおした。

小姓二人は顔を見合せ、年長の上野壱岐守より、

「相違ありません。柴田の申し述べたとおりでございます」と返答した。

美濃守が振り返って、雅樂頭の意向を確かめようとした。雅樂頭が大きく頷くのを目にして、美濃守は三人に向い、

「大儀である。戻って、よくお仕えせよ」と三人を犒《ねぎら》った。

三の間には、大老、老中、四人が残された。昨日備中守が抜け駆けし、綱吉を次の将軍職に推し、御上がこれを嘉納し、綱吉を自分の猶子とするよう命じたことは、御側にいた

者らの証言により、正《まさ》しく裏付けられた。備中守は、継嗣の話が御上よりもちだされたと云う。側近者は、これに反して、備中守より巧妙にもちだされたと云う。両者の食い違うのは、この一点にすぎない。この点を除くと、御上が猶子、すなわち、なお子のごとしとして、弟の綱吉を迎えようという意思は、明らかに表示されたのである。

御殿の奥深く、薄暗い座敷は、沈黙に包まれた。上屋敷が江戸城大手門の下馬札の前にあって、俗に下馬将軍と称される権勢第一の大老、酒井雅樂頭が、将軍の継嗣をどのように取り計うか。雅樂頭は綱吉を将軍の器に非ずと批判した。にもかかわらず、堀田備中守が巧妙というよりは、頗る狡猾にその裏を掻《か》いた。御上を言葉巧みに操って、さようせいを引きだしていた。雅樂頭は扇子を開いたり閉じたりしている。稲葉美濃守ら老中は固唾《かたず》をのんで、待った。ただ待った。

寛永期より寛文期に老職の職制がほぼ整い、重要政務の取り扱いは、老職の全員一致が慣例となった。権勢並ぶ者のない酒井大老が中継ぎの将軍に有栖川宮を推しても、一人の者が異議を唱えれば、異議が解消されるまで協議を続けるしかない。しかし今回は徳川家にとって最も重要な継嗣選びの場面において、新参の老中が大老や他の老中を出し抜いたのである。全員一致の慣例があるのに、真っ向から裏を掻いたのである。譜代武功の大名には金輪際《こんりんざい》できない芸当だった。

美濃守は頭の中で秘かに、

「備中め。厩橋侯を向うに回して危険な賭にでた。老中罷免となっても到底庇いきれないが、今御上は危篤に陥っておられ、罷免の意思を表示されることのないのが、備中の救いになっておる」

「しかし、厩橋侯が腹を括り、大老、老中の全員一致により備中の罷免を決すれば、庇いきれない」と危惧した。

当の雅樂頭は、掌中の扇子を開閉しながら、

「備中に先《せん》を越された。巻き返そうにも、御上が昏睡状態にあり、今日明日の内に薨去《こうきょ》に至るのでは、万事休す」と思い、

「書付の文面は至極曖昧である。それ故、御側の者にもよく申し含め、強引に備中の主張を押えこんではどうか」と思い、心が揺れ動いた。

少し考えて、雅樂頭は、決意した。於袖の方に男児が誕生すればよし。それまで綱吉を将軍にしよう。自分は老い、昨今体調が優れない。職を退《ひ》く潮時である。

「綱吉卿を御猶子にお迎えする」と、雅樂頭は、老中三人に申し渡した。

十二　権大納言

　五月六日、初夏の陽が、きらきら光りながら傾いた。御座の間の三の間、薄暗い座敷の内に、有髪、継裃の二人が平伏した。二人は、半井《なからい》出雲守、今大路右近将監《うこんのしょうげん》といい、典薬《てんやく》頭《のかみ》である。典薬頭は城内多数の医師の上席である。半井が顔をあげ、

「御上は昏睡深く、御大漸は明朝か、保《も》っても、明晩でございましょう」と云う。

　雅樂頭はこれを聞き、堀田備中守に命じて、綱吉に急ぎ登城を促した。備中守は、奉書を以て館林侯に登城するよう求めた。突然の御召しに、神田橋に近い屋敷の中は、大騒ぎになった。日没が近づいていた。館林侯の駕籠が大手門前に差し掛ったとき、牧野備後守成貞が押っ取り刀で追いついた。館林家の家老である。

　本丸御殿の玄関に能勢《のせ》惣十郎、藤堂主馬《しゅめ》という、宿直《とのい》の目付が出迎え、綱吉を黒書院の西湖間《せいこのま》に案内した。座敷には備中守が待っていた。西湖間は燭台を一台おくだけで、座敷の中は薄暗い。座敷に入って待っていると、御成廊下の奥より側衆の内藤信濃守が、長身の姿をみせた。右手に手燭をもっている。

綱吉は、納戸色の麻裃を着用していた。納戸色は鼠色が加わった藍色をいうが、燭台や手燭の光では黒色に見える。綱吉が、蝋色《ろいろ》の麻裃の信濃守に続いた。蝋色も、黒色にしか見えない。長身、短身、二人の黒い影が廊下に踊った。綱吉より数歩遅れて、これも長身の牧野備後守が主人に扈従《こじゅう》しようとした。牧野の麻裃は、黒っぽい深緑に見える。

二人の間で、綱吉の影は惨めに沈んだ。備中守が牧野の挙動を咎めて、

「御側近くである。牧野、そなたはここに控えておれ」と厳しく命じた。

牧野は四十七歳。父の牧野儀成《のりなり》も、綱吉の家老を務めた。牧野は、

「夜中御召し。御用のほど覚束なく、拙者はお供しなければなりません」と云う。

暗い中、備中守は牧野の顔を正視して、

「館林侯には、吉事である。牧野、そなたはここに控えよ」と、言葉を和《やわ》らげた。

信濃守のもつ手燭を頼りに、短身の綱吉が御成廊下を進んだ。数歩遅れて、堀田備中守が続いた。暗い廊下をいくと、御座の間の三の間は、閉《た》てた襖の間より燭台の光がもれている。手燭は、御座の間の入側より萩の廊下を進んだ。手燭は、御休息の間の入側で停止した。信濃守は歩をとめ、入側に腰を下すと、

「館林宰相綱吉卿、御着きでございます」と、内に報じた。

小姓が二人、内より襖を左右に開けた。座敷内の燭台の光が入側の畳を長く走った。

信濃守が深々と体をおり、綱吉に、

「お入りくださいませ」と云う。

綱吉は狭い歩幅で、ずかっと下段の間に入った。御休息の間は、上段、下段、どちらも十八畳である。上段、下段、どちらにも燭台が二台、おかれている。

上段の真ん中の病床に綱吉の長兄、家綱の寝顔が見えた。病床の近くに黒の直綴、白の小袖に白の袴の御側医師が二人、ただ無言で、うなだれている。

下段の一番上、向って左に酒井雅樂頭、土井能登守、右に稲葉美濃守、大久保加賀守が着座している。

綱吉は、下段の間の真ん中に座り、鄭重に平伏した。美濃守が声をかけた。

「館林宰相様、御諚《ごじょう》ございます」

綱吉は顔をあげかけて、また平伏した。雅樂頭が一語一語はっきりと、

「館林宰相を予の猶子とし、正二位権大納言《しょうにいごんだいなごん》に昇任させる」と仰せを伝えた。

権大納言は、将軍の世嗣のつく官職である。綱吉は思わず顔をあげた。その顔は満面の笑みで崩れた。綱吉は、上段の病床の中、家綱の横顔に向って、

「謹んで御礼を言上いたします」と、わくわくする嬉しさを隠しきれず、言葉が尻上りに躍動した。

雅樂頭が重い心を押えて、

「御上は深い昏睡の中におられます」と注意した。

綱吉が嬉しさに体を震わしながら、

「いつ覚醒されますか」と聞く。

雅樂頭は静かに、

「医師が申すには、御覚醒は望めぬようでございます」と云う。

これを聞き、綱吉は、さようかと一言《ひとこと》発したのみである。

雅樂頭が背筋をのばし、下座の堀田備中守に目をやった。備中守が膝行して老職四人の前にでて、綱吉に向い、

「御上は、明日にも綱吉卿を城にいれよと命じられました。宰相様はなるべく早く二の丸に御移りくださいませ。御上は、館林家は徳松君《ぎみ》に相続させよと命じられました。徳松君はそのまま神田御殿にてお住《すま》いいただきます」と案内した。

綱吉の表情が動いた。自分が中継ぎの将軍に指名されたことに思い至った。顔より笑み

が退《ひ》いた。備中守が綱吉の前に進み、

「御署名をお願いしなければなりませぬ」と云うと、小姓が小さな黒漆塗の書机《しょづくえ》をもってきた。書机の上に、牛王宝印《ごおうほういん》紙を用いた起請文、筆、硯がおかれている。綱吉が起請文に記された誓詞に目を走らせると、これ以後御上に男児が誕生し、男児元服の砌《みぎ》り、将軍職を御譲りすること、相違これなく候と認《したた》めてある。

備中守が、さぁ、御署名され、日付をお書きくださいと云う。綱吉は筆をとり、花押を書き、延宝八年庚申《かのえさる》、五月六日と記した。

備中守は、起請文を手にとり、花押と日付を確認すると、酒井雅樂頭の前にいき、鄭重にお辞儀をしてこれを手渡した。

雅樂頭が頷いた。備中守は綱吉に向い、

「これにて御引きとりくださいませ」と挨拶した。

雅樂頭や、老中四人が平伏する中、綱吉は再び側衆の信濃守に案内され、幾つもの廊下を通って、御殿の玄関に向った。綱吉は夢心地で駕籠に乗った。

三代将軍家光には、五人の男児があったが、三男亀松と、五男鶴松の二人は、幼くして逝去した。嫡男家綱は四代将軍となり、二男の長松、四男の徳松は、長松が八歳、徳松が六歳のとき、それぞれ賄料十五万石を給され、家臣多数を附された。長松が十歳、徳松が八歳のとき、揃って元服し幼名を改め、左馬頭《さまのかみ》綱重、右馬頭《うまのかみ》綱吉を名乗った。

綱重が十八、綱吉が十六のとき、将軍の連枝としてそれぞれ十万石を加封され、綱重には甲府城、綱吉には館林城が与えられた。この年、暮れの定期叙爵で、二人は参議に昇進した。これより綱重は甲府宰相、綱吉は館林宰相と呼称された。その後、綱重は三十五歳で薨去し、二年して、綱吉が四代将軍の猶子となった。綱吉三十五歳である。

御大漸は五月七日、東の空が白んでくる明け方のことである。家綱は、城内奥深い御殿の中で、深い昏睡より覚めることなく、静かに息を引きとった。不寝番の片山道庵ら医師が二人、暗い座敷の中、病床より喉笛が鳴る微かな音を聞いた。二人は顔を見合せ、下段に灯《とも》してある遠い燭台の光を頼りに、御上を診察した。

御上の呼吸は止っていた。道庵は、半ば居眠りしている、不寝番の小姓二人を起し、他の燭台に灯《ひ》を点《とも》させた。医師二人は、念をいれて診察した。御上の息はなく脈もなく、胸の心音は聞えなかった。道庵は、小姓に、

「御側衆においでいただきたい」と、小声で要請した。

小姓が南側の襖を開けると、入側より側衆の伊勢周防守、内藤信濃守の二人が座敷の内

に入ってきた。二人が病床近くに端座すると、道庵は掛け布団を掛け直して、

「御大漸でございます」と、低い声で伝えた。

周防守も信濃守も無言である。場にある者は、皆、涙ぐんだ。大老や老中の屋敷に使者が走った。酒井雅樂頭が最初に、稲葉美濃守が二番目に大手門を潜った。他の老中が登城してきたのは六ツ半である。

雅樂頭、美濃守は、まず御休息の間にいき、御上に拝謁した。四十歳で逝《い》った御遺体である。

雅樂頭は、次に目付の能勢惣十郎、藤堂主馬を呼び、御休息の間より医師はじめ、側衆や小姓を遠ざけた。二人は萩の廊下に張り番し、余人が近づくのを遮断した。

雅樂頭はこの措置をとった後、

「美濃殿と拙者でおおよそのことを取りきめておこう」と云う。

美濃守は頷いて、

「さようでございます。雅樂頭様と拙者が決定しておきましたら、何ら齟齬を来すことはありますまい」と云う。

雅樂頭は、錯綜した事情についても、切迫した状況においても、常に卓越した理解力を

もち、政務上の決断が迅速にして的確である。美濃守は、二十年も前より雅樂頭の優れた力量に信をおいてきた。四代将軍薨去の発表と五代将軍への代替りを、些かの遺漏もなく運ばなければならない。

下段に座りこんだ二人の間に、僅かの間、沈黙があった。雅樂頭は差しあたり何をなすべきか考えていた。美濃守は雅樂頭が職を辞するとき、自分も連袂《れんべい》辞職しようかと考えていた。雅樂頭が肚をきめた。

「御大漸は二日秘して、明晩のことにしよう。今日明日、二日あれば、諸事を順々に処理できよう」と云う。

美濃守はこれを聞き、

「御大漸に及ばせたまうのは、八日の六ツ、あるいは、何時《いつ》でございましょうか。翌九日に発表でございますな」と云う。

雅樂頭は頷いて、

「さよう。明晩六ツでよい。本日、館林侯が二の丸へ移徙《わたまし》をおえられ、時を移さず御上に対面され、御遺教を拝受される。これぞ最も肝要なことだ。千代姫様、三家、井伊掃部頭《かもんのかみ》の拝謁は、明朝でよい。我ら老職への御遺命の下賜も、必要である」と云う。

井伊掃部頭直興《なおおき》は二十歳代《はたち》ながら、譜代大名の筆頭にして、溜間《たまりのま》の筆頭である。

雅樂頭が遺漏に気づいた。

「尾州侯には知らさなければならぬ。御大漸とは云えぬ故、御危篤とし、館林侯が御猶子になられたと知らさなければならぬ」

美濃守が思い巡らせ、土屋相模を尾州へやりましょうと云う。

土屋相模守政直は、昨年四月、老中在職中没した土屋但馬守数直《かずなお》の嫡男で、三十九歳にして家督をつぎ、今、奏者番である。

雅樂頭が頷いて、

「そうしよう。本日、急ぎ出立させよう」と同意した。

大久保加賀守はじめ、土井能登守、堀田備中守が登城してきて、六ツ半すぎ、老職全員が御休息の間に揃った。美濃守より、御大漸を二日秘することと、その間の段取りを説明した。老中三人は、青ざめた表情をして、これを了承した。

その次に雅樂頭が、萩の廊下に張り番する、能勢惣十郎、藤堂主馬の二人を御休息の間に呼びいれた。大老や老中の前で、二人の目付が平伏した。

「先程命じたとおり、本日中、目付衆が交替で萩の廊下を遮断せよ」

雅樂頭の言葉を聞き、二人は異口同音に、承知の旨を述べた。

美濃守が雅樂頭に向って、

「これにて一先ずよろしゅうございましょう。我ら御座の間に戻り、台所番に命じて結びなりとも用意させましょう」と云う。

雅樂頭が頷いて、

「館林侯の二の丸移徙まで、御座の間で待機しておらねばなりますまい」と云う。

五月七日四ツ頃、大納言綱吉が、二の丸御殿に移徙してきた。牧野が登城して、その旨を報じた。初夏の日差しが城内各所に強くなる中、酒井雅樂頭、稲葉美濃守ら老職一同に加え、若年寄の松平因幡守、石川美作守が揃って、二の丸に綱吉を迎えにいった。綱吉の支度が整うと、大老、老中、若年寄全員が供奉して台所口より本丸御殿に入った。

綱吉の裃は黄蘗《きはだ》色の松葉小紋で、染帷子は木蘭《もくらんじ》地である。初夏の陽をうけ、黄蘗色の裃がきらきら光った。四代様の御大漸の今、何と派手な衣服《なり》かと、雅樂頭や美作守は嫌悪感を抱いた。これは、綱吉の昨夜来、宙に舞う嬉しさの心象を示していた。綱吉の将軍就任確定により、松葉小紋はこれより留柄《とめがら》となる。

萩の廊下で張り番中の日根野権十郎も、高木善左衛門も、しっ、しっ、と坊主の警蹕《けいひつ》の声に続き、雅樂頭はじめ、幕閣の人々が、館林宰相綱吉卿を真ん中に挟んで、御休息の間にやってきたのを見て、思わず腰をうかせた。御上は既に亡く、綱吉卿が御継嗣になったことは承知していたが、代替りを目《ま》のあたりに見てびっくりさせられたのである。

　御休息の間では、綱吉が上段に上って、御遺体の近くに端座した。下段に幕閣の人々が居並ぶ前で、生きている御上と会い、御遺教を拝受する、という設定である。

　この寸劇は少時で終った。すると側衆の永井能登守が、神君の陣刀という、本庄正宗の刀と、来国光《らいくにみつ》の脇差をもちだし、綱吉に手渡した。これも御上より拝領したという設定である。両刀は、綱吉より石川美作守が受けとり、二の丸まで運んだ。綱吉は早や将軍職に就任した気分で、長い廊下を歩く足が踊っていた。

　翌八日、朝より、千代姫、甲府中将綱豊に続き、紀伊中納言光貞、水戸宰相光圀、さらに尾張中将綱義ら三家の世嗣が登城して、御上に拝謁した。むろん、御上は遺体になっていた。井伊掃部頭や酒井河内守も、御遺体に拝謁した。夕方には綱吉が拝謁して、最期の告別に臨んだ。

　九日は、四ツには、在府の大名や旗本が総登城した。雅樂頭、美濃守らは、御上が昨夕薨去されたことを発表して、大納言殿に忠勤怠るべからざる旨、御遺命があった旨を発表した。この後、代替りの儀式があり、綱吉が朝廷より征夷大将軍を宣下され、五代将軍が誕生するのである。

十三　刃傷

家綱の葬礼は、五月二十六日、上野寛永寺において行われた。酒井雅樂頭が綱吉の名代として、衣冠を着し、参列した。柩《ひつぎ》は境内の塋域《えいいき》に埋葬された。

寛永寺は江戸鎮護の祈願寺として、江戸の鬼門にあたる上野の山に創建された。この寺は、比叡山延暦寺に倣い、山号を東叡山《とうえいざん》、寺号を時の年号をとり寛永寺と称した。天台宗の寺院である。芝の三縁山《さんえんざん》増上寺は、天正の終り近く、家康の江戸入府のときより徳川家の菩提寺と定められた。こちらは浄土宗の寺院である。

昔、京において、山といえば延暦寺をさし、寺といえば大津の園城寺《おんじょうじ》をさした。同じ伝で、江戸においては、寛永寺を山といい、増上寺を寺と略した。

寛永寺において、翌二十七日より法会が始まり、六月十八日、結願《けちがん》で終了した。十八日には、綱吉が衣冠を着し、参詣した。先導は、酒井河内守が務めた。この間、家綱は朝廷より正《しょう》一位太政大臣を贈られた。このお礼として、霊元天皇はじめ、法皇、本院や新院らに大量の銀貨が献上されたし、下向してきた公卿らにも銀貨が贈られた。

葬儀は無事に終った。しかしそうではなかった。徳川家菩提寺たる増上寺が無視されたことに不満をもつ、増上寺はじめ、伝通院《でんづういん》や霊巖寺《れいがんじ》など、関東十八檀林《だんりん》の僧侶が愁訴したため、公儀は、増上寺でも法会を営むことにした。六月二十四日より二十七日までの四日間である。結願の二十七日、稲葉美濃守が綱吉に代って、増上寺に参詣した。

増上寺の法事を協議したとき、月番老中堀田備中守は、大老の酒井雅樂頭の意向を気にしながら、法事の奉行について、

「奉行を、板倉石見守、松平山城守の両名に命じてよろしゅうございましょうか」と伺いを立てた。両名は寺社奉行で、今、寺社奉行はこの二人しかいない。

雅樂頭は備中守の顔に目を走らせ、

「寺の面目を立ててやるだけのこと故、今回は平《ひら》の奏者番両三名でよい」と指示した。奏者番は大名の本役で、寺社奉行は奏者番上席者数人の、加役である。

備中守はこれを聞き、

「面目でございますれば、平の奏者番が奉行では余りに軽《かる》うございませんか」と質問してみた。

雅樂頭は、そうではない、

「今回葬儀の費えは莫大なものになろう。寛永寺に独り占めされはしまいかと、増上寺は気が気でない。これが本音であろう」と指摘した。

備中守が頷いて、

「まずさようでございましょう」と同意した。

雅樂頭が目を宙にやり、小考して、

「増上寺には四代様の御位牌を安置せねばならぬ。奉行は奏者番に命ずるにせよ、寺への布施はむろん、読経僧の一人一人にも、手厚くすることが肝要なり」と云う。

備中守は、この指示に基づき、法事の奉行三人を書きだした。永井信濃守、土屋相模守および三浦志摩守で、皆、奏者番である。さらに、舅の稲葉美濃守の注意により、備中守は、寺の警固にあたる大名を書き足した。永井伊賀守、片桐主膳正《しゅぜんのかみ》、遠山主殿頭《とのものかみ》の三人である。備中守は、氏名を列記した紙片を、雅樂頭に差しだした。

雅樂頭は人選を諒とした。雅樂頭は、他の老中の同意をえて、二の丸の御上に差しだすよう、備中守に命じた。

備中守が御上に拝謁して、奉行、並びに警固役について伺った後、雅樂頭ら老職のいる座敷に戻ってきた。備中守は原案どおり裁可されたことを報じ、

「御上は、増上寺の外の警固はこの案でよい。内の警固、就中《なかんずく》、法会を営む本堂の警固が抜けておろうと、仰せでございます」と復命した。

雅樂頭はこれを聞き、ならば、内の警固に一両名をあてよう、

「備中、そなた、誰ぞ選べ」と、備中守に命じた。

このような経緯で、奉行や警固役の任命に遅れ、内藤和泉守が、本堂に続く方丈の口番を命じられた。

六月二十四日、増上寺においても、重ねて法会が始められた。家門はじめ、譜代大名が多数参列した。初日は事なく終った。

翌々二十六日は、遅い梅雨が明け、昼頃より夏の陽が強くさした。大気はやはり湿気を多く含んで、むしむしした日である。三日目なので参列者の数は減じたが、本堂の読経の声は初日と変らず高く、仏前の線香の煙は初日と変らず、数十人の役僧、五百人の読経僧の上に厚く漂った。

この日七ツ頃、法会の終了を前にして、永井信濃守尚長《なおなが》が方丈で暫《しば》し休息した。信濃守は、丹後宮津七万三千石を領し、二十七歳である。前年十一月、奏者番になった。この人は才智、衆に優れたが、自ら優れることを誇った。漆黒《しっこく》の麻裃に白帷子《しろかたびら》、長袴を着し、袴

に隠れているが素足である。

方丈とはいえ、客間をもつ建物である。信濃守はこの客間で、北側の火灯窓《かとう》より入ってくる、涼風を楽しんでいた。杉や榧《かや》の高木より蝉の鳴く声が時々聞えてきたが、渡り廊下で繋がる、南側の本堂より聞えてくる大勢の僧侶の読経の声にすぐ掻きけされた。本日の法会は直に終ろう。明日一日の勤めである、と思った。

そのとき、渡り廊下より、やや大柄な武士が姿をみせた。客間の中を見て、

「永井様。御苦労でございます」と挨拶した。

紫黒色《しこくしょく》の麻裃に白帷子を着し、半袴である。素足である。信濃守は、この武士が座敷に入ってくるのを目で捉えて、

「内藤殿。口番の御勤務、御苦労に存じます」と、丁寧に挨拶を返した。内心、嫌な奴がきたと思った。

これは、志摩鳥羽三万三千石を領する、内藤和泉守忠勝。同じ二十七歳である。この人は、母親譲りの美男である。

永井家、内藤家、どちらも三河以来の譜代大名の支族である。どちらも、上屋敷が御城の北、神田川近くの外曲輪《そとくるわ》の内にあった。永井家は相生橋の内、西側にあり、内藤家は南

の角を折れ曲ったところにあり、小路《こみち》を隔てて並んでいた。隣りあった両家が、同じ頃に物見櫓を建造した。互いに邸内が見える。無礼な、と怨む心が双方に生れた。

読経の声が高まった。この日の法会が終ろうとしていた。客間の中に奉行の永井信濃守と、口番の内藤和泉守の二人が、距離をおき、ぎこちなく対座していた。このとき、方丈の北側の小門を裃の武士が潜るのを、信濃守は火灯窓の中に捉えた。月番老中より、翌日の法会の次第について奉行に通知する使者がきたのだろう。

間もなく方丈の客間にこの者が姿をみせた。信濃守を認識すると、平伏し、

「土井能登守家中、尾形久之丞《ひさのじょう》でございます」と云う。

中年の武士で納戸色の麻裃を着用している。納戸色は鼠色をおびた藍色である。裃の色にも熨斗目《のしめ》の色にも用いる。

尾形は、

「主人より御奉行衆へ書状でございます」と云って、落ちついた所作で、一丈ばかりの間を半分につめると、信濃守にこれを手渡した。

信濃守は書状を受けとり、封を外して書面を読んだ。

「明二十七日寺の御法会結願につき、稲葉美濃守、四ツ頃代参する」とある。

信濃守は使者を正視して、

「確かに拝見いたしました。この旨、御老中にお伝えください」と挨拶した。

尾形は再び平伏して、やがて静かに座を立った。

増上寺の法事において、奉行らが連名の注進状を以て、当日の法会の次第を月番老中に上申する。老中はこれを見た後、翌日の法会の次第を奉行らに通知するのである。

信濃守は、奉行の筆頭である。この書面は、本堂につめている土屋相模守、三浦志摩守の二人に見せなければならない。信濃守が立ち上り、本堂にいこうとすると、
和泉守が下より見上げて、

「御老中よりの書状を、拙者にもお見せくだされ」と云う。

方丈の口番とはいえ、和泉守は山内全域の警固に責任がある。

信濃守はこれを聞き、

「無用である」と、木で鼻を括った挨拶をし、書状を懐中に終《しま》いこんだ。

これが、和泉守の癇に障った。

両家が、物見櫓に端を発して、種々の些事で悉く啀《いが》みあう中、和泉守の近習が、

「永井様では、十年もすれば御家《うち》の殿様は御老中。内藤家など鎧袖《がいしゅう》一触と申しておるそう

でございます」という噂を、和泉守の耳にいれた。

別の近習がこの噂に反発して、

「わが殿は、洛中洛外に鳴り響いた、かの板倉周防守様のお孫様であられる。わが殿こそ柳営《りゅうえい》に入って然《しか》るべきお方」と云う。

板倉周防守重宗は、長く京都所司代を務めた伊賀守勝重の嫡男で、父の後任として三十数年、所司代を務め、名判官として広く世に知られた。この重宗は、愛宕《あたご》の神を遥拝して私心を去り、障子の内で茶臼を碾《ひ》いて心の動揺を防ぎながら、訴訟人の容貌による先入観をさけるため、蔭聴《かげぎ》きして裁判をしたという。

和泉守は近習の話に、信濃守なら老中になると思い、気が塞いだ。その一方で、祖父の名声は重荷であり、自分なぞ御城の要職には無縁だと思う。

和泉守は何ら考えることなく立ち上り、信濃守の後を追った。方丈の廊下にでると、目の下に信濃守の長袴が、裾捌《すそさば》きよろしく、左右ゆっくりと前進していた。和泉守は、左右の裾を、素足で思いきり踏み押えた。信濃守は歩こうとしたところを押えられ、その場にどっと倒れた。

「無礼な。貴様、何をする」と、信濃守が喚《わめ》いた。

その背中に、和泉守のやや大柄の体が馬乗りなった。信濃守は身動きできない。和泉守は腰の丹波守吉道の脇差を、すらりと抜いた。刃長一尺七寸四分である。両の手で逆手にもち、押えこんだ背中を力一杯、刺し貫いた。

「ぎゃあ」と悲鳴が上った。

和泉守は、二度、三度と白刃を刺した。

信濃守の両手や上体は、動きを止めた。和泉守の両手も白帷子も血に染まった。信濃守の体の下より血が流れでた。

ちょうどこのとき、方丈の廊下に姿をみせた武士がある。濃い青墨色の麻裃に白帷子を着し、半袴である。素足である。これは、外の警固役、遠山主殿頭が奉行衆に会いにきたのである。主殿頭は、奥州湯長谷《ゆながや》一万石を領し、同じ奥州磐城平《いわきたいら》六万石の内藤家の分家である。遠山は別姓で、本姓は内藤、鳥羽の内藤和泉守は同族である。

主殿頭は、方丈の小門を潜ったとき、人の悲鳴を聞いた。急ぎ方丈に入り、廊下を曲ると、本堂に通じる渡り廊下の先に二人の武士の体が絡んで、一人が他の者の背中に馬乗りになっているのを目にした。果して喧嘩か刃傷か。主殿頭は五十六歳ながら、剣術や柔術は昔とった杵柄、少なからず自信がある。

主殿頭は、二人にすっと近づいていくと、馬乗りの武士の腰の辺りを、右足に満身の力をこめて蹴飛《けとば》した。吹っ飛ぶだろうと思った。

あっ、と和泉守が声を発した。体は廊下に投げだされ、額や鼻を強《したた》かに打った。顔面を下にして無様な恰好で転がった。腰に激痛が走って、起き上れなかった。

主殿頭は屈んで、相手の白刃を取りあげた。間近で二人の目があった。主殿頭は、加害者を見て、

「何と左兵衛《さひょうえ》。血迷ったか」と、思わず声がでた。

左兵衛は和泉守忠勝の昔の通り名。和泉守も、自分を蹴飛したのが湯長谷の主殿頭だと気づいた。

和泉守はここで正気に返った。俯《うつぶ》せの状態で、脇差の鞘を差しだした。

そこに若い寺僧が通り掛った。死体らしいものが転がっているのを見て、ぎょっとした顔になったが、しっかりした僧侶で、主殿頭に向って、

「いかがいたしました」と聞く。

「本堂の隅に御目付がおられる。お呼びしてくれ」と依頼した。

間もなく押っ取り刀で、目付の藤堂主馬が、青い顔をして駆けつけた。藤堂も、漆黒の

麻裃に白帷子、長袴を着用している。目付に就任して一年もたたないが、四十九歳の年の功、すぐさま下役をよび、寺僧をよび、流れるように事後処理を行った。加害者、和泉守の身柄は、関東郡代伊奈兵右衛門《ひょうえもん》に命じて、子院の青龍寺に厳重に勾留した。

本堂の読経の声がやんだ。本日の法会が終った。この頃には、方丈において何事か出来《しゅったい》したようだと、人の口の端に上り始めた。

永井信濃守の家臣や、内藤和泉守の家臣が、主人の身を案じ、十人、二十人と方丈北側の小門に殺到した。口々に何か叫びながら、黒っぽい裃が右往左往した。

信濃守の死体を、これも一時、別の子院に移す指揮をしていた藤堂主馬が、

「四代様の法会に騒々しき者どもよ」と、苦々しく方丈の玄関の方に目をやった。

このとき、方丈玄関には、警固役の永井伊賀守が若い姿をみせた。蝋色《ろいろ》の麻裃に白帷子を着し、半袴、素足である。河内、山城、摂津の内において三万石を領し、宮津の永井家の分家である。伊賀守直敬《なおひろ》は、今、この廊下で殺された信濃守尚長《なおなが》の従弟である。家督を相続して三年。今年十七である。六尺近い背丈がある。

伊賀守は毅然として、

「騒ぐな。永井信濃守が内藤和泉守に殺害された。和泉守は作法どおり勾留した。追って

沙汰あるまで、法場《ほうじょう》を騒がしてはならん」と、大音声《だいおんじょう》をあげた。

両家の家臣は、皆、蒼白となった。

内藤和泉守は切腹、御家は改易になろうし、永井信濃守は世嗣《せいし》なく、これも改易になる虞れがあった。玄関も小門も、俄《にわ》かに重苦しい沈黙が支配した。

六月二十七日、夏の陽が高くなりかけた四ツ頃、稲葉美濃守が代参し、本堂の読経の声が一際《ひときわ》高まって、やがてぴたりとやんだ。増上寺の法会が終了した。

時が移って、西の空に夕陽が大きく見えた。蝉が鳴き続けた。山内の切り通しの傍らにある、青龍寺においては、玄関近い座敷に切腹の支度が整えられた。

昨夕、目付の藤堂主馬が、土屋相模守、三浦志摩守の二人を伴い、二の丸御殿に事件の報告にいった。御上に話を通すべく、牧野備後守に詳細を話したところ、備後守が御座所より戻り、

「御上が激怒なさいました。和泉守は腹を切らせよと仰せでございます」と伝達した。

この日七ツ、青龍寺には、切腹を監臨するため、寺社奉行板倉石見守、目付能勢惣十郎および徒頭《かちがしら》中山平右衛門の三人が、御城より来訪した。大目付の渡辺大隅守は、一度帰邸して、僅か供侍一人をつれ、目と鼻の間の青龍寺にやってきた。和泉守が切腹する座敷に

は、正使の板倉石見守、副使渡辺大隅守、同じく副使の能勢惣十郎が揃った。

切腹の場は、二十畳の座敷である。廊下の障子を閉て《た》、逆《さか》屏風を立てた前に、白縁《しろべり》の畳を二枚敷き、その上を白の毛氈《もうせん》で覆っている。庭には残光が明るいが、障子を閉てた座敷の中は仄暗い。廊下の、中山平右衛門配下の徒《かち》二人が左右より障子を開けると、死装束に身を包んだ和泉守が座敷の内に入り、奥に居並ぶ正副両使に向って平伏した。

板倉石見守が立ち上った。濃鼠《こいねず》の麻裃、白帷子を着している。

「内藤和泉守。その方、切腹仰せつけられた。作法どおり腹を切れ」

和泉守は、切腹の場に座った。白装束、襷をかけ袴の股立ちをとった中年の武士が、

「拙者は、伊奈兵右衛門配下の与力、村井平四郎でございます」と名乗り、一揖して後ろに回ると、刀を抜いた。村井が介錯人である。

和泉守は、無垢《むく》無紋の肩衣を外し、白帷子を開《はだ》けた。白木の三方の上にある腹切り刀をとろうと、手を伸ばし上体を乗りだしたところを、村井平四郎が首を斬り落した。

白い毛氈の上に首が落ち、血が走った。村井が首を鄭重に拾うと、横向きにして、両使に見せた。石見守が押えた声で、

「確かに見届けた」と云うのが、皆の耳に届いた。

十四　賢姉愚弟

板倉石見守重種《しげたね》は、父たる内膳正重矩《ないぜんのかみしげのり》が老中在職中逝去したため、延宝元年七月、家督を相続し野州烏山《からすやま》五万石の遺領をついだ。延宝五年六月、奏者番になり、寺社奉行を兼任した。三年前のことである。本年四十歳。祖父内膳正重昌は、京都所司代を務めた重宗の弟で、四十数年前、島原の乱で討ち死にした。

石見守は、青龍寺で切腹した志摩鳥羽の内藤和泉守忠勝の親戚である。むろん、昔より互いに顔見知りである。

六月二十七日の夕刻、石見守は、増上寺より、二の丸御殿に監臨の報告にいこうとしていた。これを済せて、大名小路近くの上屋敷に帰る積りである。駕籠の中で、

「和泉守の母君、紓女《ゆきじょ》様は、周防守重宗様の愛娘《まな》にして、才色兼備の名が広く洛中洛外に知られた方である。私も数度、遠目に拝見したが、私より十幾歳か年長ながら、気品ある美貌に魅了された。父上を含め、板倉一族の男という男は、皆、紓女様を妻に迎えたいと望んだが、重宗様が旧知の、内藤志摩守の子息に輿入れさせた」と記憶を辿った。

石見守は、青龍寺をでるとき、肩衣をぬぎ駕籠に乗った。梅雨明けの翌日で、夕刻とはいえ、駕籠の中は、むっとして暑い。

「舒女様は、今年五十か、五十一か。主人内藤飛騨守は確か数年前に死去したが、自分の子息、和泉守がさっき腹を切り、家は、まず改易になろう。舒女様は、勢州亀山の御実家に身を寄せられようか」と、思いを巡らした。さらに、
舒女様は、今も、あの美貌の面影を残しておられようか。などと思う。

板倉の本家は、京都所司代を二代務めた重宗の家で、重宗は下総関宿《せきやど》五万石に入封して数箇月、関宿城で逝去した。舒女の兄の、重郷《しげさと》が遺領をついだ。阿波守重郷は、奏者番になり寺社奉行を兼ねたが、二昔前に逝去した。重郷の嫡男にして舒女の甥、重常《しげつね》が遺領をついだが、隠岐守重常は、一昔前、勢州亀山に国替えになった。

同じ日の同じ頃、渡辺大隅守は、供侍一人をつれ、麻布の渡辺芳泉の屋敷の門を潜っていた。大隅守は町奉行、大目付とずっと多忙を極め、麻布の下屋敷を訪問するのは、数年に一度あるかないかである。今日は、芳泉より、四代様の法会が一段落したら、いつでもよいゆえ訪問してほしいと、招待されていたのである。

七ツ半をすぎていた。御城の南西、台地の上にある麻布は、どの武家屋敷も夕映えの中

にあった。

大隅守、すなわち半右衛門綱貞は、芳泉、すなわち、半丞乗綱の屋敷の広い書院で、兄の芳泉と対座した。座敷には燭台がおかれ、大きな蝋燭《ろうそく》が周囲を照していた。

暮れ掛った中庭より、時折、涼風が入ってきた。浅葱《あさぎ》色の上布《じょうふ》の小袖、緋色《あけいろ》の紐帯の久が、団扇を使い、麻裃、白帷子の半右衛門に静かに風を送った。芳泉は、樺色《かばいろ》の絽の小袖に唐茶《からちゃ》の絽の袴である。

青色の矢絣《やがすり》の小袖に濃藍《こいあい》色の帯をしめた若い女中が二人、客と主人に酌をした。

芳泉が、

「天野酒が手に入った。味わってほしい」と云う。天野山金剛寺《こんごうじ》の僧坊酒である。

半右衛門が、

「これは兄上、珍しい」と云い、盃をとり、ぐっと空《あ》けた。

「なるほど、旨い」

女中が、空の盃に、すぐ酌をした。

芳泉が弟を見て、

「今日、きてくれて、よかった。台所の者が今朝、魚河岸《うおがし》で珍しく鱧《はも》を入手した。吸物や蒲焼きを一緒に食してもらおう」と云う。

鱧ですかと、半右衛門が聞く。

「さよう。拙者は昔、大坂定番を勤めたさい、夏によく食べた」

久が、扇ぐ手をとめ、

「私、お台所にいき、夕餉《ゆうげ》のお膳を急《せ》かして参りましょう」

芳泉が、そうしてくれと云う。

芳泉が盃をおき、

「さっき聞いたが、本日が増上寺法会の結願だったとは、知らなかった。拙者、寛永寺の法会はお参りした。増上寺の法会を知っていれば、これもお参りしたものを」

半右衛門も盃をおき、

「兄上にお知らせせず、御無礼しました。しかし拙者も法会に参ったのではなく、切腹の監臨にきたのです」

芳泉が驚き、

「四代様の法会に、何か不祥事が出来《しゅったい》しましたか」と聞く。半右衛門がこれに答えるより前に、芳泉が気づき、女中をすぐに下《さが》らせた。

半右衛門は二人が遠ざかるのを測って、昨夕、法事奉行の永井信濃守が、事もあろうか方丈口番の内藤和泉守に殺害され、今夕、和泉守が青龍寺にて切腹したと話した。

芳泉の表情が歪んだ。半右衛門が不思議に思い、

「兄上は、永井信濃守、内藤和泉守、二人を御存じですか」と聞く。

芳泉は首をふり、

「拙者は知らない。しかし」と、云い淀んだ。

半右衛門が黙して、続きを待っている。芳泉が、

「実はそなたも知る、尾州の半蔵家の偕《とも》。偕の縁談の相手として、拙者、その内藤和泉守に白羽の矢を立て、先日来、秘かに交渉してきました」

これには半右衛門が唖然とさせられた。先程、自分ら渡辺一族には無縁だと思って切腹の場に臨んだが、満更無縁ではなかった。

芳泉は、半右衛門の顔が説明を求めているのを見て、

「二十年になるか。そなたが江戸町奉行を命じられた寛文元年、拙者は側衆になり、間もなく、大坂定番を命じられ、一万石加増をうけた。その少し前、板倉内膳正殿が大坂定番として赴任されていた。内膳正殿は京橋口が持ち場、拙者は玉造口が持ち場。定番の屋敷

は城内にあって、互いに行き来した。年は拙者が上だったが、向うは先任者であり、拙者は俄《にわ》か大名の、引け目があった。内膳正殿は優れた人であり、老中として大坂を発たれるまで、拙者は何くれとなく世話になりました」

「拙者はおよそ四年、御一緒しましたが、その間、亡き板倉周防守様の一人娘で、内膳正殿の従妹にあたる、舒女《ゆきじょ》様の話を、何度か聞かされました」

舒女様。半右衛門が呟く。芳泉が、

「大変な美貌のお方で、父親譲りの賢い人だと聞きました。舒女様が内藤和泉守の御生母です。母君として、和泉守の切腹は耐え難い悲しみと思う」と云う。

半右衛門は、和泉守が板倉周防守の孫にあたることに驚かされた。先程、芝の青龍寺で別れた板倉石見守は、どのような心境だったかと惻隠の情を覚えた。

芳泉が遠い目をして、

「寛文二年五月、京、大坂に大きな地震がありました。御所も仙洞《せんとう》も建物が低く、事なきをえたが、二条城は外郭が破損し、大坂城は石垣が崩れました。丹波の亀山城や篠山城に加え、若州小浜《おばま》城や、江州では膳所《ぜぜ》城や彦根城も、大きく破損した」

半右衛門が、江戸でもあのとき地震がありましたと云う。

「京、大坂に地震は滅多になく、驚きました。震災後、大坂城の石垣普請を命じられたのが戸田采女正《うねめのかみ》様でした。この人は自ら督励に大坂にこられ、内膳正殿や拙者と数度、会合をもちました。拙者より十は年上ですが、実に賢く、世慣れた人でした」

戸田采女正は、関ヶ原に近い、濃州大垣十万石の領主である。

半右衛門が、采女正氏信《うじのぶ》様は一昔前に致仕されたが、今も矍鑠《かくしゃく》としてお元気だと聞いていますと云う。大目付らしく、大名通である。

芳泉が、八十をすぎた今も、お元気ですと相槌をうった。

「采女正様の妹君が板倉周防守様の奥方です。その一人娘が舒女様です。采女正様の嫡男にして今の当主の、但馬守氏西《うじあき》は、従弟です。舒女様には従弟にあたります。その御縁により、但馬守は舒女様の御長女、泰女《やすじょ》殿を、志摩鳥羽の内藤家より正室に迎えられた」

半右衛門が、なるほどと云う。合点がいった様子である。芳泉が、

「お察しのとおり、拙者は、采女正様を通して嫁の泰女殿と、これまで書翰《しょかん》の遣り取りをしてきました。拙者は、舒女様を知らず、泰女殿も知りません。面識はないが、書翰より見て、泰女殿は母君似の賢い人です」

「四代様の法会が片づいたら、そのときに、当方の偕と、先方の内藤和泉守を、この屋敷

で会わせようと話がついていました」と云う。しかし、と云い、

「賢姉《けんし》に愚弟です。愚弟は、何故に刃傷に及んだのか」と、芳泉が慨嘆した。

半右衛門が、

「和泉守は、場所柄を弁《わきま》えない無分別な若者です。偕が輿入れするのに相応しい相手ではありますまい」と云う。

芳泉は声を落し、

「泰女殿の書翰は、いつも弟を気遣う、優しい心情が紙背に満ちていました。偕のような利発な正室を迎えれば、短慮な振る舞いを慎んだかと思います」と云い、

「此度《こたび》のことは余りに無惨。泰女殿にお悔み状を出さねばなりますまい。さて、どのように慰めればよいか」と、表情を曇らせた。

半右衛門は暫し黙して、思案して、

「釪女様のお子は、泰女殿と和泉守の二人ですか」と聞く。

芳泉が顔をあげ、

「今一人いて、泰女殿には妹君、和泉守には姉君、のお人です」と云う。

半右衛門も興味を覚えて、

「どこの大名家に輿入れしましたか」

　芳泉が、

「この人は、播州赤穂の浅野家に輿入れしました」

　半右衛門は天井に目をやり、記憶を辿った。

「それなら赤穂五万三千五百石、浅野采女正長友に輿入れされたのでしょう。浅野采女正は、若くして亡くなりましたので、このお人も幸せではありません。今の当主は、又一郎長矩《ながのり》。十代の少年です」と云う。

　芳泉が、そうですかと云って、口を閉じた。今、果して健在かどうか知らないが、才色兼備という舒女様。そのお子は、皆、必ずしも幸せではないらしい。

　久が、女中二人をつれ、書院に戻ってきた。女中は、夕餉のお膳を運んできた。舒女様の話は、これで終った。芳泉も、半右衛門も、この浅野又一郎が二十年後、御城の大廊下で脇差を抜き刃傷に及ぶことを、想像することもできなかった。又一郎は、即日、愛宕下の田村右京大夫の中屋敷で、切腹と称する打ち首に処せられる。すなわち、これも腹切り刀に手を伸ばしたとき首を打たれる。浅野家の改易後、播州赤穂に入るのは、永井伊賀守直敬《なおひろ》。あの永井直敬で、三千石を加えられ、三万三千石で入封する。

兄弟それぞれの膳の上には、漆塗りの椀があり、丸に渡辺星の家紋がある。これは鱧の吸物で、白い磁器の皿に鱧の蒲焼きがのっている。久が半右衛門に、

「鱧は台所の者が朝の内に細かく骨切りをし、吸物は湯通し、蒲焼きは素焼きにし、それを容器にいれ、井戸の中に下げておきました。十分に冷しておりますので、夕方にはこのように調理し食することができます。三杯酢の胡瓜もみにも鱧の皮が入っております」と説明した。

半右衛門は、今宵の膳は鱧づくしだと思い、箸を口に運んだ。吸物、蒲焼き、胡瓜もみと、どれも味がよく、天野酒にあう。

食べ終って、半右衛門は、御馳走に与りましたと礼を述べた。芳泉が、

「口にあってよかった」と云う。

久が女中をよび、二人の膳を片づけさせた。久は、二人には兄弟の話があろうと、二人の盃に酌をし、自分も下っていった。

半右衛門が、

「内藤和泉守の切腹は、異例なことに御上の直裁《じきさい》と聞きました」と云う。

芳泉が驚き、

「直裁ですか。御老職の議をへていませんか」と聞く。

「さよう。事件が突発したのが午後遅く、御老職の下城された後でした。そのため、目付の藤堂主馬が二の丸御殿に伺候し、事件を報じたと聞きました」と云う。

芳泉が難しい顔になった。

「増上寺の法会の最中《さなか》、警固役の大名が法事奉行の大名を殺害した。御老職の議にかけても和泉守は切腹に相違ないと思うが、御上が直裁するのは乱暴です。四代様の急な御薨去にて、御上の座について間もない御人です故、余りに乱暴です」と云い、

「館林侯は、将軍になる用意も覚悟もなかった御人で、而立《じりつ》の年をすぎても、依然として気性が激しく、軽率で、移り気です。突然、大きな力が転がりこんで嬉しく、今後も直裁を行われるなら、公儀の権威は地に堕ちましょう」と云う。

半右衛門が気づいた。芳泉が屋敷に招待してくれたのは、将軍の代替りに際して、兄として自分に注意しておきたいことがあるのだ。

半右衛門が、

「四代様の急な御薨去。甲府侯の亡き後、甲府中将が跡を襲われると思いました。これがなく、館林侯とは、実に意外でした」と云う。

芳泉は、婿の柴田修藏より、秘かに御大漸直前の綱吉猶子《ゆうし》の事情を聞いていた。修藏は他人に漏れないと信じて、詳しく内密の話をしたのである。

芳泉は、修藏の信頼を破ることはできない。しかし、弟の半右衛門には、婉曲であっても注意しておきたいと思う。

「拙者は詳しくは知らない。仄聞した限りでは、何でも酒井雅樂頭様は、尾張中将綱義卿を五代様に擬されたと云う。然るに大奥に懐胎中の側室がいて、もし男児が無事出生した場合、尾張中将の進退が難しくなるので、便法として、有栖川宮幸仁親王を中継ぎにしてはいかがと提案された」

半右衛門は、これを聞き、

「拙者は初耳です。しかし宮様とは突飛です。纏まりますまい」

芳泉は、手を左右にふり、

「御老職は宮様で纏まったと聞きました。然るにそれより前に、堀田備中守が他の御老職を出し抜いて、四代様より、館林侯を猶子にするとの書付を貰っていたと聞きました」と説明した。

半右衛門は驚愕した。日々御城に詰めながら、自分は何一つ知らなかった。

芳泉が声を落し、

「堀田備中守も稲葉美濃守も、揃って春日局の縁故で大名に取り立てられた。三河以来の譜代の者よりすれば、創業に尽したことがない新参の大名です。その備中守が徳川将軍家の御継嗣を決める。これはあってはならないことです」と云い、

「春日局は、誰もが知るように、織田右府《うふ》様を弑逆《しいぎゃく》した明智光秀の家臣、斎藤内蔵助《くらのすけ》の娘です。内蔵助は六条河原で斬首され、首は梟《さら》され、屍は磔にされた。戦国乱世の世だったとはいえ、逆臣の家系です」と云う。

芳泉は、半右衛門を正視して、

「そなたは疾《と》うに還暦を超えた。器に非ざる将軍の下で長く勤めれば、思わぬとばっちりに見舞われないともかぎらない。子息らはそうはゆくまいが、そなたはこの辺で致仕してはどうか」と、心をこめて勧告した。

半右衛門は、

「うむ、考えてみましょう。御代替りのとき故、時宜《じぎ》をえて致仕しましょう」と云う。

芳泉が、独り呟くように、

「創業は易《やす》く、守成《しゅせい》は難《かた》し」と云う。

十五　雅樂頭

四代様の猶子たる綱吉は、二の丸御殿において精進《そうじ》生活を送っていたが、六月二十九日に精進解《そうじど》けで、平常の生活に戻った。この日、諸大名が魚物を献上した。綱吉は七月一日より、直垂《ひたたれ》を着用し、寛永寺や増上寺にある、二代様、三代様、四代様の霊廟に順に参拝した。

七月九日、公儀は、老職の議をへて、志摩鳥羽の内藤家、三万三千石を改易し、江戸の上下の屋敷を収公した。丹後宮津七万三千石の永井家も世嗣《せいし》なきを以て、同じように改易した。公儀は、慶安より末期養子《まつご》を認めてきたが、当主が殺害されたときは、末期養子の論理が成立しない。とはいえ一月《ひとつき》後、綱吉は、老職の議をへて、三河以来の譜代たる故を以て、信濃守尚長の弟、直円《なおみつ》に和州の内で一万石にて、永井家の名跡をつがせた。信濃守ら兄弟の祖父の代に老中を務めた永井家は、かくして小大名に転落した。

翌十日。この日は吉日で、綱吉は、二の丸御殿より、本丸御殿に移徙《わたまし》せられた。御台所の信子《のぶこ》はじめ、娘の鶴姫、側室の於伝の方らがこの日、神田御殿をでて、本丸御殿に移転した。信子は関白の鷹司房輔《ふさすけ》の妹であり、於伝は館林侯綱吉の息女鶴姫や子息徳松、二人の生母である。徳松一人、神田御殿に残った。

十日の夜、大手門下馬札の前の酒井雅樂頭の上屋敷、母屋の奥まった居間では、雅樂頭と河内守忠挙が酒肴《しゅこう》を前にして、今日の本丸御殿移徙を話題にしていた。雅樂頭は、白絣《しろがすり》の薩摩上布の小袖に青縞《あおじま》の仙台平の袴である。忠挙は、涼しい麻の小袖に麻の袴。居間の障子や襖をあけ放してあり、暗い中庭よりくる微かな夜風が、座敷を通りぬけた。

雅樂頭が、渋い顔をして、

「館林侯は朝早く本丸に入った。黒書院にて、甲府中将、続いて紀伊、水戸の両卿、三家の世嗣が拝謁した。その後、松平越後守、松平加賀守、井伊掃部頭らが拝謁した。引見の模様を聞くと、館林侯は随分と舞い上っているようだ」と云う。

雅樂頭は御上とは云わず、館林侯で済《すま》せた。紀伊水戸両卿は、中納言光貞、宰相光圀である。越後守は松平光長で、加賀守は前田綱紀《つなのり》である。

忠挙が、同僚の奏者番より聞いて、

「尾張中将が改名された由、殿中にて聞きました」と云う。

雅樂頭が忠挙を見て、

「綱義卿は館林侯の綱吉と同訓ゆえ、これを避けて綱誠《つななり》と改名した」

「ナリは、どのような字ですか」

「何ということはない。ただの誠だ」

忠挙が、

「綱義卿が御猶子でしたら、改名するのは館林侯です。惜しいことです」と云う。

雅樂頭の表情が大きく動いた。

「予がしくじった。側室に男児が生れることなぞ考慮せず、初めより尾張中将を四代様の猶子に推せばよかった。有栖川宮なんぞ無用のことだった」

「父上の周到な御配慮が裏目にでました。それにせよ、備中守の抜け駆けは際どいことをやるものです」

「新参の老中が、かように思いきったことをやるとは、誰も予測しなかった」

「備中守は生来の悪人です」

「うむ、予もそれは知っている」

雅樂頭は、膳の上の箸をとり、しめ鯖の一切れをわさび醤油につけた。辛い味が好みである。忠挙は箸でしめ鯖の一切れを摑み、そのまま口にいれた。

忠挙が、

「於袖の方の懐胎。順調でございますか」と聞く。

雅樂頭は、盃を飲みほし、

「よく分らぬ。順調のように聞いてはいるが、女児かもしれぬ」

忠挙は盃をおき、

「男児が無事生れれば、館林侯の時代は十年で終りましょうが、於袖の方が流産、あるいは女児を出産されれば、厄介でございますな」

雅樂頭が重い息をついた。

「四代様は虚弱病弱にして、大奥に美人が数多《あまた》いながら、手をつけられなかった」

忠挙は黙って聞いている。

「そうそう、最初の女は於島《おしま》だった。これは四代様の乳母、矢島局の娘で、大層縹緻《きりょう》よしと評判の娘だった。美人で、最初の女なので、御上が一時夢中になっておられた」

「御子には恵まれなかったと聞きました」

「さよう。しかも男女の仲がありながら、兄妹《きょうだい》のような仲であり、兄妹喧嘩の末に御側の者に下げ渡された」

「御小姓、でございますか」

「さよう。何と云ったかな。そうだ、牧野八左衛門《はちざえもん》だ。於島は、八左衛門に嫁して何人か子をあげたという」

「その中に御上の胤《たね》は、おりませんでしたか」

「うむ、さような話は聞いておらぬ」と、雅樂頭は言下に否定した。

暗い廊下に手燭が見えた。雅樂頭の気に入りの側女、美代が、若い奥女中をつれ、追加の酒をもってきた。美代は浅葱色《あさぎいろ》の絽の小袖に紺色の帯、奥女中は薄藍色《うすあいいろ》の矢絣の小袖に縹色《はなだいろ》の帯。忠挙は奥女中を見た。縹緻よしながら、奈津と違う。忠挙が過日、老女の舟橋に奈津を側室にしたい。奈津の意思を聞いてほしいと依頼して以来、奈津はぷっつり姿を見せない。嫌われたかと心配したが、一昨日、舟橋が手柄顔をして、奈津が承諾しましたと報じた。忠挙は、佳き日を選んで、奈津を召そうと思う。

美代が、銚子を手にして、雅樂頭、忠挙に酌をした。忠挙の皿が空なのを見て、

「若殿、お肴をおもちしましょうか」と聞く。

「しめ鯖は十分食べた」

「赤貝の佃煮がございます」

「赤貝か。旨そうだな」

「では、少しおもちしましょう」

二人が座敷をでていった。手燭が廊下の先に消えた。

忠挙が盃をおき、

「牧野八左衛門は、今どうしております」

雅樂頭が、手酌で盃を満《みた》した。

「八左衛門は小姓として御側におくことはできず、すぐ書院番に移した。昨年か一昨年か死去したと聞いた。予は八左衛門の顔を、確《しか》とは覚えておらぬ」と云い、

「於振は二十歳《はたち》にもならず逝去した。伏見宮の姫宮も亡くなり、於満流《おまる》は胤を宿しながら流産した。御上は、於満流をそれっきり遠ざけられた。昨年より於袖を寵愛され、於袖が懐胎した。予も、老中らも、於袖に期待した。今なお期待している」と云う。

忠挙が、於満流も於袖も旗本の娘と仄聞しましたが、違いましょうかと尋ねた。

雅樂頭は盃をおくと、

「於満流は確か先手弓頭《さきてゆみがしら》の、佐脇《さわき》十左衛門の娘だ。於袖は小十人頭《こじゅうにんがしら》、三枝近右衛門《さえぐさきんえもん》の娘である」と云う。先手弓頭と先手鉄砲頭を併せて、先手頭《さきてがしら》という。小十人組は、大番、書院

番、小姓組、新番と合せて五番方という、その一つである。

　忠挙が、首を傾げて、

「館林侯の御家族が本日、大奥に移ってこられた。於袖の方をこれまでどおり、同じ大奥において、何事も起りませんか」と聞く。

　雅樂頭は子息を正視して、

「於袖が危害を加えられると思うか」と、逆に尋ねた。

「同じ大奥にいて、於袖の方が誰かに押され転倒すれば、それまでです」

　雅樂頭は押し殺した声で、

「それは四代様に対する反逆ぞ」と云う。

　忠挙は、雅樂頭を強い目で見返し、

「流産すれば、それより館林侯の天下が確定し、使嗾《しそう》された者も、使嗾した者も、罰することは困難になりましょう」と云い、

「何しろ、館林侯や堀田備中守の輩《やから》です」と云う。

　雅樂頭は盃をおき、難しい顔をして考えこんだ。

「於袖を宿下《やどさが》りさせるには、御年寄《おとしより》の許可に加え、本日よりは、館林侯の御許しがなけれ

ばならぬ」

御年寄は、大奥総取締の女である。矢島局、飛鳥井《あすかい》の二人である。

忠挙は盃をおき、

「大事の上に大事をとられれば、いかがです」と提案した。

雅樂頭は、考え考えしながら、

「宿下りには難がある。大奥にて出産する故、御上の御子だと自ずと証明される。宿下りして出産すれば、どこの馬骨を偽っていうかと疑われかねないし、流産ともなれば、父か兄か当主が腹を切らねばならぬ」と云い、

「与四郎の懸念するのも、一理ある。矢島局、飛鳥井の二人に命じ、於袖の体を陰に陽に保護させよう」と云う。

七月十八日、綱吉が麻裃を着用し、大手門に近い、辰の口の評定所に出向いた。誓詞の間に入り、徳川家を継続する誓詞に署名し、花押を記した。誓詞は、神仏への起請の形式をとった。二十一日より三日、本丸御殿で代替りの拝賀が行われた。初日は、綱吉が緋色《あけいろ》の直垂《ひたたれ》を着用して、黒書院、白書院、大広間にて、三家、家門、譜代大名や、諸役人より拝賀をうけた。二十二日は、同じ装いで、白書院、大広間にて、三家世嗣《せいし》や外様大名より

拝賀をうけた。二十三日は、麻裃長袴で、白書院にて、余の者より拝賀をうけた。

麻布の、渡辺家の下屋敷には、七月二十八日、遠く奥州福島より、高木誠之助が帰ってきた。老母の病いが恢復に向い、誠之助が福島で暇を持て余す内に、平九郎を警固せよと命じられた役目が疎かになっていると気に掛った。桜の開花を追うように晩春の奥州路を辿った身が、今度は蝉時雨を聞きながら晩夏の奥州路を逆に辿った。

この夜、平九郎、誠之助、中川金一郎の三人が、夕食後に母屋で順に貰い湯をし、浴衣に着替え、離れの座敷に戻った。障子をあけ放した座敷には、暗い中庭より、時折、夜風が入ってきた。廊下に蚊遣り火をおいてあるが、大して効《かい》なく、蚊が入ってきた。三人の前には、老女の節が女中に届けさせた、大徳利としめ鯖の大皿があった。

燭台の蝋燭の光が、日焼けした誠之助の顔や首、捲くりあげた両の腕を照した。誠之助が、酔いが回って、

「福島の城下は人影疎《まば》らにして、眠ったような町です。女性《にょしょう》少なく、味気ないことかぎりありませんでした」と云う。

金一郎が、盃の酒をぐっと呷《あお》ると、

「高木さんは、屋敷に帰られれば、綺麗な御妻女がおられましょう」と云う。

「あれは古女房だ。子を三人産んだ」

平九郎が、真面目な顔をむけ、

「誠之助。お子たちは皆、達者でしたか」と聞く。

「幸い、皆、達者です。長男は昨夏、大和郡山を発つさい元服しましたが、拙者より背丈が伸びております」

「それは頼もしい」と、平九郎は思わず顔を綻《ほころ》ばせた。

誠之助が、盃をおき、

「拙者、福島を発つ前に御家老に挨拶にでました」と云う。

家老は、平九郎の養父、筆頭家老の都築《つづき》惣左衛門である。

「惣左衛門は老齢。変りないか」と聞く。

確か六十九。平九郎は、養父のことがやはり気に掛った。

誠之助が静かに、

「御家老は髪がすっかり白くなられたが、矍鑠としておられました。公方様《くぼうさま》の御代替りにつき、江戸との遣り取りを指揮して、日々御多忙に見えました」と云い、

「御家老の仰せられるには、播州明石に移った出雲守政利殿の挙動が、昨今常軌を逸して

おかしくなったとの、風評がある由でございます」と云う。

延宝七年四月、大和郡山十二万石の本多中務大輔政長が急逝し、六月、養子平八郎忠国が遺領をつぐと、公儀は加封して、奥州福島十五万石として国替えを行った。公儀はこのとき、郡山城に同居する本多出雲守政利を、播州明石六万石として国替えを行い、明石の城主、松平日向守信之を逆に郡山八万石に移した。

松平信之の生母は、濃州大垣の戸田氏鉄の娘で、信之は、舒女《ゆきじょ》の従弟にあたる。国替えのとき四十九。後に綱吉の下で老中に就任するが、在職僅か一年で逝去する。

平九郎が、盃をおき、

「常軌を逸しておかしくなったというのは、どういうのだろう」と、首を傾げた。

誠之助は、二人を等分に見て、

「御家老の仰せられるには、かの弾正左衛門は晴れて一本立ちしたはずが、本家は水戸家より養子が入って、乱暴なことができなくなった。これまで虎視眈々と機会を窺っていたのに、本家に入る望みがなくなった。そのためか、不惑《ふわく》になって酒や女に溺れ、謂《いわ》れなく家中の男女を手討ちにする。不行跡が噂になっておるそうでございます」と云う。

弾正左衛門は、話題の本多政利の通り名である。

金一郎がこれを聞き、庶流方の者らが、

「平九郎様を殺《あや》めんと仕掛けてくること、これより後を絶ちましょうか」と聞く。

平九郎と誠之助が、同時に首を振った。平九郎が憂鬱そうに、

「今後も庶流方が仕掛けてくること、ないとは云えん。これには二つ事情がある」

「一つは、私が本多嫡流家の血筋を引いていることだ。私は都築の家に養子に入ったとはいえ、事と次第によっては、本多の姓に復することがある。今の本多の当主が、万一急逝されれば、出番がないともいえない。庶流方にとって邪魔で仕方がない」

「今一つ、誠之助は熟知していようが、二十年前、内記政勝の時代、勘右衛門《かんえもん》殿が病弱なため、摂州有馬の湯にいき、数箇月逗留されたことがある。お供は僅か数人。庶流方の者ら、そのように見て、五人の刺客を有馬に放った」と云う。

勘右衛門は、中務大輔政長の通り名である。

平九郎は、話に引きこまれ、黙している金一郎を一瞥すると、

「刺客は夜の闇に紛れて、宿屋に斬りこんだ。勘右衛門殿はお供とちょうど湯につかっていた。ほとんど無防備で、刺客は首尾よく事が運ぶと見た。勘右衛門、供侍、数人の湯治客を皆殺しにできると見た。然るに五人の後ろより二人の武士が斬りこみ、狼狽する五人

を斬りすてた。私の父上、先代の平九郎と、お供の誠之助の父御だ」

「本多家の当主も嫡子の弾正左衛門も、同じ郡山城内に居住する勘右衛門殿の動静を巨細《こさい》承知しながら、平九郎が同じ宿屋に投宿しているのを知らなかった。五人の亡骸《なきがら》が役人のくるまで路上におかれ、有馬の町は大騒ぎになったという。刺客方の小者が事の一部始終を郡山に注進したため、平九郎は、五人の家族の不倶戴天《ふぐたいてん》の敵《かたき》になった」と云う。

金一郎は、目を丸くした。誠之助は頷きながら、

「あのとき拙者は二十歳《はたち》でした。平九郎様は赤ん坊でございました」

平九郎は、ふふふと笑い、

「拙者は襁褓《むつき》をつけていた。あのとき勘右衛門殿が殺《や》られていたら、内記政勝は重臣らの抵抗を押しきって、弾正左衛門を継嗣に据え、本多の本家を乗っ取っていたろう。今一歩というところで事が敗れたため、庶流方の無念の思いも怒りも大きく、五人の家族を主力として、先代の平九郎を付け狙った。平九郎の没後は、北村道因を斬りすてた私に先代の面影を重ね、執拗に襲ってくる」と説明した。

盃を手にして、皆、沈んだ気持ちになった。暗い中庭より、りいん、りいんと虫の音《ね》が座敷に入ってきた。平九郎は鈴虫かと聞いた。

十六　将軍宣下

延宝八年八月は、霊元天皇より綱吉に征夷大将軍の宣下《せんげ》がある、慶賀するべき年、慶賀するべき月である。ところが八月に入ると、秋霖が長く続き、東海道の諸国は各地で河川が決壊し、多数の民家が流失し、多数の死者を出した。徳川家を継承した綱吉は、嬉しさで日々足が地に着かず、自然災害など眼中になかった。

綱吉は、得意の絶頂にあった。八月十八日、年末に行う定期叙爵を前倒しし、甲府中将の綱豊を参議に昇進させ、老中の大久保加賀守や、土井能登守、堀田備中守の三人を受領《ずりょう》より侍従に昇進させ、大名数人を叙爵させた。数人の中に、浅野又一郎の従五位下内匠頭《たくみのかみ》が入っていた。二十一日も、定期叙爵の前倒しを続け、旗本十人に従五位下の位階とそれに見合う名目上の官職を付与し、布衣允許《ふいいんきょ》も前倒しし、旗本二十四人に布衣の着用を許可したのである。

麻布の、渡辺芳泉の下屋敷では、秋の長雨に芳泉が、ほとほと参っていた。藤色の上布の小袖に青色の紐帯をしめた久に向って、

「拙者が年をとったせいか、こう長雨が続くと、体も頭も腐ってくるようだ」と云う。

久が笑って、

「今年は確かに雨量が多《おお》ございますが、秋の長雨は毎年のことです。御前もお体を動かす仕事を見つけられてはいかがでしょうか」と云う。

芳泉は、普段着の、縮緬の小袖に茶宇縞《ちゃうじま》の袴である。

「拙者が木刀の素振りをするなどできん話だ。そなたは拙者に、廊下の雑巾がけをせよと云うのか」

久が口元に手をあて、笑い崩れた。

「修藏殿が御小納戸《おこなんど》頭取のお役につかれ、五百石の御加増。御前は私に数日中にお祝いにいくよう、喜八郎殿を伴っていくよう命じられました」

青木喜八郎は下屋敷の用人である。

「祝い状は昨夜そなたに渡した」

「頂きました。祝いの金子《きんす》もお預りしました。ですが、降雨がない時を見て、御前も番町に御一緒されませんか。お気晴しになりましょう」

芳泉は、意外な誘いに心が動いた。娘の幸《さき》が柴田修藏に嫁してより、番町の二人の住いを尋ねたことが一度もない。孫二人も成人したことだろう。

　そうだなぁと云って、芳泉が言葉をつまらせた。修藏の昇進を祝ってやりたい。そうは思うが、出無精の自分が番町にいくのは面倒で億劫《おっくう》である。

「そなた一人がいって、幸とゆっくり話をしてくるがよい。拙者が一緒にいくのは嵩《かさ》高い気がする。修藏は今年の暮れにも、叙爵されよう。そのとき拙者もいこうか」

　芳泉は、年末に行われる定期叙爵や、布衣允許が前倒しして、昨日《きのう》今日に行われているのを知らなかった。修藏はこれに外れた。小納戸頭取は諸大夫《しょだいぶ》のつく役職ながら、本年の年末に再び叙爵が行われるか未定だった。実際は、暮れの二十八日に、補充の叙爵、補充の布衣允許が行われる。諸大夫は従五位下の位階をもつ武士をいう。

　久は、なるほどと思い、納得した。久は優しい性格であるし、何事にも自分に無理強いしない芳泉に、自分より無理を云おうと思わない。もっとも十八歳で渡辺の屋敷に上った自分を、一年間じっくり観察した芳泉が側女にしたときは、幾分かは無理強いがあったと思う。細腕を摑まれ夜具の中に誘われた。私も半丞様が好きだった。

　八月二十三日、秋霖が一時収まった、一日曇り空の日、江戸城本丸御殿において、将軍宣下の大礼が行われた。朝五ッ前、勅使の花山院前大納言、千種前大納言、法皇使、本院使、新院使が登城した。皆、束帯《そくたい》を着用している。勅使二人と新院使は、本年三月に歳首を賀する使者として下向してきた公卿、その人である。

同じ五ツ頃、綱吉も束帯を着用し、束帯姿の酒井雅樂頭の先導で、黒書院の上段に出御した。黒書院は中奥に近く、上段、下段、囲炉裏間《いろりのま》、西湖間《せいこのま》などがあり、畳敷きの縁頬《えんがわ》を含めると百九十畳ほどある。綱吉が上段の真ん中に佇立すると、衣冠《いかん》姿の高倉前大納言が衣紋《えもん》を改め、同じく衣冠姿の土御門兵部少輔《つちみかどひょうぶしょうゆう》が身固《みがた》めを務めて、一緒に退出した。

この衣紋身固めの式の間、束帯姿の堀田備中守が綱吉の傍らに付き添った。綱吉は公卿や老中より首一つ背が低く、三人の真ん中に埋没した。

次に黒書院にて、甲府宰相綱豊が拝謁した。続いて、井伊掃部頭、松平下総守の二人が拝謁した。皆、束帯を着用している。この下総守忠弘は、野州宇都宮十五万石を領し、父の松平下総守忠明《ただあきら》は家康の外孫にして、初代の大坂城代である。秀忠の没後、忠明は家光より、井伊直孝とともに、大政参与を命じられた。

綱吉は次に白書院に移り、上段に着座した。紀伊中納言光貞、水戸宰相光圀や、三家の世嗣が皆、束帯を着用して拝謁した。

綱吉は、右の挨拶をうけた後、大広間に移り、上段に着座した。これより、将軍宣下の式である。

大広間は、上段二十八畳、中段二十八畳、下段三十六畳。襖絵は、探幽《たんゆう》の描いた豪壮な松に鶴である。小壁の牡丹や若松も、天井の桐の葉や唐草も、南の杉戸の鳳凰、東の杉戸の西王母《せいおうぼ》も、すべて探幽の手になる。大広間は、下段の東側に二の間、三の間があり、三の間の北側に四の間がある。四の間は八十八畳で、廊下との仕切りの襖一面に探幽の手になる巨松の絵があり、松間《まつのま》ともいう。大広間は、畳敷きの縁頬や、板敷きの縁頬を含めると、五百畳近くになる。

まず、勅使二人が上段に進み、綱吉に将軍宣下の宣旨《せんじ》を贈ると述べると、中段に下って左側に座った。法皇使や本院使らも上段に進んで、綱吉に挨拶し、中段右側に座った。

次に、南庭より告使《こくし》の某が、御殿内に向い、

「御昇進、御昇進」と二声叫んで、退場した。

次に、官方副使の某が、宣旨の入った乱箱《らんばこ》を御殿東側の車寄せの板縁に持参し、官務家の某に渡した。某がこれを縁頬中央で、高家の吉良上野介に渡した。上野介は綱吉の御前にいき、これを供えた。乱箱は御覧箱のことをいい、官務家は、太政官弁官局の左大史《さだいし》を世襲した小槻《おづき》家をいう。

綱吉が乱箱を見ると、征夷大将軍、右近衛大将、右馬寮御監《うめりょうぎょかん》、淳和奨学両院別当、源氏長者に任じる宣旨が入っていた。綱吉は一通ずつ拝見した。空になった乱箱に板倉石見守が砂金二袋をいれ、板縁にいき、官務家の某に渡した。五通の宣旨のうち、征夷大将軍を除き、実質的な意味はない。

次に、外記《げき》方副使の某が、同じようにして、乱箱を車寄せまで持参し、押小路《おしこうじ》大外記に渡すと、大外記がこれを上野介に渡した。上野介は綱吉の御前に供えた。中には、綱吉を内大臣に任じる宣旨と、随身兵仗《ずいじんへいじょう》をつけ牛車の乗り入れを許す宣旨が入っていた。綱吉が拝見し、空の乱箱に石見守が砂金一袋をいれ、大外記に渡した。

宣下の式の直後、近衛左大臣基熙《もとひろ》と鷹司左大将兼熙《かねひろ》が、西の縁頬に着座する井伊掃部頭や松平下総守の前を通って、上段に上り、綱吉と対面した。二人はむろん束帯を着用している。鷹司兼熙は、綱吉の御台所信子の弟で二十二歳。近衛基熙は、息女熙子《ひろこ》を前年暮れに渋々甲府中将綱豊に嫁がせた父で三十三歳。

二人は、初対面の綱吉に向い、征夷大将軍就任、および内大臣昇任につき、祝いの言葉を述べた。綱吉は三十五歳。間もなく綱吉が中段まで送り、二人が退出した。

次に、国持大名ら、四品《しほん》以上、すなわち従四位下《じゅしいのげ》以上の諸大名に、大広間下段への入室を許した。皆、束帯を着用して拝賀した。束帯の袍《ほう》という表着の色目は、四位以上は黒である。このとき下段には、黒の束帯を着用した諸大名がずらっと並んで平伏した。やがて皆、退出した。

次に、下段の東側の障子を開き、二の間、三の間に控える、諸大名、諸大夫、布衣《ほい》の者より拝賀を受けるため、綱吉は下段におり、敷居際に佇立した。前二者は束帯、布衣の者は布衣を着用した。五位の束帯の袍の色目は、浅緋《あさひ》である。このとき、二の間、三の間には、浅緋の束帯を着用した諸大名や諸大夫が四列に並んで平伏し、その後ろに黄緑の布衣や、芥子《からし》の布衣を着用した者が五列に並んで平伏した。浅緋の束帯も、黄緑や芥子の布衣も、縁頬まで食《は》みでて平伏した。芥子は茶色と黄色の中間色である。

大礼の翌々二十五日、これも秋霖の続く日。昼すぎ、幸《さき》が番町より麻布に返礼にやってきた。幸は久と一緒に、居間の廊下に姿をみせた。

白緑《びゃくろく》色の上布の小袖に紅梅色の紐帯をしめた幸は、母親似の綺麗な顔が嬉しさで常より若々しく、芳泉の前に座り、父上と呼びかけ、

「修藏殿にお祝いを頂戴し、ありがとうございました。修藏殿も大層喜びました」

芳泉は、幸を見返し、

「修蔵には当然の小納戸頭取だ。よかったな。これより職に恵まれよう」

幸が書状を差しだし、

「修蔵殿は今、勅使、副使の方々はじめ、御公家様方への御礼の支度とやらで、勘定方の皆様と一緒に、多忙にしております。麻布に参上できませんので、昨日とりあえずお礼状を認《したた》めました」と云う。

芳泉は、娘より書状を受けとると、

「後で拝見しよう」と、久に渡した。久は藤色の上布の小袖に青色の紐帯である。

久は書状を、付書院の前の文机の上に丁寧においた。

久が幸を誘って居間をでていくと、芳泉は、数日来従事している畏友、林春斎より到来した書翰を読み、年代順に整理する作業に戻った。鵞峯《がほう》と号した春斎は、芳泉より七つ年が劣るが、学は深遠にして、芳泉は従前よりこの友に兄事していた。友は本年五月に逝去し、もう見《まみ》えることができない。

秋霖で気分が優れない中、芳泉は過日思い立ち、春斎の書翰をあちこちより探し、桐製の料紙箱にいれていくと、三十数通になった。数日前より一通ずつ取りだし、読み始めると、往時の交遊の懐しさに、友を失った寂しさに、茶宇縞の袴の上に、涙が、一滴、二滴と落ちた。自分も老いたな。

　今、芳泉は全部を読みおえた。古くは慶安元年のものがある。一番新しいのは本年正月のものである。迂闊に捨てたものがあるにしても、春斎よりの来翰の粗方《あらかた》がこの料紙箱の中にある。これらを遺す意味はなく、友の供養のために、秋晴れの日がくれば、これらを漉《す》き返してみようかと思う。

　芳泉は、桐の料紙箱に蓋をすると、文机の前にいき、修藏の書状の封を切った。書状には、墨黒々と太い字が記されていた。

　修藏は、本日母上がわざわざ拙宅に御来駕され、父上よりお心の籠った書状や、祝いの金子を頂戴し、心よりお礼を申し上げる。昨今拙者は将軍宣下の大礼とそれに伴う諸事に大童で、容易に麻生に参上できず、一筆啓上すると書いて、

「先月の十日、御上、二の丸御殿より本丸へと御移徙《おんわたまし》せられ、同じ十日、御台所様、鶴姫様も、神田御殿より、本丸へ御移転。

同日、神田橋より、家老牧野備後守殿はじめ、小姓七人、小納戸九人、医師五人ら数十人が本丸に移転してこられた。

翌十一日の朝、拙者、菊間《きくのま》にて、松平因幡守様、並びに石川美作守様より、小納戸頭取を

仰せつけられ、五百石の御加増になりました」とある。

松平因幡守、石川美作守は、どちらも若年寄である。

「今月十八日、神田橋より、勘定頭の石原新八郎、留守居の山口鉄五郎ら十数人が本丸に移転してこられた。その中には、御台所様附《づき》として、広敷《ひろしき》の勤務の者がおります」

広敷は、大奥勤務の役人の詰所である。

「来月以降も、神田橋より本丸勤務となる者が、少なからず出ましょう。あるいは、この異動は本年中、続くかもしれません。

これまでで、小姓や小納戸は剰員が出ております。年内にかなり多数を異動させることになりましょう。残す者のうち、四代様御側に勤めていた者と、神田橋より移ってきた者との折り合いが難しいことになりましょう」とある。

芳泉は一読して、修蔵の立場が困難なことを知った。小納戸頭取四人中、一番の新参である。代替りに伴う側近の入れ替えに際して貧乏籤《くじ》を引かされるに違いない。暮れに叙爵されれば、自分が番町に祝いにいくかどうかは別にして、祝いにやはり金子をつけてやるしかあるまい。今回五十両。次も同じく五十両贈ろう。修蔵には必要である。

八月二十七日、京より、本月の十九日、後水尾院《ごみずのおいん》が崩御されたという知らせが、江戸城に届いた。在位十九年で、院にあること五十二年。八十五歳という。

公儀は、七日間の音楽停廃を決め、江戸市中にこれを触《ふ》れた。高家由良《ゆら》信濃守を奉弔の使者として京へ直ちに出立させる一方、法会の行われる京、東山の泉涌寺《せんにゅうじ》には、大和郡山の松平日向守はじめ、江州膳所《ぜぜ》の本多隠岐守や、大和高取の植村右衛門佐《えもんのすけ》、および二条城に在番する大番頭に対して、奉仕するよう命じた。

閏八月には、御城において将軍宣下を祝う慶会《けいかい》が予定されていたし、九月には、同じく猿楽の慶宴《けいえん》が催行されるはずである。どちらも三日間の予定である。

しかし閏八月六日、江戸では、前夜より、大風を伴う大雨が、終日続いた。昼に燭台を灯す本丸御殿の中には、無数の黄色の蝶が群がり飛んで、夜に入っても、御殿のあちこちを飛び回った。毎日有頂天の綱吉一人を除いて、老職も、勤番の侍も、大奥の人々も、皆不吉なことと、薄暗い中で一様に眉を顰《ひそ》めた。

この日の大風は、御城の諸門の瓦を落し壁を落した。江戸市中、大名屋敷や武家屋敷も商家の家屋も、倒れたり傾いたりすること、数が知れなかった。夜に入ると、地震で大地が揺れ、遅れて海嘯《たかしお》が低地を襲った。この海嘯により、深川の永代や両国の辺りは、邸宅も民家も悉く破損した。溺死した者も多数である。

この大風雨は、西海道の諸国より、東海道の諸国に及び、江戸に到来した。さらに奥州に及んだ。各地に被害が広がる中で、十二日より、将軍宣下を祝う慶会が催行された。

十七　菊酒

九月の重陽の日、江戸は朝より好晴である。酒井河内守忠挙《ただたか》は、朝より、藍色の麻裃に花色服紗《ふくさ》の小袖を着用して登城した。花色は縹色《はなだいろ》の略で、花色袱紗は柔かい絹を藍染めにしたものをいい、略儀の服装である。略装といえ、菊節の日にこれを着用するのが、御城の慣例である。

忠挙は納戸口より本丸御殿に入り、下部屋で同色の長袴に着替えると、畳敷きの大廊下を回って、奏者番の詰所たる芙蓉間《ふようのま》に入った。忠挙は、門地と官位より、五十五畳の広い座敷の最上座《さいじょうざ》に座った。奏者番は大名職で、二十数人いる。この日は皆、忠挙と同じ服装をして芙蓉間を出入りしていた。

この日、忠挙は当番や助番でなく、在府の大名や旗本が花色袱紗に長袴にて総登城する日なので、登城したにすぎない。忠挙は心中愉《たの》しい思いがあり、独り黙して襖絵を眺めていた。休丹《きゅうたん》、すなわち、狩野休丹《かのうやすあか》の手により、どの襖も下方一面に、掌状《たなごころ》の緑葉と大形で淡紅《たんこう》の芙蓉の花が描かれている。その上を白い鳥が何羽も自在に飛び回っている。

芙蓉の連想より、忠挙は、芙蓉の顔《かんば》せ、芙蓉の眦《まなじ》りと、口の中に心地よく転がすことをした。この芙蓉は襖絵の芙蓉でなく、蓮の花の異称である。芙蓉の顔せとは、奈津のような清楚で美しい顔を形容する言葉だろう。芙蓉の眦りとは、奈津のような清らかで涼しい目元をいう言葉に違いない。奈津は今十八か、十九か。

将軍綱吉は毎日はしゃぎ疲れたか、この日はさしたることもなく、節句の儀式は無事に終了した。忠挙は心急いで、八ツ半に上屋敷に帰った。

この夜、忠挙は、雅樂頭との晩酌を早目に切りあげ、母屋の奥の、北の小座敷に戻ってきた。遠く離れた南側には、忠挙の正室や嫡子の住《す》まう小座敷がある。小座敷には、上段や下段の間があり、二の間が附属している。南の小座敷には、三の間もついている。この夜は、さっきより奥向きの老女が、忠挙の戻ってくるのを気にかけていた。

四十代の利口な老女は、二の間の前で、廊下より襖越しに声をかけた。

「若殿、お召しにより、奈津が参上いたしました」

忠挙は、自分でも意外に思う、落ちついた声で、

「うむ、入れ」と云う。

襖がゆっくりと開き、廊下に腰を落した老女の顔と上体が見えた。二の間に入ってくる

と、薄藍《うすあい》の小袖に濃紺の帯と分った。老女は嬉しげな、明るい声で、

「奈津、お入りなさい」と云う。

奈津が俯き加減に座敷に入って、一礼した。忠挙の正面を避けて座った老女が、

「そなたは若殿のお前です」と、奈津に座るべき位置を教えた。

忠挙は、正面に座った奈津を見た。武家の娘らしい、きりっとした美貌である。燭台の光の下、白綸子《しろりんず》地に青や緑の花を散らした小袖を着て、代赭《たいしゃ》色の帯をしめている。ここにくる直前に入浴したらしく、楚々とした顔が少し上気している。常の島田の髪が、これもくる直前に結い直したのか、吹輪《ふきわ》の髪である。

忠挙は、奥女中の髪や衣服と違う、奈津の身形《みなり》を眺めた。座っているが、立てば背丈がある。五尺三寸くらいかと思う。

奈津は見詰められ、上目遣いに、黒の御召《おめし》を着流しにした忠挙の顔をちらっと見た。

老女が、そういう奈津を見て、嬉しそうに笑い、

「御挨拶をしませんか」と、若い娘を促した。

奈津は硬い表情を崩さず、畳に両手をつき、

「宜しくお願いいたします」と云う。

忠挙も神妙な顔になった。奈津の顔を見て、

「私も宜しく頼む」と挨拶した。

廊下で、この遣り取りに聴き耳を立てていた奥女中が、襖越しに、

「舟橋様。私ども入って、宜しゅうございますか」と聞く。

老女が入るよう促すと、襖が開き、奥女中が二人入ってきた。紅梅色の小袖に縹色の帯をしめている。どちらも若く縹緻よしである。二人は各自お膳をもっていて、忠挙の前におき、奈津の前にもおいた。お膳の上には、漆塗りの盃があり、小皿や、箸が添えられている。盃の底に白菊の花が一つ入っていて、小皿には鮎の甘露煮がおかれている。

老女が二人を等分に見て、

「本日は重陽、今宵は婚礼の夜でございます。おめでとう存じます」と挨拶した。

忠挙は、面映《おもはゆ》い思いがあるが、

「そなたには世話になった」と、礼を述べた。

老女が、御酒《ごしゅ》をお入れなさいと命じ、奥女中が、忠挙の傍ら、奈津の傍らにきて、これも漆塗りの銚子より、二人の盃に酒を注ぎ、白菊の花を浸した。老女が、

「菊酒《きくざけ》が三三九度でございます」と云う。

忠挙は、思わず破顔した。奈津も少し頰笑んだ。忠挙にはそう見えた。奥女中はどちらも、にこりともしなかった。奈津と同じく、どちらも下士の家の出であろう。一人として側女をおかなかった自分が、奈津を側女に選んだ。皆、縹緻よしの娘である。朋輩《ほうばい》の出世は、他の美女には面白いはずはなかろう。忠挙はそう観察した。

忠挙ら二人は、無言で盃に口をつけた。老女が二人を祝って、

「お固めができました。おめでとう存じます」と云うと、二人の奥女中を引きつれ、座敷をでていった。

忠挙は三杯飲み、なお一杯飲んだ。奈津はただ一杯しか飲めなかったが、奈津には初夜の思い出として、菊酒が長く記憶に刻まれた。

この夜、奈津は、忠挙の側女になった。翌日より、二六時中、忠挙の側で北の小座敷に住うことになった。

九月二十一日、陰晴定まらない一日である。忠挙は非番で、ずっと北の小座敷で書見をした。側で奈津が碾《ひ》き茶をいれたり、到来の柿をもってきたりした。

奈津は、緋《ひ》と白に染めわけた総鹿子《そうかのこ》の小袖に、薄萌葱《うすもえぎ》の帯を前結びにして、新妻らしい気品を見せている。生地が綸子《りんず》にせよ繻子《しゅす》にせよ、総鹿子は、大名家の奥方か側室くらい

しか着用できない高価な絞りである。三月《みつき》前、側室勤めが本決まりになると、舟橋がすぐ上屋敷の家老に話して、奈津の夏秋の衣服を誂えに掛ったのである。

奈津は、二の間の北側、文机の傍らにきて、

「若殿、大和郡山より到来した御所柿《ごしょがき》だそうです」と云うと、台所方よりもってきた漆器の菓子盆を、そっと文机の近くにおいた。おくと、忠挙の横顔に笑いかけた。

忠挙が見ると、菓子盆には二つ折りにした紙の上に、朱色の扁平な柿。皮を剝かれた柿が幾つも切り目をいれられ、三個のっている。忠挙は書物より目を離し、新妻を見た。

「旨そうだな。御所柿は大和の御所《ごせ》の産だと聞く」

奈津は、忠挙が関心を示したのを嬉しく思った。ごせは、どこか分らない。

「お召し上りになりますか」と聞く。

忠挙は、食べようと返事した。汚さないよう「貞観政要《じょうがんせいよう》」を文机の端においた。奈津が袂より、白布《はくふ》を取りだした。開くと中に長い楊枝が入っている。奈津は一本とり、

「若殿、楊枝をどうぞ」と云う。

忠挙は楊枝を突きさし、柿の小片を口にいれた。果肉が甘く、噛む食感がよい。

「旨いぞ。そなたも食べよ」

奈津は、若殿のためにもってきたと躊躇したが、忠挙の目が笑い、自分を見詰めているのを見て、

「では、私も一つ」と、楊枝を使って柿を口にいれた。

「これはおいしゅうございます。種がありません」

「な。もっと食べよう」

二人で平らげてしまった。この柿は種が少ない。奈津は、数個の種を集め、敷き紙の中に包みこんだ。敷き紙をとると、盆底に、金箔をおいた剣酢漿草《けんかたばみ》の家紋が見えた。

忠挙はふと、袖口より伸びる、白い腕に目をやった。自分の背中にしがみつき、自分を放さない腕である。

奈津は、忠挙の視線の先に気づき、顔を赤く染めた。若い女の直感を以て、忠挙の思いを読みとったかのような反応である。

忠挙は、朝より漢文の難解な書物を読んでいる自分が、新妻が近くにくると、時として脳裏に、衣服の下の固い乳房や、瑞々《みずみず》しい白い裸身や、すらっと伸びた手足を思い描くのを不思議に思った。健康な男女が二人して、毎夜長く、長く、房事に励んでいるせいかもしれない。忠挙は、若い奈津の美貌が気にいっているし、側女にして知った賢良さに感心

している。若い女を溺愛するとは、このようなことをいうのか。他家の世嗣と違い、これまで品行よく過してきた自分が、若い女に溺れるとは思いもしなかった。

奈津は、菓子盆をもち、人気のない廊下にでた。台所方に盆を返し、誰かに云って茶をもってこさせよう。奈津は、忠挙より厚く寵を受けていると感じている。人に寵愛されるとは、このようなことをいうのかと思う。側室の申し出があったとき、受けるべきか迷いがあったが、今は幸せな日々である。毎夜の、忠挙との房事が、奈津には果てしなく続くかと長く思われる。奈津は毎夜、夢のうちに、小舟の中で波に揺られている。側の忠挙が寝入っても、自分の体はずっと波に揺られている。

二人は二の間で、静かに夕餉を済せた。老女が配慮して、奥女中見習いの少女が、給仕として侍った。奈津が年を訊《き》くと、はにかみながら、十五でございますと答えた。

美代が二の間の廊下に姿をみせた。奈津が廊下にでて応対すると、殿様がそろそろ晩酌を始められますと云う。奈津が、二藍《ふたあい》の小袖にあうように、唐桟《とうざん》の袴を用意した。忠挙は脇差を奈津に預け、袴を穿《は》いた。奈津が側室になってより、忠挙には奥女中も小姓も不要になった。小姓がくるのは、月代《さかやき》を剃りにくるときだけである。

雅樂頭の居間にいくと、床の間を背にして、雅樂頭が美代と何事か話していた。雅樂頭は、紫紺《しこん》の小袖の着流しに、贅沢な黒縮緬の袷羽織《あわせはおり》を着ている。忠挙が一礼した。

千草色の郡内絹《ぐんないぎぬ》の小袖に、緋色《あけいろ》の帯をしめた美代が、急ぎ立ってきて、

「若殿、これにお仕度しております」と、忠挙が座るのを待ち、銚子を手にした。

忠挙は、父上遅くなりましたと挨拶し、盃をもった。雅樂頭は、二人の様子を目の端に見て、

「石見《いわみ》が今日、老中になり、内膳正《ないぜんのかみ》に改任された」と云う。

板倉石見守重種は、奏者番で寺社奉行を兼ねていた。

忠挙は盃の酒を飲みほし、

「石見守は実直ゆえ、扱いやすいと見て、館林侯の御気にめしましたな。石見守は、将軍宣下のとき乱箱の取次を仰せつけられました。私は、老中昇任の含みと見ました」

雅樂頭が子息を見て、

「与四郎。そなたよく気づいた。予は一昨日、備後がきて、御上が老中に挙げたいと仰せですと云いにくるまで、全く気づかなかった」

備後は、神田御殿の家老の牧野備後守で、今は側衆を務めている。翌月には一万石加増され、一万三千石の大名になる。

忠挙は、膳の甘鯛の焼き物に箸をつけ、白い身を口に含んだ。旬の魚で、旨い。

雅樂頭がそれを見ながら、

「石見は芙蓉間の、そなたの次席ゆえ、そなたがよく知っておろう」と聞く。

忠挙は、雅樂頭と、傍らの美代に目をやり、

「石見守は実直ですが、不惑になっても、右にも左にも何一つ融通が利《き》きません。父上がお退《ひ》きになった後、館林侯や堀田備中守に鼻であしらわれましょう」

雅樂頭は盃をおくと、

「予は退くと云っておらぬ」と、鋭く云った。

忠挙は、雅樂頭の顔を見返し、

「父上が近々致仕《ちし》されるお積りなのは、疾《と》うに分っております」と云う。

美代が驚き、雅樂頭の横顔を見た。雅樂頭は無言である。

美代が、ここは親子二人にしておかないといけないと思い、二人の盃に酌をし、静かに座敷をでていった。雅樂頭が子息を見て、

「予は備中のごとき悪人には、善良な石見が押えによかろうと思い、四十では早かろうと思いながら、老中に昇任させた」

「先代内膳正は、幾つで就任しましたか」

雅樂頭が遠い目をして、記憶を探った。

「先代を老中につけたのは、予が大老になる直前のことだ。五十か、五十近かった」

「おそらく石見守は館林侯や備中守の手で、揉みくちゃにされましょう。事なく老中の職を全《まっと》うできますか、先行き懸念されます」

雅樂頭が口を噤んだ。忠挙の、この懸念は的中する。雅樂頭はこの年の暮れに大老の職を退くが、内膳正は暫く順調に勤務し、翌年二月、野州烏山五万石より、老中居城の一つたる武州岩槻六万石に国替えになる。しかし僅か九箇月、十一月に老中を罷免され、逼塞《ひっそく》を命じられる。さらには、信州坂木に追いやられ、失意の晩年を送ることになる。

手酌で酒を飲み、暫く考えに耽った後、雅樂頭が忠挙を正視して、

「与四郎。予が大老を退くとき、替って老中になるか」と聞く。

忠挙は、箸を動かす手をとめ、言下に、

「そのお話は、断乎辞退します。私は館林侯は虫が好きません」

雅樂頭が頷き、そうだろうなと云って、また頷いた。忠挙が、

「館林侯は剣術を知らず、馬には碌々乗れず、実に以て情けない武家の棟梁です。それで

いて、御殿の中で甲高い声で喚きたてる。今が元亀《げんき》天正の昔なら、辺鄙な地の小競《こぜ》り合《あ》いすら、大将になって指揮ができますまい」と云う。

雅樂頭が、困ったことだと顔を顰《しか》めて、

「その癖、自分は賢い将軍だと自惚《うぬぼ》れておる」と云う。

二人は同時に口を閉じた。奥まった当主の居間は、燭台の蝋燭の燃える音が聞こえるかと思われる、秋の夜の静けさがある。

雅樂頭が、そうそう、

「今日も、館林侯の虚《うつ》けがあり、大騒ぎになった」と云う。

忠挙が目をあげ、

「何でございます」と聞く。

「そなたも知っておろうが、両国橋架け替えの普請が一向に進捗しない。備中が御側より戻ってくるや、能登に向い、御上が架け替えを命じられて四十日になる。然るに橋奉行は普請に掛らず、両国橋は海嘯《たかしお》の後の残骸をそのまま晒している。御上は側衆より御聞きになり、船越左門も、松平采女《うねめ》も腹を切らせいと仰せだと伝えた。これを聞き、能登は、傍《はた》で見ていて気の毒なほど青くなった。膝の上に白扇をもつ手が、ぶるぶる震えた。備中に嵌《は》められたと思ったに相違ない。先月、両人に橋奉行を命じたのは、能登である」

忠挙が、

「閏八月の月番老中は、確か能登守」と云う。

両国橋は、二昔前、万治三年に架けられた。幅四間、長さ九十六間で、架橋当初は大橋と呼称された。武州と下総《しもうさ》を繋ぐ橋なので、両国橋が通称になった。しかし、閏八月六日の暴風雨により、橋杙《はしぐい》や、橋桁、橋板が流された。このため柳営で、土井能登守が橋奉行を人選していると、堀田備中守が御意向と称し、寄合の船越左門、同じく松平采女を推薦した。備中守は、竣工のさい御上は二人を引き立てる御積りらしいと仄めかした。能登守はこれを信じて、二人に橋奉行を命じたのである。

寄合は、大身の旗本で無役の者をいう。雅樂頭は、直ちに橋奉行を城中によび、能登守をして事情を問わせた。能登守が復命するには、二人は人足を指図して、まず土台を構築した。しっかりと構築した。然るに、橋を架け直すにも用材が一本も届かず、普請を中断せざるをえないというのである。雅樂頭は大老として、

「予は能登と一緒に御前にいき、橋奉行両人の切腹を止めさせようと努めた。両人を切腹させれば、後任をえられますまいと説き、切腹は白紙に戻した」と云う。

十八　彗星出現

雅樂頭も忠挙も、綱吉の虚け話はうんざりする。忠挙はともかく、雅樂頭は職責上そうも嫌っておれない。

「橋奉行両人の切腹は白紙に戻した。然るに次に、館林侯は、用材輸送を遅延させている責《せめ》を問い、架け替えの助役《すけやく》たる、真田《さなだ》伊賀に腹を切らせい、真田の家を改易にせいと仰せになった。予は伊賀が用材輸送をしないのは、何か事情がありましょう。十分に調べた上でなければ、できませぬと諫止《かんし》した。御気に障ったのであろう。ぷいと座を立って、奥にいかれた」と云う。

「到底、将軍の器でありません」と、忠挙が云う。

真田伊賀守は、信州松代の真田家の支族で、上州沼田三万石を領した。沼田は、背後に三国《みくに》山脈が走る、利根川上流の地で、木材の集散地である。しかし閏八月十四日、関八州を暴風雨が襲い、数日後には沼田領内の河川が氾濫し、これまでに集積してあった木材が皆、流出したのである。真田家は大童で、用材の確保に奔走しているという。

架け替えは遅れ、人々は本所や深川への交通に不便をしいられた。翌年初冬、架け替えが竣工した後、船越左門ら二人は閉門に処される。真田家は改易になり、真田伊賀守信利《のぶとし》は、出羽山形の奥平家に預けられる。嫡子弾正少弼《だんじょうしょうひつ》信就は、縁坐により、播州赤穂の浅野家預りとなる。信就《のぶなり》は、元禄元年に許され、廩米《りんまい》二千俵で寄合に加えられる。

これも延宝八年より先の話である。土井能登守は、年下の堀田備中守に蹴落されそうになったと確信した。橋奉行の任命は、船越左門ら二人について、老職の意向を聞き、御上の御意向を確かめた上で行った。しかし二人が切腹に処されれば、自分の人選の責は軽くない。御目通りの差し控えくらいで済むとは思えない。

能登守は、この頃より気鬱の病いが出始め、日を追って嵩じたため、翌年二月には老中を免ぜられる。それより二年、越前大野にて逝去する。五十三歳である。

江戸の夜空に彗星が現れたのは、九月二十三日が最初である。この夜五ツ半頃、江戸の西南の空を、明るい彗星が長い尾を引いて通りすぎた。古来凶事の前兆と恐れられてきた彗星が、これより毎夜西南の空を通りすぎた。市井の人々に加え、侍や、武家屋敷の奉公人も、彗星の出現を気味悪く噂した。

麻布の高台にある渡辺家の下屋敷でも、女中や中間小者が、怖いもの見たさより、彗星の出るのを待ち、暗い空にこれを見て、翌朝の話題にした。今年は八月が二度あり、十月に入ると、朝晩が冷えこみ、冬の接近に気づかされた。この夜、芳泉も、久も、奥まった寝所にはいると、袷《あわせ》の寝間着に着替えた。

久が燭台の側にいき、蝋燭を消そうとして、

「御前、灯《あか》りを消しますが、すぐお休みになりましょうか」と聞く。

芳泉は先に夜具の中に入っていたが、夕餉のさい、菜《さい》の平目の焼き物が口にあい、酒を超したらしく、すぐ眠れそうもない。燭台の灯りに浮ぶ白い横顔を見て、

「今宵は食いすぎたし、飲みすぎた。そなたはどうだ」と聞く。

久は芳泉の傍らで、酒のお相伴をした。

「私も飲みすぎました」

芳泉はこれを聞いて、

「灯りをつけたまま、暫く横になっていよう」と云う。

久が、はいと云うと、燭台を離れ、静かに夜具の中に入った。

久は、夜具の中の芳泉の顔が、暗い天井を眺めているのに気づき、

「皆が彗星を気味悪がっております。何かよくない前兆でしょうか」と聞く。

芳泉も首を回し、久に向って、

「彗星が出るは古来兵乱の兆《きざ》しがあると云うが、この泰平《たいへい》の世に兵乱はあるまい。彗星が出るは洪水や火災、旱魃《かんばつ》の兆しとも云う」と、呟くように説明した。

久は美しい眉を顰め、

「旱魃は困ります。閏八月に二度も暴風雨があり、一度目は本所や深川、下町一体は洪水に見舞われました。そのとき地震があり、海嘯もありましたわ」

「そうだ。暴風雨の中の地震には驚かされた」

「二度目は暴風雨のあった夜遅く、火が出て、下町十数町を焼きました」

「そうだ。京橋より出火し、なお強風が残る中、大火になった」

久は眉を顰めたまま、

「女中らが私に申しますには、あのとき煙の中より、乾の方角に飛行したものがあったと云います。多くの人が見たそうです」

乾は西北をさす。芳泉は初耳で、思わず久の横顔を見た。

「多くの人が見て、その恐ろしさに皆、ぞっとしたと申します」

「何だと云うのだ」

「人ごとに形や輪郭を区々《まちまち》に証言して、正体は分らなかったと申します」

「何だろうな」

「御前、私は話を聞いて怖くなりました。御前の方に参ってよろしゅうございますか」

「うむ、拙者の蒲団《ふとん》に入れ」

久が芳泉に甘えるのは珍しい。久が、灯りを消した。

この夜、久は芳泉の夜具の中に入り、十数年ぶりに同衾した。久は縹緻よしで、年より遥かに若いが、数年で六十歳になる。老人二人が、体をくっつけて寝た。

晩秋の深夜、芳泉は尿意を催し、半睡《はんすい》の中で目が覚めた。側で久が眠っている。十九のときより、自分に身も心も捧げてくれた。お蔭で、自分は幸せに歩んでこられた。日本橋の大店《おおだな》の縹緻よしの娘として、同じ大店の内儀に納まった方が、久は今よりも幸せだったのではないかと思うことがある。芳泉は、起さないようにして夜具よりでた。

芳泉は雪隠《せっちん》より戻ると、今度も注意して、夜具の中に滑りこんだ。背をむけてぐっすり眠っている久の柔かい体や脚が、温かい。

初冬に近い晩秋の深更、屋敷の内も外も、音一つしない。注意すると、久の微かな寝息が聞きとれるくらいである。芳泉は、意識を働かせることなく眠ろうとした。しかしなぜか頭が冴えてきて、眠れなくなった。暗い中で天井を見ながら、やはり彗星の出現が気にいらない。さっき聞いた飛行物なぞ、女子供の戯言《たわごと》にすぎない、などと思う。

四代様が御隠れになったのは、この五月である。洪水も火災も閏八月。彗星はその後に出現した。果してこれが何の兆しというのか。降雨の多い年で、旱魃はあるまい。

芳泉は、一昨日、愛宕下の弟、半右衛門綱貞の書翰をもって、珍しく妻室の八重が来訪したことを思い起した。書翰の内容が内容なので、家士でなく妻室をして届けさせたのである。八重は、駿河大納言の家臣だった父が、大納言の自尽の後、仕官を求めることなく浪人生活をして没したため、少女期より苦労の味を知った。

八重は、美しい女ながら、育った環境のためか顔に寂しげな影がある。半右衛門の後妻に、初婚で入った。前妻の男児が三人いて、嫁してきても気苦労が多かった。半右衛門との子は一人もできなかった。久は遥か以前に一度、二度会ったくらいで、長く会う機会がなかった。以前より八重の境遇に深く同情し、小書院で八重を歓待した。

芳泉は、半右衛門の書翰を受けとると、居間に戻り、早速封を切った。そこには、墨痕《ぼっこん》鮮やかに、次のように記されていた。

「過日の兄上の御忠告。拙者致仕する決意を固め、好機を窺っておりますが、御代替りの直後につき、容易に好機が到来しません。しかのみならず、五代様は屢々《しばしば》、我ら大目付や目付、あるいは三奉行を召され、新儀の、思い付きを面命されます」

「御上は実務を一つとして御存じなく、面命の多くは思い付きにすぎません。先例墨守の柳営にあって、一つの新儀を行うのも難しく、多くの新儀を実行に移すことなど、公儀の威信を根底より崩しかねません」

「かかる状況の中で、辞職を申しでるのは、頗《すこぶ》る危険です。余程上手《うま》く病いを申したてるほか、申しでる者は御意向に逆らう者と見做《みな》されましょう」

芳泉は書翰の内容を反芻して、夜具の中で吐息をついた。これまで人一倍公儀に尽してきた弟が、今、難儀な状況に立たされている。

芳泉は、一昔前の館林侯の姿、城中における姿を思い起した。人より背が低く、風采が上らない。その癖、御上の御連枝《ごれんし》たることを笠に着て、御殿の中を威張り散して闊歩していた。声を出せばせっかちに甲高く、多くの人に不快を感じさせた。今はその人が五代様として、天下万人の生殺与奪の権を掌中に収めている。

芳泉は、何という御代《みよ》になったかと、ただ嘆くしかなかった。弟が奇禍に会わないよう祈るしかなかった。

十月七日。この日は晴れて、昼頃より寒風が吹いた。八ツ半、酒井雅樂頭は、上屋敷に帰り、式台を上ると、出迎えた家老、平井外記《げき》に、

「与四郎は今日、非番であろう。すぐ呼んで参れ」と、早口で命令した。

忠挙は、朝よりずっと「貞観政要」を読んでいたが、家老の徒《ただ》ならぬ顔付きに、奈津の差しだす袴を穿き、雅樂頭の居間に急行した。何事が起きたか。

忠挙が廊下より、父上入りますと声をかけ、襖をあけた。雅樂頭が目をあげた。人払いして、広い座敷に、雅樂頭一人が座っていた。

藍色に細かい白の霰《あられ》小紋をおいた麻裃。朝の登城姿のままである。

雅樂頭は忠挙に目をやり、

「於袖が昨夜、しくじった」と云う。

忠挙も、さすがに愕然として、

「流産でございますか」と聞く。

雅樂頭は暗い表情をして、

「男児を産んだが、死産だった」

忠挙は、日頃の思慮を忘れ、云ってはならないと知りながら、

「もしや、於袖の方は、死産に拵《こしら》えられたのでは」と、疑いを口にした。

　雅樂頭は重い口調で、

「今となっては分らぬ。登城してすぐ、大奥より話を聞いたので、予は、矢島局、飛鳥井の両人をこっそり呼びだし、事情を聴取した。両人とも、安産でございましたが、死産でございましたと、ただ恐れ入って、予に謝るばかりだ」と云う。

　忠挙は、最早取り返しがつかない失敗だと知りながら、やはり無念である。

「生れおちた赤子ならば、紙一枚、布一枚で、死産になりましょう」

　雅樂頭は、思慮深い息子がそこまで云うかと思った。

「与四郎。予も、まさか死産になるとは思わなかった」と、思わず声を詰《つま》らせた。

　大老、老中が揃って西の丸を巡察したのは、十月十一日のことである。巡察に随行した下僚が、暴風雨や地震の被害を調査し、修理するべき箇所を数えあげた。翌日より大掛りな修理に着手した。続いて二十四日、板倉内膳正が西の丸老中兼務を命じられた。館林の家を継いだ徳松が、将軍世嗣として、西の丸入りをする準備である。

　十一月三日は、二歳の徳松が神田橋の屋敷より、西の丸に移徙《わたまし》すると、先に発表された日である。大掛りな修理が遅れ、この日の移徙は延期になった。この夜五ツ半、西南の空に出現した彗星は、光芒《こうぼう》がいつもより異常に明るく感じられた。光芒の幅は二尺より三尺ほどあり、長さは数十丈にも及んだ。彗星は東北の空を目指して流れた。

この夜、忠挙は、入浴後、中庭に一人佇み、冴え渡った冬空に彗星の流れゆくのを観察した。外の冷気が火照《ほて》った体に心地よい。忠挙が見上げていると、無数の星が輝く暗い空を、突然現れた彗星が長く明るい光芒を引いて、西南より東北へ流れた。彗星の消えた空は、空しく星が残った。

彗星を客星《かくせい》といい、客星を彗星という。別物として、区別することもある。忠挙は暗い空を見上げながら、昔より隣国で人口に膾炙《かいしゃ》してきた、客星、帝座《ていざ》を犯すという言葉を口に上《のぼ》した。むろん、身分卑しき者が、天子の位を覬覦《きゆ》するという意味である。徳松が西の丸入りすると予定された日、客星の光芒が異常に明るく輝いた。

忠挙は、これは、天が徳松を非難する現象か、あるいは、於袖の方の死産により将軍の位を確乎たるものにした綱吉を非難する現象かと、思い悩んだ。しかし俄かに分るはずはない。はっきりしているのは、四代様の男児が無事出生していれば、綱吉の治世が十年で終り、将来万民が安堵できたに相違なく、今や万民の安堵が失われたことである。

背後より庭下駄の音が聞えた。入浴を済せた奈津が、手燭を翳し、忠挙を探しにやってきた。

「若殿、暗い庭で、何をしておいでです」と聞く。

側にくると、湯上りの若い女の肌が快く匂った。

「中天を、彗星が長い尾を引いて流れた」と云う。

「彗星でございますか。でも、お風邪を召します」

手燭の灯りが奈津の美しい顔を照している。薄色の単衣《ひとえ》の小袖に白綸子地に手毬模様の小袖を重ね着して、奈津は空いた手を伸ばし、忠挙の片腕に縋《すが》った。初冬の夜、上屋敷の奥まった中庭、誰も近づく者はない。もし誰かきても、忠挙と寵姫《ちょうき》を見て、遠慮しない者はいない。

十一月十二日、好晴。四ツ半、綱吉の生母、桂昌院が、神田橋より、三の丸に移転してきた。堀田備中守、牧野備後守や目付らが神田御殿に迎えにいき、平河門より三の丸御殿に入った。桂昌院こと、昔のお玉、五十四歳。小柄な体ながら綺麗な丸顔で、三代様の寵を受けた。綱吉の大きな耳、鰓《えら》の張った顔は、お玉の父、京、堀川通りの八百屋仁左衛門《にざえもん》の耳や顔を受けついでいる。お玉は、そう思っている。綱吉の地位が確定したため、生母の桂昌院が晴れて御城に乗りこんできたのである。

二十六日、この日も好晴。四ツ頃、板倉内膳正が神田御殿にいき、徳松の駕籠を平河門より三の丸御殿に案内した。備中守や備後守が三の丸御殿に迎えにいき、徳松は本丸御殿に入った。翌二十七日、この日も好晴である。四ツ半、徳松は、内膳正や土井能登守らに供奉《ぐぶ》され、大奥をでて、西の丸に入った。二重橋を渡りおえた玄関門の前に、酒井雅樂頭や稲葉美濃守らが出迎えた。この日、綱吉は、徳松を若君、すなわち将軍世嗣たる若君と称するよう、諸大名や百官有司に広く令した。

暦が十二月になり、毎夜冬空が冴え渡る頃、九月下旬より江戸に出現した彗星が、突如として姿を消した。何かしら気にかけていた人々は皆、胸を撫で下した。

延宝八年の冬、初雪が御城や江戸の町々をうっすら白くしたのは、十二月八日のことである。翌九日、酒井雅樂頭は登城してすぐ、御座の間にて、綱吉に拝謁した。

雅樂頭は綱吉を正視して、

「御上が将軍職に御就任になられ、早や半年。英邁な御上でございますれば、また柳営に老練の老職が揃っておりますれば、拙者のごとき老爺《ろうや》、謹んで骸骨を乞いたいと願い奉ります。しかのみならず、拙者、数年前より多病に悩まされ、酷暑酷寒の砌《みぎ》り我が身の進退さえ儘《まま》なりませぬ。伏して骸骨を乞い奉り、御許しが出ますれば、これよりは大塚の別邸にて養生いたしたいと存じます」と言上した。

骸骨を乞うというのは、在職中主君に捧げた身の残骸を返してほしい。すなわち、辞職したいという、慣用表現である。

綱吉は機嫌よく、

「長く大老の重責、大儀である。折々出仕して、ゆるゆる養生せい」と懇《ねんご》ろに犒《ねぎら》いの言葉をかけた。

雅樂頭の辞職は、綱吉が罷免したのではなく、本人の自発的な申し出によった。これには裏があった。八日の午後、忠挙は下城する前に、同朋の一人に命じ、側衆の牧野備後守に下部屋に下《さが》ってもらい、そこに出掛けていった。忠挙の下部屋とは、土間を挟んで目の前にある。忠挙は、備後守に、五月六日の夜、綱吉が書いた起請文を返した。

備後守は見て、驚愕した表情を見せた。直ちに御座の間に走った。河内《かわち》より、今、返却されましたと報告した。河内守は忠挙の官途名《かんと》である。

小心にすぎる綱吉は、牛王宝印紙を受けとり、雀躍した。備後守に向って、

「予はこの起請文のことが、ずっと気になっておった。雅樂《うた》に返せというのも癪で、気になっておった。そうか、雅樂は辞職する気になったか」と漏らしたのである。

十九　後楽園

延宝八年十二月九日、酒井雅樂頭は、大老を辞した。五十七歳である。雅樂頭は譜代の名門、酒井家の当主として、三十で老中になり、四十三で大老になった。権勢の座にあること、併せて二十八年に及んだ。譜代武功の家の出として、京の八百屋の娘所生の綱吉とは、肌があわなかった。

忠挙《ただたか》は、雅樂頭の嫡男で、三十三歳である。元服前の与四郎時代に叙爵して、従五位下《じゅごいのげ》河内守になり、十七で元服し、部屋住みのまま奏者番になった。翌年には従四位下《じゅしいのげ》に昇叙され、二十一のとき下総、武州、相州などに庇蔭《ひいん》料二万石を与えられた。翌々年には侍従になり、老中並の官位になった。

雅樂頭の多病は、辞職の口実ではなかった。数年前より、夜中胸が息苦しくなることがあったり、昼夜の別なく全身の節々に痛みが走ったりした。痔疾もある。於袖の方に男児が出生していれば、自分はなおも大老の座に居続け、時機をみて忠挙に引きつぎ、忠挙をして、綱吉と四代様の男児の交代を実現させる積りだった。

十二月九日、雅樂頭は、老中らに挨拶すると、大手門前の上屋敷に帰った。書院に家老以下、重立った者十数人を集め、大老を辞職した旨を発表した。数日後には、大塚の別邸に赴き、隠居する意思を述べた。

雅樂頭は、登城時の麻裃のまま、平伏する家臣を見回し、

「今日より与四郎に家督を譲る。正式の届けは年明けになろう。この年の瀬に予が大老を辞し、当屋敷を引き払うため、諸事ごった返そうが、皆々、与四郎の命に従うよう、予が厳命する。ここは一月《ひとつき》のうちに引き払い、元の屋敷に戻ることになっておる。与四郎の命に従い遺漏なきを期せ」と、強く申し渡した。

広い書院には、手焙《てあぶ》りも火鉢もおいてない。冷えた空気の中にいるのに、俯《うつむ》く十数人の家臣の額に緊張の冷汗が滲んだ。前列にいる家老、平井外記は、

「明日すぐ掃除の者を多数、別邸に送らねばならない。当家の元の屋敷、一ツ橋の屋敷は空《あき》屋敷である。長々と空いていた故に、大工、左官や、大勢の職人をいれて、引っ越しに備えねばならない。これもすぐ取り掛らねばならない。一ツ橋の屋敷は確か七千坪だったか、ここより狭くなる。殿様が御大老を退かれたのだから、江戸詰めの者を何十人、国元に帰らそうか」などと思う。突然、大事なことに思いあたった。忘れていたぞ、若殿家督

相続のお式を。つい、ぽんと手で膝を打った。内々の事ゆえ、今はしなくてよいのか。

雅樂頭が、外記、何だと、鋭く声を発した。外記は、

「何でもございません。御無礼お詫びいたします」と、太い首を縮めた。

十二月八日の降雪より、江戸は寒い日が続いた。十三日は御城は煤払いである。大奥を除き、今年は、奏者番筆頭の忠挙が、表と中奥の煤払いの奉行になった。忠挙は一日御殿の中を回って、諸番士はじめ、小納戸、右筆《ゆうひつ》、その他下役や、同朋《どうぼう》、坊主らの働きを督励した。

忠挙が駕籠で上屋敷に帰ったのは暮れ六ツ。冬の陽が没した。忠挙は、麻裃を脱ぐ間もなく、元の雅樂頭の居間にいき、床の間を背にして座った。燭台の灯りが、座敷を照していた。外記や用人が入ってきて、種々の報告を行い、決裁を仰いだ。皆、麻裃を着用している。ごく近い場所への屋敷替えとはいえ、空屋敷に戻るため、移転する前に早急の補修が必要である。酒井家にとって、今はこの移転が何よりも優先した。忠挙には、不得手な分野、不得手な実務である。

忠挙は、およそ半時を費して、当主の役目を果した。北の小座敷にいくと、忠挙の顔を見て、奈津の表情が輝いた。

「若殿、遅うございました。お疲れでございましょう」と云う。

燭台の灯りの下、奈津は、白繻子《しろしゅす》地に紅梅の花が匂いたつ梅樹《ばいじゅ》を描いた小袖に、金更紗《きんさらさ》の帯を結んでいる。奈津の冬の衣服は、十月初め、呉服後藤に依頼し誂えた。呉服橋門の前にある、公儀御用達《ごようたし》の後藤縫殿助《ぬいのすけ》の大店である。武家にも町家にも販売しない。

忠挙は、若い妻に目をやって、

「うむ、半時前に帰邸していた。中々ここに戻れなかった」と云う。

奈津は、忠挙に向い、

「若殿御登城の後、それは大変でしたわ」と云う。

忠挙が聞くと、奈津は、廊下を隔てた部屋に小姓が二人入りましたと云う。今も、交替して詰めていましょう。昼餉には、見習の少女でなく、奥女中が二人参りました。

「殿様、奥方様や、於美代様たちが、昨朝、大塚の別邸にお運びになられました。今朝私が気づきましたら、当屋敷の奥はひっそりとして、ほとんど人がおりません。奥勤めの人は、南の小座敷に回ると思いましたら、北の小座敷にも参りました。舟橋様も御用がないかと聞きにこられます。急に人の目が多くなり、窮屈になりました」と云う。

忠挙は微笑して、

「それは仕方ない。そなたも、少しずつ慣れることだ」と云う。

そう云っている矢先に、廊下より声がした。舟橋が指図して、奥女中二人が夕餉のお膳を運んできた。

翌十四日も、朝より晴れて寒気の強い日である。忠挙は、用人の一人、奥野刑部《ぎょうぶ》に、

「私は水戸様にいってくる。昼頃に戻る」と云って、五ツ半頃、屋敷をでた。藍色の麻裃に納戸茶の熨斗目。白羽二重《しろはぶたえ》の袷小袖である。

奈津が、衣服を仕度しながら、

「こんな寒い日、綿入れの小袖をお出ししましょうか」と聞く。

忠挙が、

「徒《かち》で、小石川まで半里少しをゆく。綿入れは汗していけない。これでよい」と、奈津の提案を退けた。

供は中小姓の太田邦之助、沢野淳一郎の二人で、中間三人に荷を運ばせた。太田ら二人は余所行《よそゆ》きの羽織袴である。二人の中間の荷は、木活字本《きかつじ》の「貞観政要」全冊を半分ずつにして、風呂敷に包んだものである。別の一人が上州絹の反物をもっている。屋敷替えで混雑する前に、忠挙は借用した書籍を返し、お礼も届けたいと思う。

　忠挙は、大名小路より神田橋を渡り、武家屋敷が広がる中、上り坂の道を歩き、小石川門の前にでた。門前の広い屋敷は、讃州高松十二万石、松平讃岐守の上屋敷。この松平家は水戸家の支族で、数年前、忠挙の異母妹が嫁した大名である。忠挙は、小石川門の木橋を渡り、外曲輪《そとくるわ》にでた。冬の陽が、外濠の土手や、両岸の樹木の先に踊った。

　木橋を渡ると、目の前に長々と続く築地塀《ついじべい》があった。水戸家上屋敷十万一千坪を囲む塀の一部である。築地塀が途中で切れると、それより東に海鼠塀《なまこべい》が続いた。この海鼠塀の中に、上屋敷の主な建物が配置されている。築地塀の中には、水戸光圀が作庭した後楽園がある。

　邦之助が門番所に声をかけると、すぐ表門の大扉が開かれた。忠挙は、御殿の玄関まで砂利の道を歩いた。玄関には、麻裃の初老の侍が出迎えた。忠挙を見上げて、

「酒井様。当家家老森靭負《ゆきえ》でございます。本日はお寒い中を御来訪くださり、ありがとう存じます。只今、殿に申し上げております故、書院にてお待ちくださいませ」と、鄭重に挨拶した。

　忠挙は、

「本日は、御当家より借用した書籍を御返却に参りました。歳暮であります。御目通りは

遠慮したいと存じ、宰相様の御都合をお尋ねすることなく、突然出て参りました」と挨拶を返した。

森の案内で、忠挙は、優に三十畳はある書院に通された。邦之助、淳一郎が書籍や反物を運んだ。東向きのどの障子にも冬の陽が差し、鳥の影が躍動した。

間もなく森が書院に戻ってきて、平伏して、

「どうぞ、お越しください」と案内した。

忠挙は、書籍の返却と反物の進呈を邦之助に命じ、静かに森に従った。

廊下を曲り、奥へと導かれた。上段、下段のある座敷に通されるかと思ったが、忠挙が通されたのは、二十畳ほどの書院である。

ここも、東向きの障子に冬の陽が差し、明るい。漆塗りに金箔をおいた御殿火鉢が一つあるが、今おかれたものらしく、座敷内の寒気を緩めていない。

忠挙が座につくと、間もなく、廊下側の襖が左右に開き、水戸宰相光圀《みつくに》が一人、気軽に座敷に入ってきた。背丈は五尺三寸か四寸くらいある。素鼠《すねずみ》の結城紬《ゆうきつむぎ》の小袖と同色の袴を着て、唐茶《からちゃ》の御召縮緬の羽織である。光圀は床の間を背にして、畳の上に座った。忠挙が平伏した。

光圀は、水戸徳川家二代目で、五十三歳である。三十四のとき、従三位中将にして家督をつぎ、常州二十八万石の領主になった。翌年には参議に昇進した。光圀は、

「河内《かわち》、よく訪ねて参った。面《おもて》をあげ、楽にせよ。雅樂《うた》は大儀であった。そなた今、屋敷替えで多用であろうに」と云う。

忠挙は顔をあげ、光圀を見た。この人は常に厳しい顔付きである。忠挙は、

「宰相様こそ、御多用でございましょう。御目通りを許され、恐悦でございます。御当家より長くお借りいたしました『貞観政要』を、本日御返却に参りました。厚くお礼を申し上げます」と云い、両手を畳におき、軽く頭をさげた。

光圀は大きく頷いて、

「あれは慶長の頃、家康公が命じて翻刻させたものだ。三家や、越前、越後、彦根の諸家に下賜されたと聞いた。予は若き頃少し覗いてみたが、難しい。どこの家も、あれを読む者はなかろう。そなたが読んで、家康公も御悦《およろこ》びであろう」と云い、気難しい人が珍しく褒めてくれた。

忠挙は、再び礼を述べた。

光圀が、忠挙の顔を正視して、

「そなた、雅樂と同じく柳営にて老職を務めるか」と聞く。

　忠挙も、落ちついて相手を見返し、

「私にその意思はございませんし、五代様の下では、その機会もなかろうと存じます」と率直に答えた。

　光圀が大きく頷いて、

「ならばよい。しかし予は、そなたが雅樂の軍師と聞いた」と、きらりと光る鋭い眼差《まなざ》しを見せた。

　忠挙は素知らぬ体《てい》で、

「恐れながら、そのような噂は、噂にすぎません。私は晩酌の相手をします折、老父より政治向きの話を聞かされることがありました。老父は自らの経験に頼り、往々にして独断専行の嫌いがございました」と、雅樂頭に責を押しつけた。

　光圀は微笑して、

「そうか」と一言。

　光圀は、若き日より、弓馬刀剣の技倆《ぎりょう》、家中の達人に並んだ。文学や経史《けいし》はじめ、和漢の稗史《はいし》や小説を渉猟し、神道、仏教、天文、陰陽《おんみょう》、医卜《いぼく》の書に通暁した。そのため憖《なま》じいの者を話し相手に選ばない。日頃城中で顔を合せる酒井忠挙が来訪した。話しながら挙措言説を観察していると、忠挙に自分と共通する資質を見出したのである。

光圀は微笑して、

「そなたに少し話すことがある。庭に出てみよう」と、忠挙を庭園に誘った。

光圀は、忠挙が承知したのを見て、書院の隅に控える森靫負に目をやった。

「丸屋に茶菓の支度をせよ」と、森に命じた。

森は廊下にでると、表に戻り、用人の部屋に回って、直ちに庭園に警固の者を配置せよと命じた。次に奥の書院に戻る途中、奥女中の部屋を覗き、茶菓の支度を命じた。

森が戻ったのを見て、光圀が立って襖をあけると、廊下に控えていた小姓が二人、その場に平伏した。どちらも、明色の麻裃を着ている。二人は障子を開き、主人と客人が庭におりる道を開いた。広い踏石の上に、白色の草履が二足、揃えておいてある。光圀が庭におり、忠挙がこれに続いた。

光圀に続き、忠挙が築地塀に嵌《は》めてある小門を潜ると、真っ青な冬空の下に、緑の林泉が左右や奥に広がった。何層にも重なる樹々と、それを水面《みなも》に映す大きな池があった。

忠挙が思わず、見事な庭園でございますと嘆賞した。

光圀は振りむくと、目で笑ってみせた。

「先代威公《いこう》が起工し、予が何とか完成させた。そなたを態々《わざわざ》庭に誘いだしたのは、庭なら他人《ひと》に聞かれる虞れがない」

威公は、家康の十一男で、水戸家の家祖たる頼房をいう。頼房は、正室を迎えなかったが、側室九人をおき、多くの子女に恵まれた。光圀は、その三男である。

「予は、四代様の後嗣《こうし》選定につき、およその経緯《いきさつ》は聞いておる。雅樂は、有栖川宮を後嗣にしたいと主張したという。あれは拙《まず》い。拙策ぞ」

池畔を歩く二人の歩が止った。忠挙は、朝廷尊崇の思いが強い光圀が、どのような理由で有栖川宮の擁立を難じるのか分らなかった。

「北条氏が鎌倉将軍に据えた宗尊《むねたか》親王、惟康《これやす》親王は、御二方《おふたかた》とも謀叛の廉《かど》で逆輿《さかさごし》にて京に送還されたという。有栖川宮の末路、そのようなことがあってはならぬ」

忠挙は、

「なぜそのようなことが出来《しゅったい》しましたか」と、尋ねてみた。

「飾り物にせよ将軍の位にある以上、宮様の周りには自ずと人が集った。北条氏は、看過しておけない勢力になると、これを芟除《せんじょ》したのだ」と云う。

忠挙は、

「さようでございましたか。老父も、宮様を推したのは拙策だったと、後になって、私に申しておりました。老父は、初めより尾張中将綱義卿を推していたなら、館林侯を推す者があっても、退けることができたと申しておりました。あのとき、事の順序を誤ったとも申しておりました。御後嗣の選定は、雅樂頭一代の失敗でございました」と、自分の思いを述べた。

光圀が頷き、何か云おうとして、一瞬、躊躇《ためら》いをみせた。

「雅樂頭一代の失敗とは、そなた子息にして、よく云った。予も同じ思いだ。館林は尋常の性格とは云えぬ。少々鈍でも甲府の綱豊の方が、諸大名や武家には無事の日々、庶民には安穏な生活が約束されたであろう」と云う。

二人は、緑の樹々を水面に映す大池を左に見て、右手の滝より流れ下る渓流の沢渡りをした。行く手、上り坂の上に茅葺きの四阿《あずまや》があり、樹々の緑の中に、紅赤の小袖の奥女中が数人、出入りするのが見えた。

光圀が、振り返って、

「綱義改め綱誠《つななり》は、温順な性格で、まず利発と云ってよい。館林よりは、四代様の後嗣に向いておると思う。ただ、書見をするより漁色が好きだと聞いたことがある。三十になるかならぬに、側室が何人もいて、子女も多い」と云う。非難めいた口吻《こうふん》に聞えた。

忠挙は、さようでございますかと応じて、坂道を上った。

光圀は二十七のとき元関白近衛信尋《のぶひろ》の息女、十七歳の泰姫《やすひめ》を正室に迎えた。しかし四年の後、泰姫が逝去した。その後、光圀は後妻を迎えず、側室をおかなかった。光圀は早くより、兄の松平讃岐守頼重《よりしげ》の子、綱条《つなえだ》を養嗣子にしていた。自分が兄を差しおき、水戸家をついだことに忸怩《じくじ》たる思いがあったためである。

それより前、光圀が二十五のとき、側室に男児が生れた。幼名鶴松、長じて松平讃岐守の養嗣子になり、七年前、二十二で家督をついだ。兄弟で、互いに世嗣を入れ替えたのである。鶴松は、讃岐守頼常と名乗り、大老酒井雅樂頭の娘、すなわち忠挙の異母妹を正室に迎えた。光圀にとっては、忠挙は実子の嫁の兄にあたる。

二人は、光圀が丸屋と名づけた、四阿《あずまや》の中に入った。大きすぎる屋根があるが、周りに壁がなく、寒い風が通った。光圀が横板に腰を下し、向いあって忠挙が腰を下すと、若く縹緻よしの奥女中三人が、真ん中においた高机《たかづくえ》の上に茶碗や菓子皿を並べた。木製の皿に柿菓子をのせ、大きな陶器の急須で、空の茶碗に煎茶を注いだ。

二十　越後再審

十二月十四日の昼近く、小石川よりの帰途、酒井忠挙は黙して歩を運んだ。少し寒風があるが、冬の陽が頭上に淡く輝いている。供の邦之助と淳一郎は、若殿の考えこんだ表情に、顔を見合せた。若殿は、水戸様に庭に案内され、歓待された様子である。常州産の紬《つむぎ》の反物を下賜され、二人の中間がこれを背負っている。それにもかかわらず。

邦之助も淳一郎も、小石川で何があったのか心配である。しかしこれまでと違い、若殿は酒井家の当主である。気安く声をかけられない。

忠挙は、奥女中を帰した後の、四阿《あずまや》の中の話に気をとられていた。

「雅樂《うた》が辞して数日、待っていたかのように、館林は老職に命じて、越後高田、御家騒動の再審理を始めた。そなたの耳に入っていようか」

忠挙は知らなかった。雅樂頭も知らないと思う。

「私は今初めてお聞きしました。越後中将様の件は、昨年の、確か十月でしたか、四代様の上裁がございました」と、怪訝な声音《こわね》になった。

光圀が云うには、

「館林の継統の日より、堀田備中が日々、御座の間に入り浸っているという。備中は四代様後嗣選びの会議の模様を、逐一館林に申し上げたらしい。備中がどのように申し上げたのか、館林は、雅樂が宮様を推したのは、光長の働き掛けだと推測され、老人が差しでたことをすると激怒されたという。予は確かな筋より聞いた」

忠挙は首を傾げ、

「それは誤りでございます。雅樂頭は越後中将様とはごく疎遠で、私の知るかぎり行き来はございませんでした」と指摘した。

光圀が思慮深い顔で、

「備中は悪人ゆえ、僻事《ひがごと》を申したかもしれぬ。何《いず》れにせよ、館林は焚きつけられ、仕返しをする腹になった。越後高田家は結城秀康公以来の名家ながら、日ならずして改易されるかと、予は案じておる」と云い、

「昨日評定所は煤払いを止め、俄かに半蔵門前より家老らを召喚し、取り調べを始めたという。彦坂壱岐、および島田出雲の両人が掛奉行と聞いた」と云う。

松平越後守光長の上屋敷は、半蔵門の前にある。彦坂《ひこさか》壱岐守重紹《しげつぐ》は大目付で、昨秋大坂

町奉行より転じた。島田出雲守忠政は北町奉行で、町奉行の職にあること十四年。

　忠挙は、光圀が後嗣選定の秘事や、綱吉の激怒に始まる、越後再審の詳細を知っていることに舌を巻いた。水戸家の御城附《おしろづ》きの者や、御城の有司、同朋、坊主のうち水戸家に心を寄せる者が、光圀卿に秘かに風聞を齎《もたら》すのかと想像した。仮にそうだとしても、綱吉らの言動まで分ろうとは思えない。父の雅樂頭は重職を歴任し、公儀の動きは悉皆《しっかい》掌握していた。殊更、諜者《ちょうじゃ》を使う必要はなかった。忠挙は、光圀卿は、あるいは諜者を使っているのかと疑った。

　光圀は、忠挙を正視して、

「今回の再審理は、館林が、これこそ諸大名に自分の力を見せつける好機だと踏んだためであろう。結城秀康公。この御方は、家康公の二男にして二代様の異母兄である。秀康公が江戸に入られるさい、二代様が品川まで出迎えられたという。御家は、公儀より制外《せいがい》の家と称された。光長憎しという感情もあるが、これを潰して諸大名を押えつけようという目算であろう。乱暴なやり方で、予は感心しない」と、はっきり綱吉を批判した。

　忠挙は、御意と、心より同意した。光圀は、

「かの「貞観政要」の中に、創業は易《やす》く守成は難《かた》しという言葉があるという」

「ございます。君道を論ずの中にございます。唐の太宗の問に、魏徴《ぎちょう》が答えて述べた言葉でございます」

光圀が瞬《まばた》きして、

「中原に鹿を逐《お》い、投筆して戎軒《じゅうけん》を事とする。述懐《じゅっかい》の詩人かな」と云う。

戎軒は戦いの車。広く戦《いく》さをいう。

忠挙は、御意と云い、

「魏徴は、唐朝の創業に功績のあった者でございます」と補足した。魏徴の述懐は「唐詩選」の巻頭を飾っている漢詩で、光圀も、忠挙も、長崎より到来した「唐詩選」を読んでいた。

光圀が低く太い声で、

「予は、いかに勢いがあっても、創業は易くなく難しと思っていた。家康公がこの江戸に開府され覇業を達成されるまで、前途に幾多の困難辛苦が立ちはだかったことか。然るに現今の御城の在りようを見て、予は、今ようやくにして守成も難しと悟った」

「大坂城が落ち元和偃武《げんなえんぶ》が実現するまで、家康公麾下の何千何万という将兵の血が、無惨に戦場に流されたことを思うと、この泰平の世を騒がさんとする将軍や君側の奸は、何の顔《かんば》せあって家康公の御位牌に見《まみ》えんとするか。結城秀康公は関ヶ原の戦いのとき、宇都宮に陣を布き会津上杉勢の西上を防ぎ、嫡男忠直は夏の陣で、敵将真田左衛門佐《さえもんのすけ》を討ち大坂城の一番乗りを果した。光長は凡人とはいえ、忠直卿の嫡男ぞ」と云う。

忠挙は大きく頷いて、光圀に賛意を表した。光圀は、

「今回の再審理にて、昨年十月の上裁が取り消されることになれば、雅樂や他の者の責《せめ》が問われる。館林は事によると、それも狙っておるのかもしれぬ。雅樂は、早急に致仕するのがよい」と云う。

忠挙は、酒井家に対する、光圀の厚意を感じた。深く頭をさげ、ありがとう存じますと礼を述べ、仰せのごとくいたしたいと存じますと返答した。

越後高田の、松平家の御家騒動は、延宝三年十一月、越後中将光長の後嗣に甥の綱国が決まり、これで終息するはずが、却って激化した。五年前のことである。

昨年、延宝七年一月には、家老小栗美作守の屋敷を、反美作派の五百数十人が武装して包囲する事件が起った。酒井雅樂頭ら老職は、この取り扱いに苦慮した。三月に、美作派と反美作派の対立を緩和する調停案を作成し、松平家にこれを伝達した。調停案は、凡庸な光長の輔佐役として、松平上野介近栄《ちかよし》、松平大和守直矩《なおのり》の二人を指名した。

二人は、どちらも越前松平家の分家である。また、どちらも、光長の従弟にして、遥かに年少である。

しかし輔佐役をおいても、内紛は収まらず、さらに激化した。松平家の実力者、美作守に対して、光長の異母弟たる永見《ながみ》大蔵を頭に戴く反美作派は、自らを御為方《おためがた》と称し、相手を逆意方と称した。光圀は、何が御為方か、語るに落ちた。この者らが騒ぎ、光長の首を絞めておると酷評した。

公儀は、松平家の御家騒動が終息しないのを見て、御為方、逆意方、双方の重立った者を江戸に呼び、評定所において審理した。渡辺大隅守が掛奉行として、老中の久世大和守の指示を仰ぎながら、審理を行った。途中大和守が病没したが、十月十九日、家綱の上裁が下り、御為方の敗北となった。中でも、美作邸の包囲が、徒党の罪に問われた。

忠直の庶子、永見大蔵は、長州萩の毛利家預けになり、家老の荻田主馬《おぎたしゅめ》は、一門の雲州松江の松平家預けになった。片山外記、江戸留守居役の中根長左衛門、目付の渡辺九十郎は、それぞれ、予州宇和島の伊達家、一門の越前福井の松平家、同じく播州姫路の松平家に預けられた。毛利家当主の正室は、喜佐姫《きさひめ》といって、忠直の同母妹である。

忠挙は、上屋敷に帰るまで、とつおいつ思案を巡らした。

「今日明日にも、大塚の別邸にいき、父上に致仕するよう話をしてみようか。年始祝いにいくときにするか」と、迷いがある。前々より雅樂頭が致仕する積りなので、急《せ》かすのは気が進まなかった。

光圀が話した評定所の件は、実際は違っていた。昨十二月十三日、評定所は、評定所番はじめ、書役《かきやく》、同心ら総出で、煤払いを実施した。朝五ツすぎ、彦坂壱岐守、島田出雲守の二人が駕籠を乗りつけ、麻裃の姿を玄関にみせたのは、これは事実である。二人が式台を上り、真っ直ぐ内座に入ってすぐ、越後高田松平家の江戸家老、次席家老、用人二人が皆、青い顔で玄関に姿をみせた。皆、麻裃である。この四人は、式台で刀番に刀を預けたが、脇差は差したままで内座に通された。

評定所で掛奉行らが吟味に着手すると、召喚された者は大名であれ旗本であれ、刀番に脇差も取りあげられる。武士たる者、腰が空《あ》いて見苦しい姿になる。さりとて九尺五寸の短刀を懐に呑むと、見つかったら、身を滅す。松平家の者が脇差を許されたのは、昨朝の呼び出しが取り調べでなかったことの証左である。

御為方、逆意方の重立った者を召喚するにしても、遠く萩や松江や宇和島より、あるいは越後高田より呼びよせるのである。御為方は預け先の大名に命じて、押送《おうそう》させなければならない。将軍が再審理を命じても、事は容易に運ばない。大目付の彦坂壱岐守や町奉行の島田出雲守は、昨朝、松平家の重臣より内紛の現状を聴取したにすぎない。

越後再審を開始するに際して、壱岐守や出雲守は、黒書院溜間《たまりのま》に呼びだされた。数日前のことである。人払いの上、老中堀田備中守より密命を受けた。

「その方ら、これより、御為方、逆意方、双方の者を厳重に取り調べ、それぞれ申し開きのできぬ非を見つけよ」というのである。

平伏していた二人は、思わず顔をあげ、備中守の表情を注視した。難しい顔付きをしている。二人は、御上が、越後高田松平家を取り潰す御意向だと推察した。

御為方の掛奉行には、諸家との交渉が予想され、彦坂壱岐守がなった。逆意方の掛奉行には、島田出雲守がなった。掛奉行には、藤堂主馬や、能勢惣十郎ら目付が、助役として附された。公儀が、結城秀康以来の名家、松平家を改易に追いこもうとして、強靭な歯車を回し始めた。

延宝九年一月末より二月初めにかけて、越後高田より小栗美作守ら、四国、および山陰や山陽より永見大蔵らが江戸に出府してきた。掛奉行は二月半ばより、双方の者を評定所に引きだし、訊問を始めた。壱岐守の訊問は、いわば前回の蒸し返しである。前回公儀が非と認めた御為方の者の所業を、今一度白日に晒すにすぎない。

出雲守の訊問は、逆意方の者の所業について非を探すのであり、難航した。前回公儀が問題なしと認めた、その所業である。数日前、堀田備中守は、急に声を落し、

「小栗美作より老職各位に、過分の苞苴《ほうしょ》が贈られたか訊問せよ」と、新たに非なる所業を見つけよと命じた。苞苴は土産物をいう。ここでは賄賂をいう。

越後高田家の家祖たる結城秀康は、名ある武将を全国に求めて、北陸の要衝、越前北庄に万石以上の大身の家臣十一家という強力な家臣団を編成した。越前家は、自然、重臣らの角逐《かくちく》が絶えなかった。秀康が没して忠直が越前の太守になると、慶長十七年、越前府中城三万九千石の本多伊豆守と、丸岡城二万五千石の今村掃部助《かもんのすけ》、すなわち首席家老と次席家老をそれぞれ盟主に、家中を二分する騒動が起った。北庄城下は武装した兵が行き交う戦場と化した。

この年十一月、大御所家康が、将軍秀忠と揃って、江戸城内で両派を対決させ、争いを直裁した。家康は、伊豆守を是とし、掃部助やその一党を非とし、流罪に処した。処罰のさい、忠直未《いま》だ年若く思慮浅き故を以て、越前家には累を及さなかった。家康が冬の陣を起すのは、この二年後のことである。

家康は、本多丹下《たんげ》に丸岡城を与え、四万石とし、忠直の附家老《つけがろう》とした。この丹下は幼名を仙千代といい、長篠の戦いのとき、父の鬼作左《おにさくざ》こと、作左衛門重次が浜松で留守を預る妻にあて、お仙泣かすな、馬肥《こ》やせと書き送った、あのお仙である。夏の陣で真田の陣を破り、一番乗りした越前勢は、三百騎を率い真っ先に駆けた丹下の手勢で、城内各所に火を放った。その功で叙爵し、飛騨守になった。八年後、飛騨守は忠直卿が豊後へ流されると、召し返された。越前丸岡城四万六千石の譜代大名になったのである。

本多伊豆守富正《とみまさ》、本多飛騨守成重《なりしげ》は、ともに元亀三年生れ、従兄弟《いとこ》同士である。二人は並んで、十年の間、越前家の家老を務めた。忠直卿の配流により、飛騨守が召し返されたのに対して、伊豆守は、兄に代って、新たに越前北庄五十万石の領主になった松平伊予守より、引き続き越前府中城を与えられ、家禄四万五千石を給された。

掛奉行の島田出雲守は、辰の口の評定所に、小栗美作守らを召喚し、取り調べを始めるには始めたが、はたと困惑した。美作守らの所業に非を見出せない。

「越後高田家は越前北庄時代より重臣間の角逐が絶えない家だと聞いていた。自分が今回聞いてみると、秀康卿の頃の大身の家々は東照宮様の直裁で多く取り潰されたし、忠直卿の配流による国替えのさい両本多家は越後高田に供をしなかったという。ならば、小栗の家が一番の重臣であり、美作守が家中を取り仕切るのは、至極尤もなことである」

そこで、出雲守は、逆意方に限らず、二派より距離をおく江戸家老、次席家老、用人を再び呼びだし、話を聞いた。この者らの話はほぼ一致した。

「十五年前、寛文五年の暮れ、地震が越後高田を襲い、高田城の本丸や大手門、隅櫓などが悉く崩れ、石垣や土塁も損壊しました。城下の家々も数多く倒壊しました。このように国元より知らせてきました。このとき美作守殿の父御、小栗又左衛門殿はじめ、家中の者が圧死し、城下の者や領内の民も大勢が家々の下敷きになったそうでございます。高田城や城下の町々を逸早く復旧させたのは、偏《ひとえ》に御家老美作守殿のお力だと国元で評価されております」

「越後高田家が表高二十六万石ながら、内高四十万石もございますのは、小栗又左衛門殿と美作守殿、二代掛りの新田開発が立派に実を結んだためでございます。御家老は直江津に築港し、蝋燭の生産や、越後上布《じょうふ》の原料たる青苧《あおそ》の生産を奨励されました。今の高田城下や領内の繁栄は、御家老父子の尽力の賜物だと云っても過言ではありますまい」

中立派の者が国元における小栗美作守の功績を、妬みもせず指摘した。それほどの功臣に、なぜ多数の人々が敵対しているのか。出雲守は理解に苦しんだ。

佐野八右衛門《はちえもん》という次席家老が、話の中で、うっかり失言をした。

「拙者ら、江戸屋敷の者は、御家老と肌が合いません。皆、御家老を嫌っております」

出雲守は五十八歳、目付、長崎奉行、町奉行を歴任する、老練な審問官である。これは何かあると、直感した。

出雲守は、二人の用人より、個別に話を聞いた。二人の話を併せると、美作守は、若き頃より苦味走った美男だったという。剣術、馬術ができるし、学問もできる。頭脳の切れは、家中に匹敵する者がないという。

「御家老の前にでますと、日頃腕も立ち弁も立つ若者が、鋭い眼光に晒され、思わず身を竦《すく》めます。お眼鏡に適えば、お役をくださり重用してくださいます。さもなければ、いつまで待っても相手にされません」と云う。

出雲守は、逆意方と呼称される一派は、美作守が政務に有用な者を探し集めて結成した党派だと認識した。当初は自らの男児を、越後中将光長の後嗣にしたい望みがあったかもしれない。しかし、後嗣の決定後も、御為方と逆意方の党争が長く続くのは、越後高田の家の権力を握る一派に、権力より締め出された一派が挑んでいるためと思われる。

佐野八右衛門が、

「越前北庄の時代より、わが松平家は、平時に兵を養い、命が下れば徳川の御家のために身命を惜しまないのが伝統でございます。然るに、政務の器用を以て武士の明暗を分けるやり方は、この伝統に反します」と説明した。

出雲守は、美作守が私利や依怙贔屓《えこひいき》により、越後高田松平家の政務を行っているのではないと知った。御為方は、権力とその旨味《うまみ》より締め出された者が小人数では何もできないので、徒党をなし吠えたてているにすぎない。越後中将光長が凡庸な殿様で、家中の党争をいかんともできないのである。

出雲守は、仕方なく、苞苴《ほうしょ》の有無に的を絞った。小栗美作守より老職に苞苴が贈られた事実があるなら、これは出先の江戸屋敷の者が担当したはずだと、目星をつけた。美作守と肌が合わないというから、容易に口を割ると思った。結果は、

「酒井雅樂頭様や、御老中の方々には、前回の審理の後、通常のお礼として、越後高田の名産をお届けしたに止まります。ただ稲葉美濃守様には、お求めがありましたので、金子をお届けいたしました」というのである。

美濃守は老中筆頭として、雅樂頭が大老を辞した後、柳営の中心になっている。出雲守に苞苴を探るように命じた、堀田備中守の岳父である。

二十一　事々

延宝九年辛酉《かのととり》元日、江戸の人々は冬晴れの正月を迎えた。酒井河内守忠挙《ただたか》は、早朝より登城した。下部屋で、熨斗目《のしめ》、麻裃を、白小袖、藍色の直垂《ひたたれ》に着替えた。

五ツ頃、綱吉が白小袖に緋色《あけいろ》の直垂を着用し、中奥より表にでてきた。錠口に待つ者のうち、奏者番の忠挙が先導し、高家の畠山下総守が太刀の役、側衆の牧野備後守が刀の役を勤めた。皆、烏帽子《えぼし》を被り、白小袖に直垂、長袴である。烏帽子は、将軍一人は右折れで、他の者は左折れである。直垂着用のさいは、鍔のない、小《ち》さ刀を差した。

綱吉は、近くの黒書院に入り、甲府宰相綱豊より年始の慶賀をうけた。綱豊は、前年の秋、正三位に昇進し十万石を加増された。綱吉より、屠蘇《とそ》の盃をうけた。

その後、綱吉は竹の廊下を歩き、白書院へと向った。廊下は、中庭より差しこむ元日の朝日に輝いている。綱吉が振り返り、甲高い声で、

「備後よ。この好晴は、予の春を祝っておる。皆の者も嬉しかろう」と云う。

備後守が、御意。皆々、喜んでおりましょうと云う。

綱吉は、

「皆の者も嬉しかろう」と、はしゃぎ声で繰り返した。

先導する忠挙は、この遣り取りを聞き、

「君子は泰《ゆた》かにして驕《おご》らず。小人《しょうじん》は驕りて泰かならず」と、頭の中で呟いた。綱吉のような小人は、傲慢なだけで泰かでない。体が小さいのは別にしても、人として心が安らかでなく、落ち着きがない。先人はよくぞ云いあてた。

綱吉は、白書院に入り、上段の真ん中に座った。忠挙や、備後守は、下段の間の入側に端座した。紀伊中納言光貞、水戸宰相光圀の二人が下段の間に入り、綱吉に慶賀の挨拶をした。綱吉より、屠蘇の盃をうけた。次に越前福井、二十一歳の松平越前守が下段の間に入り、綱吉に慶賀の挨拶をした。これも屠蘇の盃をうけた。

次に同じ白書院において、予州西条松平左京大夫《さきょうのだいぶ》ら家門はじめ、譜代名門の井伊掃部頭や、老中の稲葉美濃守、土井能登守、堀田備中守、板倉内膳正らが慶賀の挨拶をし、屠蘇の盃をうけた。忠挙も座敷に入って、盃をうけた。雅樂頭が不在で、忠挙が、同じく譜代名門の扱いである。

その後、綱吉は大広間にいき、多くの譜代大名や有司より年始の慶賀をうけた。この者らは、六ツ半に登城して、ずっと待たされたのである。

二日は、三家の嫡子、および外様大名が慶賀の登城をし、三日は、諸大名の嫡子が慶賀の登城をした。忠挙は二日とも、元日と同じく綱吉の先導の役を勤めた。

七日、若菜の節句の日より、大手門前の酒井家は、一ツ橋の旧邸へ移転を始め、翌八日の夕方にほぼ終了した。忠挙の正室や、父の幼名と同じ、嫡子の与四郎は、八日の昼頃に移転した。正室は駕籠に乗った。正しくは乗物という。この日夕方、奈津が旧邸へ移る段になって、舟橋が伺いを立てた。

「御懐妊につき、於奈津様、お駕籠をお召しになられては、いかがでございましょう」というのである。

赤い鹿子《かのこ》絞りの小袖に朱色の紐帯を後ろにしめた奈津が、

「近くですので、私は歩きます」と答え、忠挙を見た。

忠挙は、奈津をじっと見詰め、

「それがよい。懐妊して、駕籠の出入りがきつかろう」と云う。

二人は、歩いて移転した。忠挙には太田邦之助、沢野淳一郎、奈津には五人の奥女中が同行した。

一ッ橋の旧邸は、母屋に入ると、正月を挟む僅かな期間に、襖や障子、畳、すべて新調され、新しい建具や、新しい畳の匂いがした。座敷や廊下の壁も、さほど目立った汚れはなかった。忠挙には、長く空屋敷にして放置されていたと思えなかった。家中には有能な者が多いと、感心した。

当主の寝所や、居間、書見する座敷は、奥まった一棟の中にある。奈津も、忠挙と一緒にここに暮すのである。奈津は懐妊後も、忠挙が手元より離してくれず、忠挙の身の回りの世話をやいていたし、注意を払い夜伽《よとぎ》も勤めていた。奈津が懐妊して、忠挙は以前よりも奈津を愛《いと》おしむ気持ちが倍加した。

当主の棟と幾つか棟を隔てた、屋敷の東の一棟に、上段、下段、二の間、三の間のある小座敷がある。正室や嫡子らは、取り巻きの奥女中らとここに住《す》まいする。その中には筑前の黒田家より供をしてきた女が、五人か六人いる。忠挙は、正室を等閑《なおざり》にする積りはないが、若き日、政略結婚をさせられたと思っている。

一月九日朝、忠挙は登城してすぐ、目付の一人を下部屋によび、書面を以て、大手門前の御用屋敷を空けたと通知した。老中や若年寄の職にある者の上屋敷は、大手門前の大名小路に与えられ、俗に、御用屋敷とよばれる。忠挙としては、父雅樂頭の辞職より、歳暮や正月を挟み、ちょうど一月《ひとつき》で空けることができた安堵感があった。

十五日、この屋敷は、堀田備中守に与えられた。世人、皆、唖然とさせられた。備中守は老中に就任して、辛うじて一年半。

同じ日、小正月にあたり、渡辺芳泉は、麻布より徒《かち》で、赤坂の半蔵家にいった。今春も兄嫁のふみより、若菜の節《せち》頃に年始の挨拶に参上したいが、いかがと書状がきた。今年は温和な新春というのに、三箇日を過して、芳泉は風を拗《こじ》らせた。そこで、治り次第こちらより挨拶に出向くと、返書を届けさせた。

芳泉は羽織袴の姿である。羽織は五紋《いつつもん》の黒羽二重《くろはぶたえ》である。中小姓の岡田陽之助一人を供にし、中間が進物の荷をもった。

武家屋敷が並ぶ中に、半蔵家があった。芳泉は、今日が二度目である。一目見て、私邸ながらかなり広い。愛宕下の半右衛門の屋敷より、ずっと広い。

門より玄関に至ると、老齢の用人、佐藤恭之介がそそくさと姿をみせ、式台の端に端座して、

「丹後守様、よくお越しくださいました。奥様お待ちかねでございます」と挨拶し、先に立って書院に案内した。

広い書院である。東向きの障子に、昼前の冬の陽が明るく差している。ふみがすぐ姿をみせ、芳泉の前に端座して、

「半丞様。お風邪は御快癒されましたか」と、真っ先に見舞いを述べた。ふみは、緑色の小紋の小袖の上に、同色の打掛《うちかけ》をかけている。芳泉が、快癒しましたと返答した。

それより、二人が年始の挨拶を交した。ふみは、

「昨年来、半丞様には、偕《とも》のため、一方《ひとかた》ならぬ御尽力をいただきました」と、深々と頭をさげ、礼を述べた。偕は本日、と云いかけて、

「偕は今回出府し、市ヶ谷にて、御簾中《ごれんちゅう》様に初めて御目通りしてより、格別お目をかけていただいています。市ヶ谷に参っております」と云う。御簾中は三代様の一人娘、千代姫のことである。尾州家の上屋敷は、市ヶ谷にある。

「千代姫様はお幾つですか」

「今年、四十五歳におなりでございます」

千代姫は寛永十四年生れ、嫡子綱誠《つななり》は承応元年生れ。綱誠は、千代姫十六のときの子である。綱誠は、延宝九年の今年、三十歳になった。

紅赤の矢絣《やがすり》の小袖に梅鼠《うめねず》色の帯をしめた若い女中が入ってきて、茶菓を供した。

芳泉が、

「偕は、誰が見ても、群を抜く標緻よし。しかも賢い。大名家に輿入れさせるのは、至極容易なことと、実は拙者、高を括っておりました。然るに不首尾の段、申し訳なく思っております」と、頭をさげた。

ふみが慌てて、手を左右にふった。

「いいえ。御縁ばかりは、人の手に余ります。私ども今年一年江戸に滞在し、もし御縁がなければ、姉の澄と同じく、尾州にて輿入れさせましょう」と、芳泉が相手なので、正直に話した。ふみはこのとき、頭のどこかに都築《つづき》平九郎の面影を見た。芳泉も、自邸に住いする、平九郎を思い起した。

ふみが、芳泉の顔を見て、

「それにしましても、志摩鳥羽の内藤和泉守様、あの日、いかがなさったのでしょう」と聞く。和泉守は昨年六月、増上寺にて刃傷に及び、二十七にして切腹させられた。

芳泉は、

「偕にあの者を薦めたことで、拙者は半右衛門に叱られました」と云う。

ふみは、まぁという表情を見せた。

「内藤様は、京を治められた板倉周防守様のお姫様のお子。御生母様もさぞ優れたお人でございましょうし、お子様も優れたお人と見るのが世の常でございましょう」

芳泉は大きく頷いて、

「さよう。周防守様一人娘の舒女《ゆきじょ》様は、才色兼備の優れた方と聞いています」

芳泉が、そう申せば、

「拙者が候補にあげました河州丹南の高木勘解由《かげゆ》は、これも御生母が板倉内膳正様の姫様でございます。今の御老中、板倉内膳正様の妹御にあたります」

ふみが、

「昨春は、確か御病気とお伺いしました」

「さよう。勘解由は今年二十になりましたが、恢復の見込みのない病いにて、親戚の者は皆、不愍に思っております」

「何でございましょう」と聞く。

芳泉が声を落し、

「労咳《ろうがい》のように聞いております」と云う。

勘解由正豊は、九歳で家督を相続し、父の遺領、河州丹南一万石をついだ。十五のとき叙爵し従五位下肥前守を称した。この年五月、二十歳の若さで逝去する。

芳泉が、

「偕が他出につき、慮外者のことも、序《ついで》に申しておきましょう」と云いかけると、
ふみが不審げな顔で、慮外者ですかと聞く。

「さよう。偕に怖い思いをさせた、怪しからん勘助のことです。半右衛門が家老を屋敷に呼びつけ、勘助を廃除せよ。直ちに当主を交代させよと厳命し、家老は承知して、外桜田へ帰りました。その後、丹羽家より何も申してきませんので、今一度、家老の浅井帯刀を呼びつけましたら、勘助も病い重く臥せっておるそうです」

「偕より一つ年下とお聞きしました」

「さよう。若《わこ》うございます。寛文五年、濃州岩村の生れで、今年十七になります。勘助は図体大きく頑丈で、半右衛門は、あるいは丹羽家が謀《たばか》りを申しておるかと疑い、手の者に調べさせましたら、嘘偽りなく、外桜田の上屋敷にて臥せっておるそうです」

ふみが、まぁと、驚いた表情をみせた。

「何でございましょう」と聞く。

「それが判然としないそうです」

勘助は翌天和二年の定期叙爵で、従五位下長門守になり、長門守氏明《うじあきら》と称する。二年の後、これも二十歳の若さで逝去する。

二月に入って、大塚の別邸と一ツ橋の本邸の間で、書状の遣り取りが行われた。月半ばには、忠挙が別邸に出向き、雅樂頭と種々の相談を行った。酒井家より、雅樂頭の致仕を届けでたのが、二十六日である。翌日、これが認められた。忠挙は、上州厩橋《うまやばし》十五万石のうち、異母弟、下野守忠寛《ただひろ》に二万石を分与し、厩橋城と十三万石を相続した。

これにより、忠挙の庇蔭料二万石は、公儀に収公された。忠挙が想起すると、四十数年か前、雅樂頭がその父、阿波守忠行の遺領をついだときは、厩橋十万石にすぎなかったという。家綱年少の間は、公儀は重職への加増をしなかった。雅樂頭が三万石を加増されたのは、家光の十三回忌にあたり、家綱が日光社参を行った寛文三年のことである。老中の同輩、阿部豊後守は二万石、稲葉美濃守は一万石を加増された。雅樂頭は若くして老中になり、直ちに筆頭になっていた。

雅樂頭が再度加増されたのは、家綱の晩年、延宝八年一月である。大老雅樂頭は二万石を加増され、老中の美濃守、大久保加賀守は、それぞれ一万石を加えられた。

二月三十日、小石川の水戸家では、光圀が居間にいて、憮然とした顔で小机に向い、

「雅樂が致仕したのは、上々の首尾。然るに過日、堀田備中、抜け目のない悪人が五万石を加増され、上州安中より転じて、下総古河《こが》の城をもらったという。小人《しょうじん》、閑居して不善をなすと云う。綱吉は常軌を逸し、不善をなしておる」と、独り呟いた。

堀田備中守正俊は、加増後、古河九万石となり、筑前守に改任された。筑前守はこの年十二月に、大老に就任する。翌天和二年、四万石を加増される。

綱吉の依怙贔屓《えこひいき》は、自分の擁立に働いた堀田備中守、筑前守に止まらなかった。御側に仕える牧野備後守は、二千五百石より出発し、下総関宿五万三千石を領し、さらに二万石を加増される。同じく御側の柳沢出羽守は、五百石の小身より始め、武州川越七万二千石を領し、後に甲州十五万石余の大名に上りつめる。

これより少し前の、二月三日、公儀は、代替りによる諸国巡検使の派遣を諸大名や諸国代官に布《ふ》れた。三越、すなわち越前、越中、越後には、使番大関勘右衛門《かんえもん》はじめ、書院番の中根左兵衛、内藤十之丞の三人を派遣した。さらに、五月三日には、越後高田の松平家に目付中根主税《ちから》、書院番津田平四郎の二人を派遣し、内紛を調べさせた。

三月も下旬、二十五日朝、町奉行の島田出雲守は登城してすぐ、右筆の井出弥右衛門《やえもん》に依頼し、月番老中の堀田筑前守に辞表を提出した。翌月を待ち、板倉内膳正が月番のときに提出しようかと考えたが、それでは時機を失し、終局まで掛奉行を続けることになろうと考え直した。掛奉行は、越後高田の無辜《むこ》の逆意方を罪に落さなければならない。

この日四ツ半をすぎた頃、出雲守は黒書院溜間《たまりのま》に呼びつけられた。出雲守は服紗小袖に麻裃を着用して、恐る恐る溜間に姿をみせた。同じく服紗小袖に麻裃、老中の堀田筑前守が不機嫌さを隠しもせず、座敷に入ってきた。筑前守は怒声で、

「その方、町奉行の職を辞したいと申《もう》し出《いづ》るにあたり、その身近来遺忘多しとは、町奉行が何たる言《い》い種《ぐさ》か。御上に対し奉り、余りにも不敬の言と思わぬか」と、十歳年上の相手を罵った。

出雲守が顔をあげ、上目遣いに筑前守に云い返した。

「恐れながら、拙者、先日来、越後高田の松平様の家中の者を訊問いたしました。逆意方と称される者らを訊問いたしました。然るに逆意方の者らには何ら不審の廉《かど》も、何ら不逞の廉も見当たりません。これは拙者が今回の訊問の任に堪ええないためかと存じ、申し訳なく存じます」と説明した。

筑前守が怖い顔で睨んでいるのを、出雲守は素知らぬ顔でうけた。

「御老中の仰せのごとく、前回の審理のさい、小栗美作らより御老職に苞苴《ほうしょ》が贈られたか

調べましたところ、審理の後に、御大老や御老中方には、越後上布や塩引き鮭など、名産の品が贈られておりました。稲葉美濃守様お一人には、審理の前後、両度に渡り、美濃守様のお求めにより、金子が贈られましたことを、確《しか》と確認いたしました。併せて一千両を超えます。この件は、目付の能勢惣十郎が立ち会って訊問いたしました」と説明した。

これを聞き、筑前守の顔より血の気がひくのが、出雲守に見えた。

三月二十七日、柳営に椿事が出来した。昼すぎ、島田出雲守がやはり服紗小袖に麻裃の姿で、黒書院溜間に入った。沈痛な面持ちである。座敷内で待つこと四半時、同じく服紗小袖に麻裃の、堀田筑前守が入ってきた。出雲守が静かに平伏した。筑前守は、じろりと見下《みおろ》し、上座に座った。

筑前守は懐より下達書《かたつしょ》をだし、

「その方、松平越後守の家人《けにん》訊問の任にありながら、その事未《いま》だ決せざるに、その身近来遺忘多きを以て町奉行を辞したいと申し出ること、到底許しがたし。依って町奉行の職を解く。小普請入りを命じ、閉門を申しつける」と口早に読みあげた。

北町奉行島田出雲守忠政は、五十八歳。家禄は二千石である。出雲守はこの日、町奉行を罷免され、小普請入りを命じられ、即日、閉門を申しつけられた。直ちに下城した。

二十二　非器の城

六月二十日、酷暑のさ中、翌二十一日の朝、御上自ら、越後高田、松平越後守光長の家の騒動を直裁《じきさい》遊ばされると、殿中で発表があった。これにより、三家はじめ、家門や譜代の諸大名には、明朝五ツ半に登城して、各々、御上の直裁に陪席するよう、老中より厳重に達せられた。

水戸家では、城附《しろづ》きの夏目郁之進が小石川に帰り、当主の光圀にこれを伝えた。光圀はくるべきものがきたと思いながら、苦汁を舐《な》めさせられる気がした。

「御直《おじき》裁判は、家康公も、二代、三代の将軍も、これを行った。しかし、三代の晩年より廃絶した。頭も体も寸足らずの将軍が何を血迷ったか、継続早々行うという。到底正気の沙汰とは思えない」

「さりとて、予も登城するしかなかろう。今年も三月初め、尾張中納言が出府し、替って就封《しゅうほう》するはずの紀伊中納言が在府を続け、八月半ばに国入りするという。三家中、当家が欠けては拙かろう」と思う。

尾張中納言の光友は五十七歳。紀伊中納言の光貞は五十六歳。二人は、これより九年の後、揃って大納言に昇叙される。中納言、大納言は、むろん権中納言、権大納言。水戸家の光圀は五十四歳。光圀は二人が昇叙される元禄三年、隠退してやっと、参議より中納言に昇叙される。

二十一日、早朝より諸大名が登城してきた。皆、麻裃に染帷子である。四ツ、真夏の陽が御殿の大屋根や城内の樹々を焼き始める頃、直裁の場が設けられた大広間に、諸大名や多数の有司が続々と姿をみせた。大広間中段に綱吉の座を設け、下段には三家当主、並びに甲府宰相綱豊が着座した。二の間には、老中、家門や譜代の諸大名が着座した。

陪席者が着座すると、毛利元千代が永見《ながみ》大蔵を、松平出羽守が荻田《おぎた》主馬を、松平越前守が小栗美作守を召しつれ、南の縁頰《えんがわ》に姿をみせた。元千代は毛利家当主、大膳大夫《だいぜんだいぶ》の嫡子で十四歳。生母は、越前福井松平伊予守忠昌の息女千姫である。大膳大夫綱広《つなひろ》は、病いを口実にして、屢々《しばしば》登城を拒んだ。代って登城した。出羽守綱近《つなちか》は雲州松江の城主、生母は同じ越前福井の忠昌の息女亀姫。二十三歳である。越前守綱昌《つなまさ》は忠昌の孫で、越前福井の城主。二十一歳である。

永見大蔵はじめ、荻田主馬や、小栗美作守は、この南の縁頰で、寺社奉行や大小目付の手に引き渡された。三人は、寺社奉行らの指示により、板敷きの縁頬より、板敷きの落縁《おちえん》に下《おろ》され、北面して蹲踞《そんきょ》させられた。蹲《うずくま》り両手をつき、頭を垂れたのである。皆、麻裃に染帷子、素足、無腰である。

美作守は、評定所に召喚されたときより、覚悟を決めていた。尋常ならざる性格だと噂のある将軍が、再審理を行うというのである。公儀が、

「御家を改易するなら、我らも大名家預けになろうし、重ければ切腹もありうる」と覚悟した。しかし切羽つまった局面で、嗅覚が働くのに驚かされた。

二の間や東西の縁頬に居並ぶ、諸大名や多数の有司。百数十人の体や、百数十人の素足より発せられる汗の、臭《にお》い。

そのとき、百数十の人々が一斉に平伏する気配が感じられた。一斉に平伏する衣擦れの音がした。綱吉が、中段に出御したのである。

綱吉も、麻裃に染帷子である。麻裃は黄蘗色《きはだいろ》の松葉小紋、染帷子は木蘭地《もくらんじ》。傲慢な顔をして、中段の真ん中に着座した。後ろに側衆の牧野備後守が控えた。備後守の傍ら、若い小姓と中年の小納戸が端座した。小姓は服紗を以て柄をもち、御刀を立てている。小納戸は、頭取の柴田修藏である。

綱吉が、下段に控える堀田筑前守に顎をしゃくった。筑前守はこの日、綱吉と越後高田の重臣らの取次役を務める。

筑前守が下段の真ん中に立ち、

「これより御上が、松平越後守家の騒動を御直に裁かれる。藩屛《はんぺい》の方々は、よくよく陪聴せられよ」と、居並ぶ諸大名や有司に命じた。筑前守は言葉をつぎ、

「越後守の家人《けにん》らは皆、謹んで拝答せよ」と、落縁の者らに命じた。

綱吉が、筑前守を通して、永見大蔵に、

「美作は奢侈《しゃし》にして、僭上の振る舞いありという。これ、実《まこと》なりや」と下問した。

大蔵が、筑前守を通して、

「毎年御上よりお鷹の獲物の鶴を拝領しますとき、主人越後守の家の例として、我ら重臣が参集して頂戴いたします。然るに去年は、家中の者につげず、美作父子のみこれを頂戴いたしました。これ小なりといえども、かの者の奢侈をお察しください」と拝答した。

綱吉が、筑前守を通して、美作守に大蔵の言《げん》の真偽を問うた。

美作守は動じず、筑前守を通して、

「あのときは、主人が内々にて宴を開かれましたため、家中の者を召しませず、我ら父子

が懇遇《こんぐう》を以て、宴に与《あずか》りました」と拝答した。

大蔵がすぐ、筑前守を通して、

「然《しか》らば、あのとき、同列の重臣さえ与らなかったほどの席に、なぜ美作父子はその家士まで召しつれ、恩賜の鶴を頂戴させたのでありましょうか。美作がその巧弁を以て理非を申し欺くこと、皆この類いでございます。先日より評定所にて、諸有司に申し上げましたこと、皆、誤りなくお聞き入れくださいますようお願いいたします」と言上した。

綱吉が、美作守に目をやった。筑前守を通して、

「何か申すか」と促したが、
美作守は無言で、頭をさげた。

綱吉が、筑前守を通して、荻田主馬に、

「美作の姦曲の様子《さま》を、申し述べよ」と、強く命じた。

主馬は、筑前守を通して、

「美作が自分の子を主人越後守の養子にせんと企《たくら》みました仔細は、先日評定所にて諸有司に申し上げました。これを以て、美作が平素私欲を恣行《しこう》する様子を、お察しくださいますようお願いいたします」と拝答した。恣行は、思いどおり、ほしいまま行うこと。

大広間は、三の間、四の間、縁頬を含めると、五百畳くらいある。中段と、下段の落縁にて、綱吉の直裁が進んでいた。多数の陪席者がいながら、どの座敷も水を打ったように静まり返っていた。筑前守の取次に間が空くと、城内の遠くより、あるいは近くで、無数の蟬が今を盛りと鳴きたてる声が、座敷に入ってきた。

捗々《はかばか》しく進展しないので、綱吉が苛立ってきた。

永見大蔵や、荻田主馬に目をやり、

「美作、さほどの姦曲なる様子《さま》が明白ならんに、汝ら、主人光長のためを思えば、美作の奢侈を光長に訴え、光長が聞《き》き弁《わきま》えなければ、松平家の一族に諮《はか》り、ともかくも家国《かこく》安泰ならんように、家中を鎮めるべきである。然るをかの者の姦計が露見するまで、どうして等閑《なおざり》になしおいたのか」と下問した。

この下問を聞き、二人が顔を見合せた。主馬が、

「恐れながら、国元では皆、美作の権威を恐れ、後難《こうなん》を憚りまして、誰も確《しか》と発言する者がおりません。何しろ無証のことでございますので、取りあげるのが難しく、我ら、時節の到来を待っておりました」と拝答した。

綱吉は、美作守に目をやった。年老い、浮沈の瀬戸際にあって、なお颯爽として沈着な

態度を保っている。綱吉が遠目に見て、何とも小面憎《こづら》い思いがある。

綱吉は苛々した声で、筑前守を通して、

「汝、家中八百有余《ゆうよ》の者に疎《うと》まれしは、いかなる故か」と下問した。

これは、美作守の与党たる逆意方に、御為方の八百数十人が敵対していることをさしている。

美作守が拝答しようと顔をあげた。筑前守を通して、

「拙者は、家中の者に疎まれていると、これまで知りませんでした。恐れながら、拝答の機会を与えていただきましたので、次の一事《いちじ》を申し上げたいと存じます。大蔵や、主馬らが、評定所の諸有司に対し、主人越後守が老年懶惰《らんだ》で、政事に倦《う》みしを幸いとして、大小の事、拙者一人が独断したと申し上げたと聞いております。しかし、全くの虚言でございます。拙者、家老在職の間、一事たりとも主人越後守に申し上げずして、恣意的に仕置《しおき》をしてはおりません。大蔵らが嫉妬心より、拙者に種々の冤《えん》を負わせていますこと、御憐察《ごれんさつ》くださいますようお願いいたします」と言上した。冤は濡《ぬ》れ衣《ぎぬ》。

綱吉は、一層苛立ってきたのが自分でも分った。大蔵や、主馬に目をやり、

「汝らは、どうして平素美作に意見してやらなかったのか」と下問した。

この下問を聞き、二人が顔を見合せた。異口同音に、

「美作は、主人越後守の言葉さえ取りあげない者でございます。どのようにしても、拙者らの言葉を取りあげません故、見す見す意見をいたしませんでした」と言上した。

綱吉の苛立ちは頂点に達した。取次役の筑前守を無視し、大声で、

「これにて決案す。汝ら、早や罷《まか》り立《た》て」と、落縁に呶《ど》鳴《な》った。

凄《すさ》まじい権幕に、陪席の諸大名や多数の有司は、皆、恐《おそ》れ戦《おのの》いた。

三家につぐ格式の松平越後守の家が、瓢箪《ひょうたん》より駒の、養子将軍の手で、かくもたやすく改易になることが、このとき分った。皆、御上は正気か疑った。

光圀は、尾州家や紀州家の当主と一緒に直裁を陪聴した。綱吉の苛立ちを、一番早くに察知した。呶鳴り声を聞き、

「館林は、落縁の者や、越後高田の重臣らの鏖殺《おうさつ》を命じるのではないか。正気の沙汰ではない。今この江戸城は、元亀《げんき》天正の合戦の場ではない。然るに、将軍の恣意を以て名家の陪臣を鏖殺するようなことがあっては、公儀の威信は地に堕ちよう」と危惧した。

酒井雅樂頭は柳営を去り、

「稲葉美濃も、堀田筑前も、人物の小さな悪人だ。御側より館林を諫止《かんし》する意思も、力も

ない」と、暗澹たる気持ちになった。鏖殺は皆殺しをいう。

綱吉が座をたち、奥に引っこんだ。陪席者が一斉に平伏した。大目付や目付が永見大蔵ら落縁の者を引きたて、退出していった。

光圀は、尾張中納言、紀伊中納言が立ちあがるのを、下より見上げた。申し合せたかのように、二人は同時に、光圀に目をやり、僅かに頷いてみせた。到底将軍の器に非ざる者が、江戸城の真ん中に存在する。江戸城は「非器の城」である。光圀も続いて立ちあがりながら、守成は難しと小さく呟いた。

六月二十二日の早朝、公儀は、小栗美作守、永見大蔵ら、松平越後守の重臣を、評定所に召し出した。美作守らは、昨日と同じ服装。式台を上り、目付の指示により、廊下より屏風の間の二の間に入った。屏風の間には、水野右衛門大夫《えもんのたいふ》ら寺社奉行、甲斐庄《かいのしょう》飛騨守ら町奉行や、彦坂壱岐守ら大目付、松平孫大夫ら目付が居並んでいた。

壱岐守が間の襖を取り払った敷居際にきて、順々に判決を申し渡した。

「小栗美作、小栗掃部。歴年奢侈に耽り、不忠の振る舞い多し。依って切腹を命ずる」

「永見大蔵、荻田主馬。美作の姦計の事どもを速かに対処せず、主人の家国を擾乱《じょうらん》せしめたり。依って八丈島に配流する」

「岡島壱岐、本多七左衛門《しちざえもん》。同じ故を以て、三宅島に配流する」

「小栗兵庫、小栗十蔵、並びに安藤治左衛門《じざえもん》。同じく、大島に配流する」

小栗美作守父子は、その場で身柄を拘束され、霊岸島《れいがんじま》にある、松平越前守綱昌の下屋敷に送致された。夕方、父子はこの下屋敷で腹を切らされた。形式は切腹、実質は打ち首である。検使として、彦坂壱岐守、松平孫大夫ら、大小目付合せて六人が、仰々しく下屋敷に派遣された。

二十六日の朝、外桜田にある、井伊掃部頭の上屋敷に、今回の騒動の最終的な責任者というべき、松平越後守光長が、麻裃に染帷子の姿をみせた。

老中筆頭の、稲葉美濃守が上使として、井伊邸の玄関に駕籠を乗りつけた。これも麻裃に染帷子。表書院にて、掃部頭が立ちあい、平伏する老齢の越後守の頭上に、
美濃守が一語一語はっきりと、

「越後守。その方、家国を鎮撫するあたわず。家中に騒動を惹き起したるにより、所領を収公する。その身は松平隠岐守に預ける」と、綱吉の命を下達した。

光長は、越前宰相忠直卿の嫡子にして、家康の曽孫《そうそん》。生母は、二代秀忠の息女、勝姫である。六十七歳である。

松平隠岐守は、予州松山十五万石の城主である。二十二。

光長の養子、三河守綱国は、備後福山の水野美作守に預けられた。三十歳。水野美作守は、福山十万石の城主。二十一。

越後高田松平家は、この日を以て改易になった。綱吉は、光長に一万俵を与え、綱国にも三千俵を与えた。一俵に米四斗とすれば、各々、一万石、三千石の所領に同じ。

その翌日、二十七日。綱吉は、松平大和守直矩《なおのり》、松平上野介近栄《ちかよし》の二人を、松平越後守の輔佐の任にありながら、騒動の扱いよろしからずという理由で、閉門に処した。大和守は播州姫路十五万石を領し、上野介は雲州広瀬三万石を領した。二人は、翌天和二年二月になって、閉門を許される。

しかしこのとき、綱吉は、越後騒動の責《せめ》を問い続け、大和守を八万石減封《げんぽう》し、豊後日田へ移封《いほう》し、上野介の三万石の半分を減封する。大和守はその後、羽州山形、奥州白河へと国替えを繰り返す。このとき、奥州福島の本多中務大輔《なかつかさたいふ》忠国が、大和守に入れ替り、播州姫路へ転封《てんぽう》になる。本多家には、元の領地である。

同じ二十七日の朝、大目付渡辺大隅守も、普段どおり、麻裃に染帷子を着て、愛宕下の屋敷より登城した。昼をすぎ八ツ頃、堀田筑前守より黒書院溜間に呼びだされた。

筑前守は、平伏する老齢の大隅守を見下《みおろ》し、

「その方、先に松平越後守の家の騒動を審理するさい、酒井雅樂頭、久世大和守、両人の申す言葉のみを受けて裁断したことは、職に似合《にあわ》しくない僻事《ひがごと》なり。依って大目付を罷免し、八丈島に配流する」と、冷然と宣告した。

綱吉は、大隅守が老職の命に盲従し、大目付としての職掌を軽んじたと、難癖をつけたのである。公儀の措置と思えない、荒っぽい遣り口である。

大隅守の子息三人が、縁坐により罪に問われた。この日、大隅守が流刑を言い渡された後、暫くして、長男の書院番組頭渡辺半右衛門《はんえもん》、二男の中奥小姓渡辺安芸守、三男の書院番平岩助右衛門《すけえもん》が、各自順に目付より雁間《がんのま》に呼びだされた。上座に、若年寄の石川美作守が着座し、左右に、松平孫大夫、戸田八郎兵衛《はちろうべえ》、目付二人が控えた。

美作守が、まず、平伏する渡辺半右衛門に、

「大隅守、不調法の儀あり。八丈島に配流される。依ってその方、相馬弾正少弼《だんじょうしょうひつ》に預けとする」と、何ら感情を交えることなく申し渡した。

相馬弾正少弼は、奥州中村六万石の城主である。当主昌胤《まさたね》は、二十二。

美作守は続いて、渡辺安芸守、平岩助右衛門にも申し渡した。安芸守は、飛騨高山三万

八千石の城主、金森万助に預け、助右衛門は、野州黒羽二万石、大関信濃守に預ける。

平岩助右衛門は、渡辺家に生れ、親戚筋の平岩家に養子に入った。金森家当主は、このとき十三。翌々天和三年十二月、叙爵して出雲守と称し、元禄二年五月、二十一で、外様の大名ながら、綱吉の側用人に起用され、同三年四月、忽ち罷免される。綱吉の移り気を反映した、荒っぽさである。

六月三十日、光圀は、小石川の奥まった居間で、越後騒動の始末を振り返って、

「非器の将軍が越後高田の名家を潰してしまった。何の能力も取り柄もない者が、家康公になった積りでおるか」

「重臣らの鏖殺を命じるのではないかと危惧したが、これは美作父子に限られた。しかし片っ端より遠島にした。美作父子も、他の者も、大名預けでよいものを」と思い、

「昨二十九日、酒井河内《かわち》と、弟の酒井下野《しもつけ》や、久世出雲《いずも》が、雅樂《うた》や久世大和の、越後騒動の先の裁断よろしからずとして、遠慮を命じられたという。雅樂は、先月、逝去していてよかった」と思う。

酒井雅樂頭は、五月十九日、大塚の別邸で病没した。五十八。忠挙らに科せられた遠慮は、閉門や逼塞《ひっそく》より軽い、謹慎刑である。忠挙らの遠慮は、六箇月で免じられる。

二十三　襲撃

六月二十七日、昼間の暑さが残る七ツすぎ、麻布の台地にある多数の樹々が、夕陽に影を落し始めた。渡辺家の下屋敷の門を慌しく潜った武士が、玄関に進み、

「御用人。青木殿」と、大声で案内を求めた。麻裃に染帷子、中年の武士である。供侍や挟箱《はさみばこ》持ち、数人を従えている。傍らで、門番がうろうろしている。

小袖に袴の玄関番の侍がでてきた。その後ろより、老齢の青木喜八郎が急ぎ足で玄関にでてきた。やはり小袖に袴。喜八郎が式台に座り、

「対馬守様、いかがなさいましたか」と聞く。小納戸頭取の柴田修藏は、昨年暮れ、僅か数人の定期叙爵のさい、叙爵して対馬守に任じられた。

「すぐ芳泉様にお目に掛りたい」と口早に云い、白布《はくふ》で額の汗を拭った。

「御前に申し上げます」と、喜八郎が腰を浮せた。

襖や障子をあけ放し、風通りをよくした書院で、修藏は、芳泉に対座した。芳泉は、麻の小袖に仙台平の袴である。

顔見知りの老女、節が、冷茶をもってきた。

修藏は、頂戴しますと挨拶して茶をのむと、芳泉に向い、

「本日、城中にて、大隅守様がお役御免、八丈島に配流を申し渡されました」と、低い声で報じた。

芳泉は、さすがに顔色をかえ、

「半右衛門が八丈島に配流」と云って、愕然とした顔。

「御公儀は古稀の老人を絶海の孤島に流すというのか」と、呻き声になった。

修藏は、芳泉より視線をずらせて、

「酒井雅樂頭様の身代りとして、罰せられました。何にせよ、惨《むご》いことでございます」と思いを述べた。

芳泉が、

「子息らも無事であるまい。どのような処分が下されましたか」と聞く。

修藏は、三人が大名家の預けになったことを報じた。

中庭の樹木の間より、赤々と夕陽が覗いた。凪はそよともしない。

芳泉が、日頃の沈着さを失い、

「半右衛門は、今、どこにおりましょう」と聞く。

修蔵は、

「おそらく小伝馬町《こでんまちょう》の牢に移されておりましょう」と云う。

芳泉が、我に返った。伊豆七島へ流す者は、江戸に集め、春秋の二度、出帆する流人船に乗せる。それまでは、小伝馬町の牢の、いわゆる遠島部屋に収容する。

芳泉が、

「遠島になれば、家禄は召しあげ、屋敷家財は明日にも闕所《けっしょ》になります」と云う。闕所は主たる刑に附加される、没収である。

修蔵が、芳泉を正視して、

「拙者、それ故、急ぎお知らせに参りました。御子息らは、蘇鉄間《そてつのま》に引きたてられたそうでございます。今頃は、各大名家に引き渡されておりましょう」と説明した。

芳泉が腰を浮せ、

「拙者、これより愛宕下にいき、半右衛門の家の始末をつけてこようと思う。今夜のうちに、当家に妻女を引きとらねばなりますまい。そなた、よく知らせてくれました。心より礼を申します」と挨拶した。

芳泉が、修藏を見送って居間に戻ると、久が、怪訝な顔をして立ち上った。

「修藏殿は、突然のお越し。何用でございました」と聞く。久は、涼しそうな水色の上布《じょうふ》の小袖に、藍色の細帯をしめている。

久は修藏が自分に挨拶もせず、そそくさと帰っていったのを、何事かと思っている。

芳泉が、

「半右衛門が、越後騒動審理の責を一身に負わされ、八丈島に流される」

久の顔が真っ青になった。

「八丈島。本当でございますか」

芳泉が小さく頷いて、

「半右衛門のことを思うと、拙者は昨秋来、胸騒ぎがした。ともあれ、これより愛宕下にいき、半右衛門の家の始末をつけてこようと思う。なるべく今夜のうちに、当家に妻女を引きとろうと思う。そなた、八重をよろしく頼む」と依頼した。

久は頷き、半ば涙声になって、

「何ともお労《いたわ》しい。遠い遠い八丈島。何年流されます」と聞く。

芳泉が、

「流罪は何年という期限がない。半右衛門はあの年ゆえ、島に送られれば、おそらく長く保《も》つまい」と説明して、しかしと記憶を探り、

「昔、備前岡山に、宇喜多《うきた》秀家という武将がいた。関ヶ原の戦いで、東照宮様に敵対して破れ、八丈島に流罪になり、島に暮すこと何と五十年。明暦まで生き、八十幾つの高齢で没したという」と補足した。

「半右衛門様は御高齢です。宇喜多様というお方のようには参りませんでしょう」

「さよう。宇喜多秀家は半右衛門の半分ほどの年で流されたし、八丈島には家来が十数人供をした。そう聞いている」

　秀家の正室は、加州金沢の前田利家の娘である。そのため秀家は、前田家より仕送りを受けたという。明暦元年の冬に入り、八十四の長寿で病没した。

　半右衛門綱貞には、島渡りする供はなく、仕送りもない。

　六月晦日、夕暮れより、江戸の町は、神田明神はじめ、幾つもの神社で、夏越《なごし》の祓《はら》いが行われた。各神社は、浅茅《あさじ》の輪に参詣人を潜らせたり、体を撫ぜた人形《ひとがた》を川に流させたりする。夕涼みがてらに人が集り、どの神社も賑わった。夏越の祓いが終れば、朝夕に初秋の風を感じてもよいのに、今年は七月に入っても、夏の勢いが衰えなかった。

七月五日、朝よりどんより曇った日である。小石川の奥まった居間で、光圀が早朝より書見に耽っていた。濃淡の異なる茶色の、絽の小袖に絽の袴である。

廊下に静かな足音がして、森靫負《ゆきえ》が姿をみせた。居間の前で平伏した。五ツにならないので、裃姿でなく、小袖に袴である。

「甲殿より、いつもの書状が参りました」と云う。

「披見しよう」と、靫負より書状を受けとり、

「これより朝餉《あさげ》にする。小四郎にそう云ってくれ」と云う。

鳥居小四郎は、側近の小姓である。

光圀が封書を手にとった。封書には差出人の姓名がない。この手の書状は、御城勤めの者で、水戸家に所縁《ゆかり》のある者より、前日に御城で見聞きしたことを、そっと知らせてくるのである。靫負は、水戸宰相様と記された表書きの筆跡を見て、甲殿や、乙殿や、丙殿と呼んで、区別した。

光圀が書状を開いた。

「昨四日、小栗美作の一族の子、九人が、伊達陸奥守、細川越中守、南部大膳大夫《だいぜんだいぶ》、秋田信濃守の四家に預けられました」と書きだし、

「先月二十八日、目付衆に目立つ動きがございました。何事か不明なまま、昨日ようやくおよそのことが分りました。越後高田松平三河守様の寄留中の、酒井修理大夫《しゅりだいぶ》様の御屋敷にて、三河守様の家臣二人が腹を切りました。主家の滅亡を嘆き、これより赴く備後福山の幽閉生活を悲観してのことと判明しました。小峯藤右衛門《とうえもん》、および戸田五郎兵衛と申す年若き侍の由でございます」と詳しく報じている。

子は男子で、四家は皆、遠国の外様大名である。三河守は、三河守綱国で、越後守光長の養子である。修理大夫は若狭小浜十一万三千石、酒井雅樂頭より前の大老、酒井讃岐守の四男ながら、讃岐守の遺領を相続した。光圀が書状より顔をあげ、修理大夫は今、病いを患っていると聞いたが、確かかなと呟いた。

光圀は、

「そういえば、越後も、三河も、そろそろ西国へ送られるはず」と気づいた。

公儀は、讃州丸亀の城主、京極備中守に命じて、光長を予州松山へ護送することにしていた。綱国は、筑前秋月黒田甲斐守に命じて、備後鞆《とも》へ護送することにしていた。

桂昌院は、我が子綱吉が、予想もしなかった五代様になり、生母として、我が世の春を謳歌していた。寛永四年生れの、五十五歳である。七月十日、孝心の厚い綱吉は、生身魂《いきみたま》の祝いとして、小判や、三種一荷、茶一壺を贈り、桂昌院を喜悦させた。生身魂は、お盆の頃に、生存する親に祝いを贈ったり、親を饗応したりする行事である。

七月十一日、桂昌院は、思い立って、芝の増上寺に参詣した。残暑の中、朝より北風が入り、奥女中も供の者も、これも桂昌院様のお仏心のお蔭と噂した。

桂昌院の行列は、四ツすぎ平河門を潜った。葵紋の紅網代《べにあじろ》の女駕籠、正しくは網代乗物を真ん中にして、前方には羽織袴の徒《かち》の侍四人、同じ姿の目付二人、同じく広敷《ひろしき》侍二人が歩き、乗物の両側には広敷侍一人ずつ、後方には薄物の小袖に大きな帯の奥女中十数人が続き、さらに徒の侍二人、黒の木綿羽織の伊賀者二人が続いた。

侍は皆、浅い笠を被っていた。奥女中は皆、若く、絽や麻の薄い小袖は、それぞれ青や緑、茜色の花柄で、行列を華やいだものに見せていた。もっとも、芝まで多くは武家地を通り、庶民の目にふれなかった。途中町人地を通るさい、芝で寺社地に入るさい、先頭をいく小者二人が、町人や学僧を見かけると、下に下にと制し声をかけた。

桂昌院は、増上寺で、学識深い御上人《おしょうにん》より、ありがたい法話を聞いた。無学なため忽ち恍惚とした境地に誘《いざな》われた。精進料理を振る舞われた後も、子院の住持より、桂昌院好みの法話を幾つか聞いた。桂昌院が帰城する気になり、行列が動き始めたのが七ツ。夕陽が僅かに空を赤く染めていた。行列に、ツクツク法師の鳴き声が、頭上より降り注いだ。

御成門を潜り、行列が北へ向った。なお増上寺の山内である。広い山内はほとんど人影はなく、遠く十人ほどの学僧がゆく、後ろ姿が見えた。市中に托鉢にいく集団である。

行列がゆっくり進んでいくと、両側に並ぶ子院の陰より、左に三人、右も三人、どちらも若い武士である。皆、抜刀して、行列後方に襲い掛った。

どん尻の伊賀者が、揃って最初に斬られた。伊賀者や、供侍には、行列に斬りこむ者はなかろうと、油断があった。

誰彼なく大声で、

「狼藉者の襲撃だ。斬りすてよ」と絶叫した。

乗物を担いでいた屈強の六尺が四人、初めに逃げだした。奥女中が悲鳴をあげて、これに続いた。供侍が乗物の周りで右往左往していると、襲撃者が決死の勢いで、難なく四人を斬り倒し、五人、六人、七人と、斬り倒す数をふやした。目付を含め、残る五人が眦《まなじ》りを決し襲撃者と斬り結んでいるとき、背後より大声で、

「我ら御加勢」と叫んで、三人の武士が行列を支えにでた。これは、増上寺山内をいつものように散策中の、都築平九郎、高木誠之助、中川金一郎。

平九郎らは、斬り結んでいる襲撃者を横より斬り落した。そのとき、平九郎は誰の乗物か知らず、襲撃者の一人が乗物に近づくのを見た。乗物の脇を固めるのは、若い奥女中がただ一人。懐剣の鞘を払い、胸元近く構えている。この襲撃者は刀を上段に構え、今にも斬って落そうと見えた。

平九郎は小走りに近づき、

「狼藉者」と、後ろ袈裟に一太刀で斬ってすてた。卑怯かと迷う場合でなかった。

若い奥女中は、その場にへたりこんだ。青ざめた顔ながら、縹緻よし。平九郎は、乗物に葵紋がふされているのに気づいた。

乗物の中より、急《せ》きこんだ甲高い声で、

「誰か知らぬが、疾《と》く賊を追い払え」と云う。

平九郎は、将軍の側室にしては、若い女の声でないと思った。

「暫しお待ちください」と云って、後ろを振り返った。

誠之助が今一人を斬り倒していた。平九郎らが五人を斬り、一人は、襲撃に失敗したとみて、逸早く現場より逃走した。

供侍の一人が増上寺に急ぎ、助けを求めた。どちらも手疵を負った目付二人が、乗物に駆けより、中の御人の無事を確かめた後、負傷者の生存を調べに掛った。

　声高に、

「伊賀者は、二人とも落命。供侍のうち七人が斬られ、三人が落命。四人は直ちに手当をすれば、助かるかもしれない」と云うのが、平九郎の耳に入った。

「一人、取り逃したぞ」

「御駕籠が御無事なのが何より。逃走しても逃げきれまい」と云い交すのが、平九郎の耳に入った。

　平九郎らは刀を収め、万一の再襲に備え、その場に佇立していた。

　間もなく、増上寺の役僧や寺侍が、中間や小者を何人も引きつれ、駆けつけた。その者らの手で、負傷者が戸板に乗せられ、増上寺に運ばれていった。

　乗物の脇を固める広敷侍が、目付に声をかけた。

「御加勢くださった方々の姓名を訊ねよ。桂昌院様より御命令です」と云う。

　平九郎はこのとき、自分らが、桂昌院様の危機をお助けしたことを知った。

　目付の一人が平九郎に近づき、

「拙者、目付の堀重太郎と申す。御加勢くださり、ありがたく存じます」と挨拶し、三人の姓名や身分を訊ねた。

平九郎は、三人の姓名、身分を答え、麻布の渡辺丹後守殿の下屋敷にいると教えた。

間もなく、三人は、現場を離れた。散策を続ける気持ちはなくなっていた。山内の林の中を抜け、麻布へと南に歩いた。

歩き始めてすぐ、金一郎が平九郎の衣服を見て、

「平九郎様は、返り血をあびておられますな」と指摘した。

見ると、薄色の紺絣《こんがすり》の小袖にも、緑縞の袴にも、大量に血が附着していた。

平九郎は、二人の衣服を見て、

「誠之助も金一郎も同じだ。返り血をあびている」と注意した。

誠之助は、落ちついた笑顔を返し、

「今日は人を斬りましたが、善行をいたしました」と云う。

平九郎が思案顔になった。

「桂昌院様を襲ったのは、浪人か、どこぞの家中の者だろうか」と、疑問を口にした。

二人は顔を見合せ、さぁと首を傾げた。

その夜六ツ半頃、綱吉は、牧野備後守より、桂昌院の遭難を聞くと、暗い中を、三の丸

に見舞いにいった。桂昌院は、一時は斬り殺されるかと思ったが、供の者に加勢する者が現れ、辛うじて助かったと、綱吉に愚痴っぽく溢《こぼ》した。綱吉は、顳顬《こめかみ》に青筋を立てて激怒した。

綱吉は、備後守に向って、

「逃走した者を捕えて磔にせい。町奉行に命じて、必ず捕えさせい」と云い、

「母上を助けたのは本多の家中と聞いた。皆、旗本に取り立て、十分に加増してやれ」と指示した。

目付や徒目付が、渡辺芳泉の下屋敷や、本多家の上屋敷に調べにいき、都築平九郎らの身分や家禄を書きあげて、城中に帰った。堀田筑前守が、月番の板倉内膳正の作成した案に目を通すと、

「都築平九郎は本多嫡流家の者だといいます。本多姓に戻し、この案の二千石を三千石に改めましょう。高木や、中川は、案の五百石を千石に加増してはいかがでしょう」と発言し、上申する案を決定した。七月十四日、綱吉は、上申された案を可《よし》とした。

これは、翌月、越後高田より出府する、有栖川宮の姫宮、明子《めいし》女王に、綱吉が五百石を与えるのと、好対照である。女王の母たる亀姫は、一月に高田城で逝去していた。

二十四　元禄の春

越後騒動の直裁より、いつしか八年の歳月が流れた。この八年の間に年号が、延宝より天和、天和より貞享、貞享より元禄と、猫の目のように目まぐるしく替った。

元禄二年一月七日は、若菜の節《せち》である。明るい日で春寒が厳しい。芳泉は、居間で、久と向いあい、昼餉をとっていた。今年七十九。心身ともに、めっきり老いた。久も一緒に年を重ね、六十七になった。相変らず縹緻よく、五十代にしか見えない。白綸子《しろりんず》の小袖に緑の繻珍《しゅちん》の帯を、若い女のように吉弥《きちや》結びにしている。

芳泉は、久の小袖の、菊花と流水を組み合せた柄を見て、

「菊花と流水は、謡曲の菊慈童《きくじどう》に因んで不老長寿を表している。久は、自分の死後も、幸《さき》の家で幸せに暮してほしい」と、秘かに願う。

幸の主人たる柴田修藏、叙爵して対馬守は、普請奉行で、家禄は千九百石になった。

久は、向いあった芳泉の、濃紺の無地の紬《つむぎ》の二枚小袖を見て、

「御年を召された。いつより身形《みなり》に無頓着になられたのか」と思う。

芳泉は、二枚小袖の着流しで、脇差も差していない。久にすれば、芳泉が幾ら普段着といえ、無地の紬を常用するなど、昔はなかったと思う。

「御前は、半右衛門様が八丈島に流されてより、身形も何も、一切構われなくなった」

「半右衛門様は延宝九年九月、永代島より流人船に乗せられ、八丈島に送られました。島でお亡くなりになったのが、翌天和二年二月八日。半年ほどの島暮しでした。御前がそれをお知りになったのは、春の流人船が帰ってきた三月も末のことでした」

「あれより御前は、色んなことに投げ遣りになられた。私には、そう見える。そうとしか思えない」と、胸の中で呟いた。

芳泉は、無言で、芹や薺の入った餅粥を食べている。ふと顔をあげて、

「ふみ殿や偕《とも》がきて、皆で若菜粥を食べたことがある。あれは、いつのことだったか」と云う。

久は、頭の中で回想して、

「八年か、九年か昔になりましょう。奥州福島より梅様がお越しになり、ふみ様と鉢合せいたしました。あのとき平九郎様が初めて御来訪になりました」と云う。

芳泉は、

「僅かな間に様々な事があった。しかし人の一生は将来《さき》が見えているようで、何も見えてない。半右衛門が然《しか》り。平九郎も、また然り」と云う。

久も感慨に浸り、

「そうかもしれません。平九郎様は思う人と添われ、刺客も去りました。平九郎様は大層よろしゅうございましたが、半右衛門様は、思いもよらぬことになりました」と、明暗が分れたことに、さすがに心を動かされた。

延宝七年六月、播州明石六万石に封じられた本多出雲守政利《まさとし》は、庶流の身で嫡流家入りを狙い続けた。しかし明石に封じられて三年目の天和二年二月、綱吉の手により、領内の治め方よろしからず、巡見使の接遇よろしからずとして改易に処された。新たに奥州岩瀬郡内に一万石を給されたが、最早気息奄々《えんえん》である。

綱吉は、この所領も没収する。岩瀬にいって十一年後、元禄六年六月のことである。

久は、箸をおき、芳泉に向い、

「今夕、向うに七ツ半に着きますには、七ツ前に発てばよろしゅうございますか。いかがでしょう」と聞く。

芳泉が、

「拙者は徒《かち》でいく。そなたは駕籠がよかろう。七ツに発てば、十分間にあう」と云う。

二人は、今夕、夕餉に、赤坂の本多平九郎の屋敷に招かれていた。

本多平九郎が麻布に年始にきたのは、一月四日の朝。今年は、偕を連れず、一人で訪問した。今、偕が懐妊しているので、年始の御挨拶にお伺いできない。今年は、芳泉様、久様がよろしければ、私の屋敷にお越しくださいませんか、という口上だった。二人は異存なく、喜んで承知したのである。

出掛け、久が芳泉の衣服に気を配った。小袖は紫紺《しこん》の御召、袷袴は紺地の唐桟《とうざん》、袷羽織は黒縮緬。久は、藍染めの繻子の小袖に臙脂《えんじ》の繻子の帯をしめ、金茶の被衣《かずき》を被った。

七ツに出発した。冬晴れが翳ってきて、風が冷たい。芳泉が真っ先を歩き、二人の供侍が続いた。駕籠の側に女中二人が従った。後ろは、供侍一人と中間の勘助である。中小姓の岡田陽之助、津田栄一郎、水田辰也は、皆、築地の上屋敷に帰らせた。芳泉が、下屋敷において飼い殺しにするには、惜しい人材だと考えた。

本多平九郎の屋敷は、赤坂の溜池に面していた。西側の町家の家並との間を、小さな林が隔てていた。千二百坪のまずまずの広さである。半蔵家の所有する屋敷とは、数町しか離れていない。平九郎が旗本に取り立てられ、この屋敷を宛行《あてが》われたのは、結ばれるはずのなかった偕と平九郎には、大いに幸いした。

芳泉が玄関に立ち、続いて久が立つと、廊下の奥より急ぎ出迎えた用人が、

「丹後守様、奥様、お寒い中をよくお越しくださいました。殿様も、皆様も、お待ちかねでございます」と挨拶した。

二人を迎えて嬉しげな用人は、石野伝蔵である。

延宝九年六月、越後再審により改易に処された、渡辺半右衛門綱貞は、愛宕下の屋敷に家士や女中、中間小者ら、三十数人を召し抱えていた。突然の改易により、皆が一旦路頭に迷った。このとき麻布に引きとられたのは、八重、お附きの女中二人、老女しを、用人の佐野和一郎。僅か数人にすぎない。

ところが七月の半ば、平九郎が本多家家中より旗本に取り立てられた。三千石の屋敷に必要な使用人を求めることになった。

芳泉が、

「平九郎殿の屋敷に半右衛門の家の者を召し抱えてはもらえまいか。そなたのお気に召す者だけでも召し抱えてくだされば、ありがたいが」と依頼した。

平九郎にとっても、渡りに舟の話。平九郎は即座に承諾した。

平九郎は、麻布の下屋敷に身をよせる、八重や、しを、および佐野和一郎を除き、全員を召し抱えた。赤坂の屋敷は、国元よりきた侍や下男ら少数のほか、愛宕下の渡辺綱貞の屋敷の顔触れがそのまま温存された。

芳泉は、平九郎に厚く礼を述べた。

高木誠之助が宛行《あてが》われたのは、愛宕下の元の渡辺綱貞の屋敷で、これには、芳泉が鷲倒した。中川金一郎が宛行われたのは、番町の西、富士見坂近くの屋敷である。

誠之助は、国元より老母や妻子、家人を呼びよせた。金一郎も、同じように弟妹、家人を呼びよせた。しかしどちらも千石取りの旗本の使用人には、小人数である。芳泉が斡旋して、渡辺安芸守の家の者十数人を、誠之助が召し抱えた。渡辺半右衛門の家の者十数人を、同じく金一郎が召し抱えた。

芳泉は、

「梅に頼まれ、平九郎ら三人を預ったことが、好結果を齎《もたら》した」と、陰徳はしておくものだと、思い知った。不幸中の幸いだった。

平九郎らは、

「恩返しにもなり、馬骨《ばこつ》でなく、素性の知れた者を召し抱えることができた」と、意外な巡り合せに驚かされた。

芳泉や、久が式台に上ったとき、奥より平九郎が迎えに出てきた。二人は、広い書院に通された。白綸子地に梅樹模様の小袖をゆったりと着て、紅梅色の繻子の帯もゆったりとしめた偕が、敷居際に出迎えた。第三子を孕み、お腹《なか》が目立って大きい。臈《ろう》たけた美しさを見せている。二十六になった。

四人が挨拶を交していると、二人の女児の手を引き、廊下に人がきた。女児は、どちらも綺麗な子で、三歳と四歳。紫綸子地に藤花舟《ふじはなふね》模様の小袖に鶯色の帯をしめた人が、廊下に手をつくと、

「兄上様、久様、お久しいことでございます」と挨拶した。

渡辺綱貞の妻室、八重である。八重は還暦を超えた。

二年前、平九郎が芳泉の喜寿の祝いに麻布を訪れたさい、芳泉が、

「拙者は、この先、長くはあるまい」と吐露した。

平九郎が驚いて、

「芳泉様はお元気ではありませんか」と駁《ばく》したら、

「いやいや、老齢になって初めて分ることだ。心残りは、弟嫁の八重の行《ゆ》く末だ。夜半に

目覚めて、拙者はこれを案じて、寝付かれないことがある。築地の、渡辺家当主も八重とは親戚ながら、半次郎は八重と馴染みがない。八重も、半次郎のことを全く知らない」と云う。半次郎は、当主の渡辺基綱である。

平九郎は赤坂に帰り、偕に芳泉の深い憂いを話して聞かせた。偕が考えて、

「八重様を赤坂にお迎えしましょう。ここの者は、八重様の元の家来衆です。皆、八重様を奥様と呼んだ者たちです」と提案した。

さすが、渡辺一族の本家の娘の発想である。芳泉は、これを聞いて涙ぐみ、

「偕がそう云ってくれたか」と、偕の厚意に感謝した。

八重は、赤坂の屋敷に迎えられた。八重は、偕と区別して、大奥様と呼ばれた。八重は赤坂にくるや、女児二人を自分の孫娘のように可愛がった。

七年前の天和二年二月、公儀は、奥州福島の本多家に、元の所領たる播州姫路に国替えを命じた。三月半ば頃、本多家一統が江戸を通っていった。平九郎の母、桔梗《ききょう》が、赤坂の屋敷を来訪し、一泊していった。桔梗は、播州にいき、母同然の梅の世話をしたいというのである。元禄二年の今年、平九郎三十、桔梗四十九。

元禄二年一月七日の宵、赤坂の屋敷は、懐しい人々が集《つど》った。芳泉は、皆で夕餉を囲む

のも、悲惨な目にあった弟、渡辺綱貞の供養になろうと思った。

芳泉は、久と一緒に、五ツに赤坂を辞した。芳泉らの帰る麻布の屋敷には、青木喜八郎や節、しを、佐野和一郎ら、老人ばかりが待っている。冬の夜は暗く寒く、供侍の掲げる提灯の光の中に、白い降雪が見えた。芳泉は、歩きながら、自分の一生が終りに近づいたことをしみじみと認識した。明朝は、江戸の町々は一面雪に覆われよう。

小石川の水戸家の上屋敷は、およそ十万坪の広さがある。西側の半分近くは、後楽園の庭園が占めている。東側が通常の上屋敷で、ここに当主らの住う御殿や、政務を行う御殿が、両者併せて十棟近く並んでいる。御殿の奥まった居間、明り障子より光の入る附書院の前に小机をおき、光圀は、この小机で、見たり書いたりしている。

元禄二年一月十五日、立春の日である。終日、春雪が降り続いた。昼すぎ、光圀が雪の舞う中を下城して、小石川に帰ると、京より書状が届いていた。親戚の左大臣近衛基熙《もとひろ》が書いて寄越したものである。基熙は、光圀の正室たる故泰姫《やすひめ》の甥にあたり、翌年、関白になる。光圀は、麻裃に熨斗目《のしめ》のまま、小机の前に座り、書状を披見した。

基熙が云うには、

「高琳院《こうりんいん》は後西《ごさい》院の女御にあらせられた。寛文三年、帝の退位の後は、遠く、母堂亀姫の住う越後高田城に移られた。然るに延宝九年、越後中将家の改易に伴い、高琳院は庇護者を失い、再び移転し江戸に住われている。昨今困窮の由、聞えあり。公儀におかれて何らかの配慮を願えまいか。元は、帝の女御にあらせられた御方である」

高琳院は、昔々、高松宮好仁《よしひと》親王と亀姫の間に生れた明子《めいし》女王である。女王は、従兄にあたる良仁《ながひと》親王に嫁ぎ、親王が即位し後西帝になった。高松宮は有栖川宮に改称した。

光圀は、暫し考えこんだ。

松平光長の家が、改易になったのが、八年前の延宝九年六月。綱吉は、八月に、高琳院に江戸の住いとして、牛込川田ヶ窪にある、元は、光長の母たる勝姫、俗に高田殿と呼称された人の屋敷を与え、合力米《ごうりきまい》五百石を給与した。越後高田で当主の姪にして、元は天皇の女御として暮してきた人には、余りに少なすぎる手当である。

光圀は、手元の備忘録を開いて、延宝九年は九月に天和改元、

「天和元年十一月、西の丸老中の板倉内膳正が辞職し、翌十二月、老中筆頭の稲葉美濃守が事なく辞職した。美濃の辞職と入れ替って、数日後には、堀田筑前守、小悪党が大老に就任した」

「筑前は、延宝九年二月に五万石を加封《かほう》され、上州安中より下総古河に転じたが、大老に

なるや、さらに四万石を加封された。合せて十三万石」

光圀は、牧野備後も同じと、備忘録を繰り、

「備後は、元は館林の家老にして、数千石の者にすぎなかった。延宝八年十月に一万石を加えられ、天和二年一月に二万石、天和三年九月にも二万石を加封され、合せて五万三千石になり、下総関宿の城をもらった」と読んでいった。

光圀が思う。綱吉の依怙贔屓の凄まじさは常軌を逸している。綱吉が、松平光長を嫌うとはいえ、明子女王の扱いは、これも常軌を外れておろう。

「予が、毎年、川田ヶ窪に金子を届けるしかあるまい」

光圀は思案して、そう決めた。

そのとき、廊下より声がした。襖をあけ、裃姿の森靫負が廊下に平伏した。殿様、昼餉をおもちいたしましょうか、いかがいたしましょうかと尋ねた。

光圀は、もってきてくれと答えた。光圀が備忘録を逆に繰っていくと、

「延宝九年七月十二日、乙より書状くる。昨夕、増上寺にて、参詣帰りの桂昌院様が何者かに襲撃され、供侍ら多数死傷。奥州福島本多家の者が加勢にでて、五人を斬り、桂昌院様は怪我もなく帰城された。一人が逃亡した。越後高田家の若侍が主家改易の恨みを晴《はら》す

ため、この挙に出たものと思われる」と、書状どおり、備忘録に書き記している。

光圀は、逆意方の者が襲撃したのだろうと見当をつけた。当主越後守光長や三河守綱国の配所先まで従ったのは、皆、逆意方の者であると聞いた。

御為方と自称した者は、皆、主家を潰した浅ましい者どもである。

光圀は、備忘録に目を落とした。

「延宝九年七月十七日、丙より書状くる。去る十一日、増上寺、桂昌院様を助け参らせた者らに褒賞が行われた。昨日四ツ、菊間《きくのま》にて、松平因幡守様が出座。本多家の都築《つづき》平九郎は本多姓に戻し、三千石を与え、書院番士とする。高木某、中川某の二人は、ともに千石を与え、大番入りを命じた」とある。

松平因幡守は、月番若年寄である。

光圀は、都築平九郎という者は別として、他の二人は功は大きいにせよ、五十石か百石取りの又者《またもの》を、いきなり千石の直参旗本に取り立てるのは、遣りすぎだ。将軍の母が襲撃され殺害されるのは、よろしくない。公儀の威信を貶《おとし》める。とはいえ、このように過大な褒賞は、行きすぎだと思う。

光圀は、そういえば昨年のことだったと思い起した。備忘録を繰った。

「貞享五年一月十一日、本庄因幡守、五千石を加封され一万石。諸侯に列す」と明記している。この本庄某は桂昌院の義弟で、公家侍の出と称している。光圀の目で見れば、公家侍の倅か、八百屋の倅か、詳《つまび》らかでない。本多の家臣以上に素性が疑わしい。

再び廊下より声がし、光圀が応じると、奥女中二人が襖をあけて、昼餉の膳や急須の盆を運んできた。一緒に小姓の鳥居小四郎がついてきた。女中は紅赤の矢絣の小袖、小四郎は麻裃である。三人は座敷の端に控えた。

光圀は、暫し待てと云い、再び備忘録を繰った。確か天和元年の暮れ、

「十二月十日、駿州田中四万石の酒井日向守が改易、江州彦根の井伊掃部頭預け。万千代は、武州川越の松平伊豆守預け」とある。

酒井日向守忠能《ただよし》は雅樂頭忠清の同母弟。万千代はその嫡子である。延宝九年六月、本家の河内守忠挙《ただたか》が遠慮を命じられたとき、出府して自分も遠慮するべきか、公儀に伺うべきところを、居城のまま籠居《ろうきょ》した。これが、綱吉の思し召しに適わなかったと難癖をつけたのである。

光圀が思うに、逆に、日向守が出府してきて、自分も遠慮するべきか伺ったら、これには無断で出府したと難癖をつけたに違いない。綱吉が、雅樂頭の身代りとして取り潰しを

思い立った以上、分家がどちらを選択しても、改易に処されたのである。荒っぽい遣り口は、小人《しょうじん》の気性の激しさ、驕《おご》りて泰《ゆた》かならざる心持ちを示していた。

光圀は、奥女中や小姓を待たせているので、小机を離れ、座敷の真ん中、膳の前に端座した。奥女中が、給仕に取り掛った。

光圀は、その動きを目の端に見ながら、

「河内《かわち》は、学識見識ともに優れ、大老に相応しい者である。然るに、綱吉の下では、老中の職も大老の職も回ってきはすまい。惜しい。実に惜しい」と嘆き、

「そればかりではない。酒井家は譜代武功の家として、井伊家に次ぐ名門である。小悪党の堀田筑前が、綱吉に何を告げ口したか知らぬが、綱吉の尋常ならざる性格は、器に非ずと評されたことを根にもち、酒井家の頭を叩き続けようし、それにより、酒井家の家格はぐんと下ろう」と懸念した。

その後、井伊家が大老の職をほぼ独占する。光圀の懸念は、長く的中する。

元禄二年三月二十七日、午後より急に気温が上った。今年は一月の後、閏一月が続いたため、三月下旬は、晩春というより、既に初夏である。

酒井河内守忠挙が下城して、一ツ橋の上屋敷に帰ったのは、この日七ツである。奈津の

体を案じ、気が急《せ》いて式台を上った。奥に通ると、舟橋が姿をみせ、

「御方様、無事御出産でございます。元気な若様でございます。おめでとう存じます」と祝いを述べた。五十を超えた老女が、満面に笑みを湛えている。

忠挙は、大儀と犒《ねぎら》い、麻裃のまま、奥に入った。産室にあてた座敷に入ると、香《こう》の薫りが感じられた。座敷は襖や障子を閉《た》てて、薄暗い。奥女中らが平伏する中、一人が平伏もせず立ち上ると、胸に抱く赤子を忠挙の眼前に差しだした。見ると、縹色《はなだいろ》の上布のお包《くる》みの中に、浅葱色《あさぎいろ》の薄絹の、鶴亀模様の産衣《うぶぎ》を着せられた赤子がいた。

忠挙は顔を見て、思わず、

「赤いな」と、思いが口にでた。

若い奥女中は、咎めるような目をして、

「立派な若様でございます」と、一言云った。

忠挙は頷くと、座敷の真ん中、贅沢な寝具の中に身を横たえる奈津の傍らにいった。

「よく男児を産んでくれた。そなた、体は大事ないか」と聞く。

奈津は目元を笑わせ、

「赤《あこ》うございましょう。短い黒髪があります」と云う。

奈津は、十八で、忠挙の側女になった。十九で第一子を出産した。女児である。二年後の出産も、女児である。六年ぶりの出産が、この男児。奈津二十七、忠挙四十二。

忠挙は安堵して、居間にいき、小姓に手伝わせて、着替えをした。

「この男児が丈夫に育てば、与四郎に何かあっても、世嗣《せいし》にできる」と思う。嫡男与四郎は、寛文七年生れ、二十三歳である。

「姫は、どちらも、奈津に似て標緻よし。いずれ名門大名に嫁がせよう。この男児は分家させるか、親戚大名の養子にやるか」などと、赤子の行《ゆ》く末に思いを馳せた。この先十数年掛って、考える材料ができたのである。

忠挙は、紺絣《こんがすり》の薩摩上布の小袖に濃紺の仙台平の袴を穿《は》いた。脇差を差し、今、奥女中がもってきた旨い煎茶を飲んだ。満ち足りた心地になった。

「これで、奈津の地位が確かなものになった」と思う。他方、男児の出産により、綱吉の子、一人息子の徳松の夭逝《ようせい》が、事が真逆にもかかわらず、思い出された。

忠挙は、指折って数えた。六年前の、天和三年。

「確か閏五月、徳松君が亡くなった。五歳にして夭逝した。半月ばかり病んだ末、危篤に陥り、ある日、夜に入って死亡した。死因ははっきりしなかったという。桂昌院様の希望があったらしく、芝の増上寺に葬られた」

「若君の夭逝を悲しむ者はなかった。五代様が思い付きで大名や旗本を改易し、無慈悲にも切腹や遠島を命じてきた。中には、無辜《むこ》の者も含まれていた。人の身を思いやることもなく、ただ不幸を撒き散らしてきた。此度は自分の身に跳ね返った報《むく》いだと、誰も口にはださないが、皆そう思った」

「誰もが懸念したのは、これにより、五代様の激しい気性が、さらに激しくなりはしないかというのである。とばっちりが自分の身に及ぶのを怖れて、柳営は誰もが戦々兢々たる有様を呈した」

「五代様。元の館林宰相は、どう見ても、将軍の器に非ず」と、忠挙は思う。

忠挙は、着替え終り、落ちついた。再び産室にいき、奈津を見舞ってこようと、居間をでた。日が長くなり、七ツ半というのに廊下が明るい。

「器に非ざるのは、館林侯に限らず。堀田筑前守も大老の器に非ず。五年前の、貞享元年の八月、殿中にて同族の若年寄、稲葉石見守に刺殺された」

「石見守は、その場で、老中三人に斬り殺された。あのとき、年長の大久保加賀守も脇差を抜いたと聞いたが、年少の阿部豊後守が働いたのだろう。筑前の嫡男、下総守も一太刀あびせたと聞いた。思えば、三年足らずの大老の職だった」と、素早く計算した。

堀田筑前守五十一歳、稲葉石見守四十五歳。石見守の暴挙は、私怨よりでたものだともいい、筑前守の専横に対する公憤よりでたものだともいう。

綱吉擁立の功により、筑前守は大老の職を射止め、弟堀田対馬守を若年寄とし、さらに甥堀田豊前守を大名とし、上州吉井に封じた。豊前守は、奏者番に就任した。

忠挙は、堀田の一門、

「一門の繁栄は華々しかったが、ごく一時《いっとき》にすぎず、本家当主の横死により、繁栄が暗転した。筑前守の嫡男にして、元老中筆頭の稲葉美濃守の孫、堀田下総守正仲《まさなか》は、貞享二年の夏、出羽山形に転封《てんぽう》になり、同三年七月、奥州福島に再転封になった。堀田家が、古河より山形、山形より福島へと、次第に寒地へ国替えになったため、豊かなる家勢が貧困に転じたという。そのため従来どおり多くの家臣を養うことができず、家臣の数を減じざるをえなかった」と聞いた、と思い起した。

このとき新井白石も、堀田家を離れ、二度目の浪人になった。この辺りの事情は、後になって白石が叙する「折たく柴の記」の中に記される。

綱吉の晩年は、天変地異の時代である。元禄十六年十一月二十二日の夜半すぎ、房総沖を震源とする大地震が発生した。江戸城の諸門や櫓が倒壊し、石垣が崩落し、大名や旗本の屋敷、町家の倒壊が相次いだ。房総海岸、江戸湾、相模湾に津波が押しよせた。小田原では地震火災が発生し、小田原城の天守閣や多くの建物が類焼した。

これにより、死者一万三百人、倒壊家屋二万二千軒、流失家屋六千軒に及んだ。

十一月二十九日、小石川の水戸家上屋敷より失火し、湯島天神、神田明神、聖堂が焼失した。大火は、下谷や広小路の町家を焼き、両国橋や大橋を焼き、本所や、深川の町家をも焼いた。光圀は、三年前の元禄十三年十二月、水戸にて逝去していた。七十三。

元禄十七年三月、宝永と災異改元された。ところが、七月、霖雨が続き、利根川が出水し、溺死者が多数に上った。同じ月、江戸においては、地震が頻発した。

宝永二年閏四月一日、江戸では、朝に大雷があった。夜になり芝増上寺の方丈より失火し、多くの建物が焼失した。

天変地異、特に地異の極め付きは、宝永四年である。十月四日、畿内、東海道、南海道の広い地域で、非常に大きな地震が発生した。江戸でも、大きく揺れた。死者は、五千人に上った。房総半島より九州まで、広く津波が襲った。これを加えると、死者は、数万人に上った。

これに追い討ちをかけて、十一月二十三日未明より、江戸は震動が夥しく、遠く富士山の東側より噴火する火が見えた。富士山の噴火は、この月二十日より十二月九日にかけて続き、山体の一部を吹きとばし、宝永山を拵《こしら》えた。大量の灰が降り注ぎ、関八州の河川という河川は皆、河床を浅くした。そのため各地で、洪水が発生したのである。

稀代の悪法、生類憐《しょうるい》みの令に二十年も苦しめられ、そこに、天変地異が降り懸った人々は、蔭で、五代様の悪政を非難した。公然と、非難はできなかった。

宝永五年の秋頃より江戸に麻疹《はしか》が大流行し、人々の不安が募った。十月には、加州金沢の前田加賀守綱紀《つなのり》の嫡子若狭守が、麻疹に罹った。綱吉の養女にして、故尾張中納言綱誠《つななり》の十七女、松姫の降嫁先である。十九歳の若狭守吉徳《よしのり》が早く恢復したらしく、松姫は予定を延べ、十一月、本郷に輿入れした。十歳である。異母兄の中納言吉通《よしみつ》が麻疹に罹患したのは、その数日後のことである。さらに、十二月九日には、西の丸の大納言家宣も麻疹に罹患した。

家宣は、四年前の宝永元年十二月五日、叔父綱吉の養嗣子になった甲府中納言の綱豊である。同じ月九日、綱豊の名を改め、家宣とした。このとき、四十三歳。翌宝永二年三月五日には、綱吉が内大臣より右大臣に昇進し、家宣は従二位権大納言に昇進した。綱吉と同様、将軍家の養子である。

宝永五年の暮れ、十二月二十六日、綱吉は、朝起きると体がだるく、発熱し、しばしば咳や、鼻汁がでた。麻疹《はしか》に罹患したのである。宝永六年の元日早々、御上御不豫《ごふよ》と、公表した。この日、家宣が、代って諸大名の拝賀をうけた。六十四歳の老齢に加え、五十の年を超えて、女色に耽ったため、頭も心臓も弱っていた。

一月十日の払暁前、なお暗く寒い七ツ半頃、綱吉は腹が痛み、厠《かわや》にて下痢した。汚れた衣服を小姓らが着替えさせているうちに、気を失った。小姓の黒田豊前守が、綱吉を後ろより抱きかかえた。五の丸様、北の丸様と称される側室が左右の手をとり、なす術もなく狼狽した。豊前守直邦は、常州下館二万石を領し、四十四。

老中上座柳沢美濃守が駆けつけたのと、曲直瀬《まなせ》養安院ら奥医師が伺候したのが、同時である。曲直瀬が脈をとった。

豊前守が小声で、

「御脈はいかがか」と聞く。

曲直瀬が首をふって、

「御脈は絶えておられます」と云う。

曲直瀬は、小姓らが差しだす手燭の下、五代様の顔を仔細に見た。顔は、赤くも黒くもなく、常のとおり。頭の血管が切れたのではない。心臓のどこかが損われたのだろう。

美濃守が落ちついた声で、

「御大漸《ごたいぜん》に及ばれたか」と聞く。

曲直瀬は美濃守を見上げ、

「さよう。御大漸でございます」と返答した。

綱吉の遺体は、束帯を着せ柩に納めて、東叡山寛永寺に移された。鄭重な、鄭重な法会が行われた後、家綱と同じく、寛永寺に葬られた。六十四歳である。

出棺を数日後に控えた一月十八日、御台所はじめ、側室が髪を下した。綱吉と終生不仲の御台所の信子《のぶこ》は、落飾して浄光院と改めた。徳松や鶴姫の生母、五の丸様こと、於伝の方は、瑞春院と改めた。また、北の丸様こと、大典侍《おおすけ》は寿光院と改めた。このうち浄光院は五十九、瑞春院は五十二。於伝の方は、黒鍬者《くろくわもの》の小谷権兵衛の娘。

一月二十日、浄光院が、麻疹に罹った。麻疹の診立てだったが、熱が高く、赤い発疹がでた。奥医師は、疱瘡に罹患したと診断した。二月九日、夜に入って、逝去した。

五代綱吉の俄かなる大漸と、踵《くびす》を接する御台所の逝去は、諸大名のみならず、武士階層の人々を驚かせた。綱吉に対する反感が手伝って、驚愕の俗説が生れた。

次のようである。

「柳沢吉保の嫡男、安暉《やすあき》は、吉保愛妾の、染子《そめこ》との間に生れた子と称しているが、事実は違う。実は綱吉が、染子に手をつけ生ませた子である。安暉は、綱吉の御落胤である」という秘話が前提である。安暉は幼名で、長じて伊勢守吉里《よしさと》。

「綱吉は、養嗣子の家宣を退け、吉里を西の丸に入れようと考えた。これを知った御台所の信子が、大奥において、懐剣を以て綱吉を刺殺した」というのである。

将軍刺殺により、御台所が自刃したと、平仄《ひょうそく》があう。御台所が井伊掃部頭と合作で事を運んだという、手の込んだものも拵えられた。

吉里の秘話はさておき、御台所の将軍刺殺は眉唾である。柳沢美濃守は、将軍の代替りが終ると、宝永六年六月、老中を辞し、致仕した。甲州府中十五万石は、嫡男吉里が相続した。このとき伊勢守は甲斐守に改任された。吉保五十二、吉里二十三。美濃守は、駒込の別邸、六義園《りくぎえん》に隠棲し、五年後の正徳四年十一月、病没した。

吉里は、貞享四年九月、江戸城西の丸下の上屋敷に誕生した。宝永元年一月、上州前橋の酒井雅樂頭忠挙の三女にして、側室奈津の三女、月姫を正室に迎えた。吉里十八、月姫十五。吉里は、享保九年三月、大和郡山十五万石に転封になったが、月姫は、江戸住いである。吉里は、学識深く趣味も広く、特に絵画や俳諧に優れた。

厩橋《うまやばし》の称を前橋に改めたのは、忠挙である。忠挙は、元禄十一年二月、河内守を雅樂頭に改任された。

越後騒動直裁により、予州松山に配流された松平光長は、六年後の貞享四年十月、赦免され、江戸に召し返された。改めて合力米三万俵を給与された。

光長は、養嗣子の綱国を廃嫡し、同族の松平大和守直矩の三男、年若い宣富《のぶとみ》を養嗣子とした。元禄十年五月、老齢の光長が致仕し、宣富が、十八で家督を相続した。元禄十一年一月、宣富は、綱吉より作州津山十万石を与えられた。元禄十七年二月、光長は、柳原の屋敷にて九十の賀筵《がえん》を開催した。宝永四年十一月、九十三で没した。

麻疹大流行の中、本郷前田家に十歳で輿入れした松姫は、その後、享保五年九月に逝去した。年二十二である。

松姫の実父、尾張中納言の綱誠は、綱吉と違い、温和謙虚な人柄で、学問に優れ、武芸を好んだ。広幡中納言の娘、新君《にいぎみ》を正室に迎えたが、十七人の側室より、二十一男十八女を儲《もう》けた。家督を相続して六年、元禄十二年六月、四十八歳で逝去した。父の大納言光友は、翌年、名古屋で、七十六で逝去した。

母の千代姫は、三代様の一人娘である。千代姫は、元禄十一年十二月、重病を患い、夫や嫡男に先立ち、逝去した。享年、六十二である。

【後注】

本書は、冒頭に、渡辺霞亭《かてい》が明治三十五年、雑誌に書いた「大阪城」の抜き書きを掲載しました。霞亭は、明治大正期の小説家です。

大阪岸和田の大植四郎医師が独力で編纂した「明治過去帳」は、明治期の物故者二万人を掲載する、奇書です。本書の一頁、二頁に、渡辺新左衛門「尾張名古屋藩士にして佐幕の廉《かど》に依り慶応四年正月十二日、外十三人と倶に死を賜ふ」に始まり、他の十三人の姓名を掲載しています。これは、青松葉事件の犠牲者です。

新政府の議定《ぎじょう》に任じられた徳川慶勝《よしかつ》は、鳥羽伏見の戦いの後、名古屋に帰るや、尾州藩の重臣ら十四人を、二の丸向屋敷の馬場に引きだし「年来姦曲の所置これあり候」として斬首しました。この事件を、青葉松という渡辺半蔵家の異称をとり、青松葉事件とよんできました。大植氏の正月十二日は、おそらく正月二十日の誤記です。

渡辺新左衛門が、霞亭の伯父か実父かはっきりしません。霞亭が、半蔵家の末裔であることは、確かです。

本書は、渡辺半右衛門綱貞の屋敷の、書院床の間の掛軸が、盛唐の王昌齢の「出塞《しゅっさい》」と題する漢詩だと書きました。この漢詩は、中国では知らない人がないくらい、有名なものです。数年前に公開された中国米国合作の「長城」という映画の中で、雲霞のごとく来襲する饕餮《とうてつ》との戦いで戦死した司令官を葬るとき、この漢詩が朗詠されました。

本書は、将軍の下賜鳥の一つとして、見慣れない梅首鶏の字を記しました。かの「徳川実紀」は、鷭と梅首鶏を混用しています。区別する基準は見当りませんし、梅首鶏の読みが分りません。大修館の諸橋轍次氏の漢和辞典や、小学館の国語辞典、平凡社の百科事典を調べても、何一つ分りません。講談社の歳時記は、鷭の写真を掲載しています。

鳥の図鑑ならと考え、細川博昭「江戸の鳥類図譜」の頁を繰りますと、毛利梅園《ばいえん》「梅園禽譜《きんぷ》」より鷭の模写絵を転載しています。題は「鷭又、梅首鶏」と記され、どちらの読みも「バン」とあります。八〇頁。和名のクイナの漢字表記として、漢名の「水鶏」の字を借りるのと同じく、同じクイナ科のバンも「梅首鶏」の字を借用したのです。

本書は、将軍宣下が行われる大広間の四の間を、襖に探幽筆の巨松の絵があり、松間《まつのま》と呼ばれたと書きました。小粥祐子《おがいまさこ》「江戸城のインテリア」は、弘化二年造営時の大広間の二の間を、別名「松之間」と呼ばれたと書いています。六三頁。このとき襖絵は、探幽ではありません。

本書は、徳川綱誠《つななり》が側室十七人をおき、二十一男十八女を儲けたと書きました。側室も子女も大きな数ですので、容易に信じられません。手元の、工藤寛正「徳川・松平一族の事典」二六六頁の記述に従いました。念のため、続群書類従完成会の「徳川諸家系譜」により確かめますと、子女三十七人の名と、名不詳の男女各一人が記されています。

本書は、終り近くで「宣富《のぶとみ》は、綱吉より作州津山十万石を与えられた」と、一見、誤りを書きました。綱吉の時代、家宣より偏諱《へんき》を賜った宣富がいては、厳密には、おかしいのです。かの「徳川実紀」は、この点を「松平備前守長矩は、美作国津山の城たまはり十万石になる」と書いています。宣富は、父大和守長矩と同じ名で、表現しにくいのです。

本書は、延宝より元禄宝永に及ぶ、江戸時代前中期の武家社会を描いています。本書の記述は、大名や上級武士の目より見たものが多く、そのため身分や職業を見る目に偏りがあります。地方を見る目にも偏りがあります。本書は、そのような偏見を是認するものでは、決してありません。

○著者の著作
『大津事件——司法権独立の虚像』批評社、2014年、一般書
『大逆罪・内乱罪の研究』批評社、2016年、専門書
『獅子の虫』批評社、2019年、小説

非器の城

2021年3月10日　初版第1刷発行

著者……新井 勉

装幀……臼井新太郎

装画……髙安恭ノ介

発行所……批評社
〒113-0033　東京都文京区本郷1-28-36　鳳明ビル201
電話……03-3813-6344　　fax.……03-3813-8990
郵便振替……00180-2-84363
Eメール……book@hihyosya.co.jp
ホームページ……http://hihyosya.co.jp

・印刷……㈱文昇堂＋東光印刷
・製本……鶴亀製本株式会社

ISBN978-4-8265-0721-9 C0093